Jérôme Sublon

# Nozze nere

Volume1

Collection Polars en France

Éditions du Caïman

36 rue Pierre Blachon 42100 St-Étienne
ISBN : 978-2-919066-19-3
EAN : 9782919066193
ISSN : 2110-2392
Photo de couverture : © Pixel & Création

*À mes parents Roger et Solange,*

# *1. Le Mystique*

*La chambre était austère, peinte à la chaux. Un lit aux armatures métalliques, une branche de buis en travers de la croix du Christ suspendue au-dessus de la tête de lit, une table de chevet. La fenêtre, à l'étage, donnait sur un jardinet. Assis à la tablette recouverte d'une nappe en dentelles au coton épais, l'homme referma sa Bible.*

*— Qu'il en soit ainsi, selon la volonté de notre Seigneur.*

*Antoine se leva, et sortit en silence de la chambre. Son murmure, inaudible, avait été perçu par la forme allongée dans le lit. Elle n'avait pas bougé, s'appliquant à garder la régularité de sa respiration. Son mari se levait toujours avant le soleil et quand il descendait, elle avait préparé son petit déjeuner. Mais ce matin, il était beaucoup plus tôt, peut-être quatre heures. S'il avait voulu qu'elle aille à la cuisine, il le lui aurait dit. Alors, surtout, il ne fallait pas bouger, encore moins lui demander ce qui se passait, ce qu'il faisait, cela l'aurait contrarié. Lorsqu'il ferma la porte, elle osa ouvrir les yeux, il était bien quatre heures passé de quinze minutes.*

*Il se prépara un café brûlant qu'il but debout. Par la fenêtre, la pleine lune blanchissait les contours de la cuisine, il n'était pas nécessaire d'allumer. Ses rayons creusaient son visage émacié, plus blafard que jamais, allongeaient ses membres, amincissaient son grand corps déjà squelettique. Il se vêtit d'une cape, saisit la bandoulière de sa besace qu'il enfila tête et bras, puis franchit l'huis. Sur le pas de porte, il aspira une grande goulée d'air encore frais provenant du jardin qui s'offrait à lui. Quelques arbres fruitiers, un potager propre et fourni, quelques parterres de fleurs. Tout était quiet. Il était serein.*

*Antoine descendit les trois marches, suivit le chemin qui longeait le haut mur jusqu'à la porte de fer s'ouvrant sur le parc du prieuré.*

*À l'étage, la silhouette de la femme se profila. Elle observa son mari manœuvrer la porte aux gonds graissés. Lorsque celle-ci se referma sans bruit, Yolande commença à respirer.*

*Les nuages cachèrent la lune mais l'obscurité ne le gêna pas, il connaissait la moindre parcelle de cette magnifique propriété. Il entretenait la partie arborée autant que le potager qui devait fournir légumes et fruits à toute la communauté pendant l'année entière. Dans la cave, les centaines de pots et conserves témoignaient, si besoin était, de la réussite de la mission que lui avaient confiée les sœurs. Elles-mêmes ne tarissaient pas d'éloges envers cet homme qui était parvenu à un si magnifique résultat sur une terre si pauvre, à partir de ce qui n'avait été qu'un immense pré appelé pelouse. Elles appréciaient son calme en toutes occasions. Jamais il n'avait juré, même lorsque la grêle avait anéanti les belles récoltes en quelques heures. Il travaillait dur, en silence et avec humilité. Certes, peu loquace, il s'était toujours adressé à elles avec respect et était un fervent chrétien.*

*À cette heure-ci, il savait qu'il ne croiserait pas les sœurs de Sainte Marie, non pas qu'elles dormissent encore, mais elles étaient assemblées à la chapelle, leur magnifique Gloria in Excelsis le poursuivit jusqu'après l'enceinte.*

*Dans le car, le regard d'Antoine balayait distraitement les sommets de sapins qui défilaient à vive allure sur la route étroite. Il était absorbé par ses pensées. Des mois qu'il pensait à ce jour. Il partait enfin accomplir l'œuvre de Dieu. Derrière un masque imperturbable, une exaltation irrépressible le saisit, ses tempes tambourinèrent. Après des années d'errement, le dos plié sur la terre à bêcher, sarcler, semer, biner, ratisser, planter, arroser, il savait maintenant qu'il était sur la voie.*

*Il était jeune et vigoureux, avait le pas sûr, en habitué des longues courses aux dénivelés imposants. À bout de souffle, les cuisses endolories par l'effort imposé, il ne ralentissait pas pour autant son rythme. Antoine aimait, lorsque la douleur l'envahissait, la surmonter en priant, l'offrir à Dieu avec sa sueur, et poursuivre son chemin.*

*Il déboucha de la châtaigneraie, descendit le lacet jusqu'au ruisseau de Barbalatu, sautilla sur les pierres émergentes et remonta vers Ghjuvicaccia. Très vite, son clocher perça la crête. Il s'arrêta, exécuta le signe de croix, saisit la gourde dans sa musette, en but quelques gorgées glacées puis repartit. Il ralentit sa progression, observant les alentours. L'homme grimpa le sentier bordé d'une futaie d'aubépines et repéra la ferme excentrée.*

*Le carillon de l'horloge sonna onze heures. Les deux vieilles étaient dans la grande pièce, à la fois cuisine, salle à manger et salon. L'une était assise à la longue table. Sur une feuille de journal elle épluchait pommes de terre et carottes. Marie Fuzi était heureuse, elle avait réussi sa mise en plis tout en ajoutant une légère coloration avec nuance tirant sur le violet. Cependant, elle affichait une mauvaise humeur que sa sœur semblait ignorer. Celle-ci alimentait le brasier de la cheminée d'une grosse bûche taillée dans le hêtre. Le soleil du matin n'avait pas encore réussi à pénétrer les murs épais de la vieille bâtisse. Pauline Baldacco secoua dans la braise, la poêle où des pommes de terre doraient au milieu d'un champ d'échalotes.*

*— Alors ? s'enquit Marie.*

*— Pas déjà, je viens juste de les mettre, répondit Pauline*

*surprise.*

*— Fais attention, la dernière fois, elles étaient noires d'un côté et crues de l'autre.*

*— Elles étaient délicieuses, tu l'avais dit toi-même. Je sais préparer des patates gralées tout de même. Si cela ne te va pas, grille-les toi-même !*

*— On ne peut rien te dire, tu prends tout mal.*

*— C'est toi qui dis ça ? Tu as vu la tête que tu fais depuis ce matin ? Tu crois que je ne l'ai pas remarquée. Tu t'es levée du pied gauche ou quoi ?*

*— Justement, tu ne l'as pas remarquée ma tête et c'est ça qui me fait de la peine.*

*Pauline se planta les poings sur les hanches devant sa cadette qui, les yeux rivés sur la carotte s'appliquait à en retirer un œil noir.*

*— Ma Marie ! Je n'avais pas fait attention. Elle est réussie cette fois-ci ta mise en plis, tu es magnifique ! Je suis désolée, mais aussi je me disais qu'il y avait quelque chose de changé, je n'arrivais pas à voir quoi. Tu es jolie comme tout.*

*Marie Fuzi était aux anges, il n'en fallut pas plus pour que toute sa rancœur s'effondre.*

*— Tu trouves ? dit-elle en relevant une boucle du dos de la main qui tenait l'éplucheur.*

*La réponse fut suspendue par des coups frappés à la porte. Les femmes s'interrogèrent du regard. Qui cela pouvait-il être ? Elles ne recevaient jamais de visites, cela ne les intéressait pas, tout le monde le savait au village. Leur ferme était suffisamment à l'écart. Si elles avaient besoin de quelque chose, elles s'y rendaient quand elles le voulaient. Quant à la compagnie, avec Simon le mari de Pauline, ils se suffisaient à eux-mêmes. Ce n'était pas le facteur : lorsqu'il apportait du courrier, ce qui était exceptionnel, il donnait un coup de sonnette à vélo, le déposait sur le bord de la fenêtre et s'éclipsait.*

*— Qui c'est ? demanda l'aînée.*

*— Excusez-moi de vous déranger, j'ai dû m'égarer, si vous pouviez...*

*— Allez au village, c'est juste à côté, on vous renseignera !*

*— Je suis désolé d'insister, un peu d'eau me fera du bien avant de continuer ma course.*

*— Sur la place du village, il y a une fontaine.*

*Silence. L'intrus ne répondit pas. Mais elles ne l'entendirent pas non plus s'éloigner. Si ! Deux pas crissèrent sur la dalle de pierre. Puis silence à nouveau. Les deux vieilles affichèrent des mines perplexes.*

*Dans un grand fracas le loquet s'arracha, la porte s'ouvrit violemment et cogna contre le mur. Les deux femmes toisèrent l'homme dans l'encadrement, sa haute stature peu épaisse ne les impressionna pas. Dans le contre-jour, Antoine n'était guère qu'une ombre au masque blanc énucléé, surgie de nulle part. Il fit un pas.*

*— On n'ouvre pas au pauvre errant ? J'avais pourtant demandé gentiment.*

*— Sortez d'ici ! aboya Pauline Baldacco.*

*— «Jésus versa de l'eau dans un bassin, vint à Pierre et lui lava les pieds», évangile selon saint Jean, chapitre 13. Est-ce ainsi qu'on accueille le pèlerin qui mande une cruche d'eau fraîche ?*

*— Pour la dernière fois, hors de notre maison ! éructa Marie en se levant de table.*

*— Sinon quoi ? menaça l'homme.*

*Il s'avançait, avec lenteur, pas à pas. Elles pouvaient distinguer les crevasses que formaient ses joues et, loin au fond des orbites, ses yeux de loup.*

*— Sinon quoi ? hurla-t-il.*

*De la paume de la main il projeta Marie à terre. Sa sœur le menaça de son dérisoire éplucheur qu'elle avait attrapé au milieu des légumes.*

*— Qui êtes-vous ? Que voulez-vous ?*

*— Tais-toi femme !*

*Elle pointait sa pauvre arme tremblotante au bout de son bras. Mais son regard ne vacillait pas et restait vrillé dans celui de l'homme. Il éclata d'un rire vide.*

*— Nous sommes vieilles, nous n'avons pas d'argent, il n'y a rien à obtenir de nous.*

*— Pour qui me prenez-vous ?*

*Son rire se transforma en rictus, il saisit la passoire de cuivre sur la table qu'il abattit sur la tempe de la femme. Elle s'affala sans vie sur les tomettes. Marie se traîna jusqu'à elle.*

*— Pauline, Pauline ! Non ! Qu'avez-vous fait ?! Vous êtes un assassin. Pourquoi vous-en prenez-vous à deux vieilles femmes ?*

*— Je suis l'instrument de Dieu.*

*Par la fenêtre, Simon Baldacco vit sa femme la tête auréolée de sang et au-dessus de l'âtre son fusil pendu. Il se précipita dans la remise, aussi vite que le lui permettaient ses articulations, ouvrit une armoire dans laquelle il retrouva son ancien fusil poussiéreux, déblaya des boîtes et plongea une main fébrile dans l'une d'entre elles. Il introduisit deux cartouches dans les tubes, traversa la cour et pénétra dans l'ouverture.*

*— Lâche-la !*

*L'homme eut le temps de soulever la frêle Marie et s'en fit un rempart.*

*— Je le répète une dernière fois, laisse Marie.*

*— Pose ton fusil.*

*— Tire Simon, tire, il a tué Pauline, ne t'occupe pas de moi ! implora Marie.*

*Simon arma le chien, Antoine lança Marie telle une poupée de chiffon. Simon écarta le canon, le coup partit, les billes de plomb s'égrenèrent dans les murs et le plafond. L'agresseur se rua sur l'homme avant qu'il ne tire à nouveau, les deux vieux ne purent opposer aucune résistance.*

*— Qui croyez-vous être pour résister au glaive immanent du Tout-Puissant ?*

*Il les immobilisa sans effort, prit la cordelette dans son sac et entrava pieds et poings. Il les lia ensemble.*

*— Qu'est-ce que tu nous veux ?*

*— Je l'ai déjà dit, je suis le bras séculier de Notre Seigneur. Car Il a dit «Tu ne tueras point».*

*— Mais tu es un fou, c'est ce que tu fais...*

*Antoine prit une branche dans la cheminée, la mit au contact des rideaux qui s'enflammèrent immédiatement, il répandit le feu à la nappe, aux tissus des fauteuils. Rapidement les poutres crachèrent des flammèches.*

*— Seul le feu purifiera le pêcheur. À moins que ce ne soit le creuset de l'enfer.*

*L'homme vomit une diatribe que le ronflement du brasier déchiquetait. Les flammes tournoyaient. Il s'éveilla de sa démence lorsqu'elles s'approchèrent jusqu'à l'agripper. Il contempla les corps étendus. Ils suffoquaient, se contorsionnaient pour s'approcher de la porte à la recherche d'oxygène. Mais la fumée roulait vers l'extérieur, assombrissant l'ouverture. Ils hoquetaient et n'avalaient que le gaz mortel. Ils s'évanouirent avant la morsure des flammes. L'homme s'extirpa de la fournaise et s'éloigna prestement à l'abri du premier bosquet. Là, il vit arriver les premiers villageois qui allèrent au puits remplir un seau et coururent le vider sur le brasier. La flaque était dérisoire, ils lâchèrent le seau, impuissants et regardèrent, fascinés, le feu dévorer la ferme, inexorablement. Il n'était plus temps de secourir les prisonniers de l'incendie, cela était impossible et vain, ils devaient déjà être asphyxiés, carbonisés. Devant la bâtisse, le groupe gonflait, rejoint par d'autres spectateurs. L'assassin grimaça un sourire et s'effaça.*

*L'homme sarclait avec application autour de feuilles de chêne.*

*— Antoine, vous préparerez les salades pour le dîner.*

*Il poursuivit l'aération des plans qu'il arrosa et répondit enfin.*

*— Oui sœur Joséphine.*

*— Merci Antoine.*

*Il se releva, la suivit des yeux jusqu'à ce qu'elle disparaisse. Il cueillit quelques laitues, prit ses outils et se dirigea vers l'appentis. Il posa l'arrosoir, rangea le sarcloir et la binette. Sa besace était pendue à un crochet, il la vida : cordelettes, gourde, couteau. Il déposa les laitues dans l'évier, et s'assit à la petite table de bois. Il déplia le journal qui l'attendait. À la une, la photo d'une ferme carbonisée renvoyait à la page faits divers. Il l'ouvrit. Le titre était parlant :*

*«Incendie mortel à Ghjuvicaccia. Les Ghjuvicaccais sont restés impuissants devant l'incendie qui a ravagé une ferme avec une rapidité extraordinaire. Les malheureux habitants, dépassant les soixante-dix ans, n'ont pu s'échapper des flammes. Mme Pauline Baldacco se déplaçait avec grande difficulté, peut-être en voulant lui porter secours, son mari M. Simon Baldacco et sa sœur Marie Fuzi ont-ils été surpris par l'extension subite de l'incendie ? Le feu s'est-il répandu par la projection d'une braise ? Provient-il de la cuisinière ? L'origine est difficile à déterminer, l'une ou l'autre en est probablement la cause. Les habitants du petit village de Ghjuvicaccia déplorent le décès de M. et Mme Baldacco ainsi que de Mme Fuzi dont les ossements ont été retrouvés parmi les cendres. La cérémonie religieuse se déroulera dimanche. »*

*Antoine referma le journal et fit le signe de croix.*

*— «Tu es poussière et tu redeviendras poussière» Genèse, chapitre 3, 19. Amen.*

# 2. Le sénateur

L'homme était trapu, l'attache de la tête à ses fortes épaules était un tronc noueux, il semblait qu'elle ne pouvait pivoter. Les gens qui le croisaient se sentaient soulagés lorsqu'il disparaissait de leur champ de vision.

Il y avait foule. La bâtisse qui dominait la baie de Porto-Vecchio était spacieuse, la piscine avait vue sur le golfe, avec en face, la porte de Saint-Cyprien. Ce rassemblement interlope était censé fêter le mariage de l'hôte de la maison. Les flatteries étaient de mise, les visages affichaient une mine radieuse, beaucoup étaient satisfaits du privilège de compter parmi les élus, triés sur le volet, et jubilaient de découvrir ceux qui étaient passés par les trous de la passoire. Ils faisaient définitivement partie de l'élite, de la crème, de Paris à Ajaccio. Les costumes étaient du sur-mesure, dans les tissus les plus fins, les robes, relevées de luxueuses parures, formaient un défilé d'Armani, Dior, Yves Saint-Laurent ou Gaultier. D'autres, vieilles familles de magistrats ou de puissants propriétaires, n'approuvaient pas ce mélange de personnages, vite enrichis, aux manières vulgaires. Ils restaient sérieux et hautains et ne participaient pas à cette mixité.

L'homme puissant se faufila jusqu'à la salle à manger. Deux extras ajustaient méticuleusement l'alignement des derniers couverts : une jeune femme mise en valeur dans sa tunique blanche et noire et un grand garçon filiforme à peine sorti de l'adolescence, intimidé par la présence de sa jeune collègue. L'homme prit une allure désinvolte, examinant par-ci par-là des affichettes indiquant les places des invités, comme pour faire connaissance des voisins qu'il devrait subir. Il s'approcha ainsi de la table d'honneur, au centre de la disposition en U. Profitant de l'inattention du serveur en habit de pingouin et de sa collègue, il sortit sa main gauche enveloppée d'un gant de caoutchouc et ouvrit une fiole. Il y trempa son index, referma le flacon qu'il fit disparaître. Cachant de son dos ses agissements, il saisit le verre à pied, frotta le bord intérieur et l'examina, aucune trace n'était visible. Il arracha le gant en contrôlant qu'il était bien inversé, le rangea dans la poche intérieure de son veston et s'éclipsa avec la même nonchalance. Il ne restait plus qu'un seul serveur qui, maniaque, était courbé pour mesurer à l'œil que le cône des serviettes présentait leur sommet à la même hauteur. L'homme au cou de taureau se fit la réflexion que si on le lui demandait, le jeune homme pourrait certifier que personne ne s'était introduit dans la salle avant l'heure. Il se fondit parmi les convives, une coupe de champagne à la main.

Paul Terraré était de haute stature. A vingt-huit ans il avait une chevelure d'une blancheur éclatante. Lorsqu'il était accosté par un quelconque flagorneur, il cherchait son patronyme et les circonstances de leur précédente rencontre tout en affichant un visage attentif. La plupart du temps seul le contexte lui revenait en mémoire. Peu importait, il n'avait aucun bénéfice à attendre d'eux. Et pour ceux qui pouvaient lui apporter quelque chose, il les connaissait bien, leur nom, celui de leur femme, leurs qualités, et surtout leurs défauts : l'expérience lui avait appris qu'il était beaucoup plus rentable de forcer sur ces derniers que de jouer sur les qualités. Mais hormis quelques individus, aujourd'hui c'était lui l'homme puissant, celui dont on quémandait un coup de pouce pour un permis de construire, une aide pour la signature d'un contrat avec l'État, un coup de téléphone pour débloquer un conflit périlleux mais rentable. Le sourire enjôleur et l'œil suppliant, tels étaient les accessoires essentiels que l'on présentait à l'entrée avec son carton d'invitation. Faire parti du gotha au dîner d'honneur du mariage du plus jeune sénateur de France, cela représentait un aboutissement, une reconnaissance et flattait l'ego au point que certains se pavanaient avec une suffisance pis qu'un coq de bruyère en rut.

On passa à table dans un brouhaha futile d'échanges insipides, de mots sans esprit, de forfanteries. Puis, des commentaires fielleux se répandirent sur le compte de la mariée : pourquoi se mariait-elle avec un coureur qui ne croisait pas une femme sans la déshabiller du regard mais ne savait que faire lorsqu'elle l'était ? Le prestige d'être l'épouse d'un sénateur ? Pour cela elle devrait subir le défilé des maîtresses dont les plus âgées ne dépassaient pas la vingtaine et la plus jeune était juste atteinte par la « limite légale de consommation » disait-on. L'on ricanait. Le patrimoine du marié l'aiderait à avaler la pilule ? Qu'importe la véracité des dires, il n'y avait pas de fumée sans feu, c'était bien connu. Les rumeurs allaient bon train.

Jusqu'au dernier moment, Marie-Ange Bloc s'était rongé les sangs : allait-elle recevoir ce fameux carton d'invitation qu'elle courait chercher depuis plusieurs jours au fond de sa boîte aux lettres, à peine le facteur reparti.

Classée ancienne maîtresse lui portait préjudice, mais ignorer la rédactrice en chef de Corse Matin pouvait avoir de fâcheuses conséquences sur un éditorial qui se serait révélé indubitablement peu amène. Généralement, on craignait les écrits au vitriol signés MAB.

Elle avait choisi son collier auquel pendait une perle à la nacre scintillante. Sa robe dénudait ses épaules et mettait en valeur une poitrine fière. On l'avait sise à l'extrémité d'une table éloignée, mais cela n'avait guère d'importance, elle était là et c'était l'essentiel. Faute de mari ou d'amant disponible, elle était accompagnée de son amie de longue date, la seule confidente dont la bouche ne faisait pas écho à ce qu'engloutissaient ses oreilles. Chose rare et précieuse que ne pouvait qu'apprécier Marie-Ange, détentrice de bien des secrets d'alcôves et qui pouvait libérer son persiflage tenu en laisse tant bien que mal dans ses colonnes de papier.

— Le marié est bel homme, remarqua Élodie, l'auditrice intègre.

— Ce n'est qu'apparence, si le mât monte parfois au firmament, les ballons sont de vieilles baudruches dégonflées qui ne jouent guère aux castagnettes.

Rires étouffés des complices.

— Tu sais de quoi tu parles !

— Exactement ! Et cela date de plus de deux ans, alors je n'ose imaginer l'état de délabrement actuel. Il doit lui falloir une bonne paire de bretelles pour ne pas les écraser par inadvertance en s'asseyant.

L'on gloussa derrière les serviettes.

— C'est pour émoustiller l'appareillage qu'il les lui faut de plus en plus jeunes, reprit MAB.

— C'est pour cela que tu ne lui convenais plus.

— Saloope !

— Moi aussi je t'aime.

— D'ailleurs la mariée est déjà out !

— Elle le sait, qu'elle a des concurrentes en barboteuses ?

— Bien sûr, nul ne l'ignore.

— Ça ne la gêne pas ?

— Que ne ferait-on pour un peu de notoriété, pour grimper sur le dessus du panier de crabes ?

Lorsque Marie-Ange parlait à voix basse, son pendentif se balançait entre ses seins, dont le décolleté montrait plus qu'il n'en suggérait le galbe, comme s'il donnait la direction à suivre. Les coups d'œil que lançait son vis-à-vis sur la droite, montraient qu'il en avait saisi le code. Elle se laissait flatter par les caresses de ces regards, sans rien en laisser paraître.

— Tu crois qu'il la mise en cloque ?

— Oh ce n'est pas cela qui l'aurait forcé au mariage. Il y en a plus d'une qui a essayé ce coup tordu, mais il n'a jamais cédé, argent ou menace et le polichinelle a sauté vite fait bien fait, crois-moi. Non, seule l'ambition de la drôlesse peut expliquer qu'elle soit prête à avaler de telles couleuvres. Et lui, il voulait se fixer depuis son dernier divorce, le célibat commençait à lui peser, se faire materner tout en courant après des gamines, encore un fantasme de macho.

Tout à coup un verre tinta frénétiquement. Les conversations se turent lorsque l'on vit que Paul Terraré était à l'origine de ce carillon.

— Je vous remercie de m'accorder quelque attention. N'ayez crainte, je n'ai point de longs discours à vous servir, mais avant d'entamer les hostilités, il faut que je vous dise. Je veux vous parler de celle que désormais je peux appeler ma femme. Tout le monde le sait, ce n'est pas la première, ce ne serait pas normal de n'être point déniaisé à mon âge, même s'il est encore vert. Mais, j'en fais le serment ici devant tous : Isabelle tu seras la dernière. À Isabelle, la dernière !

Tous les convives applaudirent et levèrent leur verre.

— À Isabelle, la dernière !

Terraré trinqua avec son épouse et porta le verre à ses lèvres. Puis il se rassit et chacun entama l'entrée composée de foie gras aux truffes et airelles.

— C'est d'un délicat, commenta Élodie.

— Je veux bien que ces truffes m'étranglent si c'est la dernière, dit Bloc. C'est peut-être le plus jeune sénateur de France, mais c'est le plus vieux vicieux pervers de l'univers. Enfin bon, mon article parlera d'un magnifique mariage, avec le gratin choisi parmi les plus hauts dignitaires et les personnalités les plus influentes, dans une ambiance de liesse, car ce n'est pas tous les jours qu'un sénateur se marie.

— Tu as raison, dans cette profession lorsqu'ils organisent une réception, c'est plutôt pour leurs obsèques !

Ricanements retenus des commères.

Au milieu du repas, la mariée que l'on n'avait guère entendue poussa un cri strident. Son nouvel époux avait le visage plongé dans le lieu aux perles de caviar sur canapé d'oseille accompagné d'un gratin d'herbes marines, pointe de romarin. Les cous se tendirent.

— Il pêche le gros en apnée ou quoi ? interrogea Marie-Ange.

Le pauvre homme restait figé dans les profondeurs marines lorsqu'une main bienveillante l'en extirpa par les cheveux. Les poissons et légumes sculptaient son visage façon fossile. Charlène Terraré, sa mère, à sa droite, retrouva des gestes anciens, débarbouillant le visage de son fils juché sur sa chaise haute, la bouche badigeonnée de bouillie. Lorsque la face fut visible, cela ne faisait plus de doute, ce n'était pas une de ses stupides plaisanteries. Le père du marié appela.

— Y a-t-il un docteur pour l'amour du ciel ?

— Je suis son médecin.

Cette réponse parvint de deux tables desquelles deux hommes se levèrent, l'un jeune, joufflu, enrobé, l'autre grisonnant. Ils se dévisagèrent, surpris.

— Tu vois, il trompe même ses médecins traitants, persifla madame Bloc.

Les docteurs écartèrent les curieux consternés, puis ils renversèrent la nappe. Verres, plats et assiettes se brisèrent au milieu des aliments écrasés, dans un tintamarre qui imposa le silence parmi l'assistance. À quatre, ils allongèrent le corps sur la table. Le jeune tâta le pouls tandis que le vieux écoutait, l'oreille collée sur le thorax. Unanimement, ils secouèrent du chef avec solennité. À la vue de ces conclusions muettes, Isabelle émit un cri que n'aurait pas renié une marmotte en alerte. Les femmes l'entourèrent, la firent asseoir un peu plus loin et entreprirent de la réconforter.

— Paul, Paul mon amour.

— Non, là elle en fait trop, elle n'est pas crédible, commenta Marie-Ange.

— Qu'est-ce que vous attendez pour appeler les pompiers ? dit le père.

Ce qu'il fit lui-même.

— Le cœur ne bat plus, constata le plus âgé.

— Il faut pratiquer un massage cardiaque, conclut le

deuxième.

Il défit le col de la chemise, apposa les deux mains l'une sur l'autre et soumit le thorax à des pressions énergiques et régulières. Le docteur transpira rapidement mais continua sans ralentir, dans un silence religieux. Bientôt des sirènes retentirent. Il cessa lorsque les pompiers firent irruption. Ils appliquèrent un défibrillateur tout en transportant le sénateur dans l'ambulance. Madame Terraré mère se proposa d'accompagner son fils. Elle avait le visage défait. La mise en plis, que son coiffeur avait réussie avec brio, avait dégonflé comme un soufflé dans un courant d'air. Mais son mari s'interposa. Tonio Terraré avait une forte carrure ; élancé, la pratique du sport lui donnait un air plus jeune que son fils plutôt fervent adepte des boîtes de nuit et de mélanges en tout genre d'alcools forts. Son autorité naturelle suffit, il monta dans l'ambulance sous le regard maternel accablé et celui mortifié de l'épouse que l'on avait déjà oubliée.

Marie-Ange s'était approchée, ses réflexes professionnels resurgirent, discrètement elle extirpa de son sac à main un minuscule appareil numérique-quinze mégaoctets-autofocus, visa, ajusta et prit plusieurs photos. Elle sonda un médecin.

— D'après vous qu'est-ce que cela peut être, infarctus, A.V.C. ?

— Certainement pas un AVC. Il est trop tôt pour se prononcer mais c'est probablement un infarctus, ou une embolie pulmonaire.

Après celle du sénateur, elle reprit sa série de photos à l'insu de tous, Charlène, la mère de la mariée, les docteurs, sans omettre les témoins. Elle rejoignit Élodie.

— J'étais venue pour écrire un article people sur la couleur des toasts, la rondeur des bulles de champagne, accessoirement l'étalage des bijoux, les froufrous des robes de ces dames, quelques commentaires saisis par-ci par-là, résultat j'ai un scoop en exclusivité sur la mort du plus jeune sénateur de France. C'est pas beau ça !

— En tout cas fais attention à ce que tu manges.

— Quoi ?!

— Isabelle c'est la dernière, définitivement. Tu risques l'étranglement par les truffes.

Marie-Ange Bloc sortit son mouchoir avec précipitation et comprima avec difficulté le rire qui la secouait. Elle morigéna son amie.

— Putain t'es conne, tu te rends compte ! Tu me ferais éclater de rire devant tout le monde, pour qui tu me ferais passer !

— Ben, pour ce que tu es.

— Justement, c'est pas bon ça !

Elle but une rasade.

À l'autre bout de la table, un verre à pied était aussi incliné. Il fut vidé et reposé sur la nappe. La main qui le tenait était noueuse. L'homme lâcha le verre, il donna un peu de jeu à sa cravate, se leva et quitta la pièce, d'une allure souple et décontractée.

# 3. Francesco Falcone

Dimanche après-midi, le seul moment que le commandant Falcone possédait. Les autres jours de la semaine, sa vie ne lui appartenait pas. Les journées se culbutaient les unes contre les autres, avec à peine quelques heures de répit entre elles, l'envahissaient corps et biens, s'enfonçant toujours plus loin dans la nuit, parfois jusqu'à l'aurore. Lorsqu'il émergeait le dimanche, grâce à un café noir à casser à la masse, le soleil était déjà bien haut. Alors il prenait le large dans son petit canot motorisé, s'éloignant de la jetée de Pavellone, et jetait l'ancre au creux d'une petite baie abritée. Il n'utilisait le moteur qu'exceptionnellement, préférant les rames. Là il mouillait la ligne, non pas que le poisson aux dimensions exceptionnelles le maintînt hors d'haleine, mais les gestes de la pêche lui occupaient les mains, tandis que son esprit glissait mollement sur les rondeurs de l'onde.

Il se raisonnait, échafaudait de nouvelles règles de conduite, décidait par exemple qu'il pourrait lâcher un peu de lest, rien ne l'obligeait à suivre toutes les enquêtes en cours avec autant de précision. Il était à la tête d'une équipe compétente, ses collaborateurs n'étaient pas faciles à traire, des caractères de cochon, mais terriblement efficaces. Lorsqu'ils étaient sur une affaire ils ne lâchaient pas le morceau, tels des pitbulls et ils ne comptaient pas leurs heures jusqu'à ce que l'os ait donné tout son jus.

Teter était un sacré bonhomme, descendant direct de l'ours des cavernes, en plus gros. Lorsqu'il s'asseyait sur un seul siège, ce qui malgré tout était le cas la plupart du temps, ses fesses débordaient comme un énorme chamallow, retenues par les solides coutures de son jean. Mais elles restaient rivées sur leur assise des heures durant, tant que les plus grands remparts de la Toile ne lui avaient pas cédé leurs secrets les plus enfouis. L'appelait-on Teter parce que justement il était le seigneur de la recherche sur Internet ? ou parce qu'il suçait sans cesse une sucrerie qu'il tétait comme un forcené et remplaçait sitôt disparue comme d'autres allument une cigarette à peine la précédente écrasée, ses yeux toujours fixés sur l'écran, la main tâtonnant sur le bureau à la quête du paquet salvateur, tandis que l'autre courait toujours sur le clavier ? ou tout simplement parce qu'il s'appelait Thierry, Tietier étant trop compliqué et Titi déjà pris ? Nul ne le savait. Il habitait à quelques rues du commissariat. Les lentes et longues foulées qui le transportaient jusqu'à chez lui le basculaient de droite et de gauche, grand culbuto qu'il fallait éviter, le marcheur inconséquent qui se cognait à lui était projeté sans même qu'il s'en aperçoive. Sa vue portait loin à l'horizon, très au-dessus du flux des crânes piétonniers. Contrairement à son chef, au fur et à mesure qu'il s'éloignait du bureau, son esprit laissait derrière lui les traces des préoccupations professionnelles, soufflées par le vent. Elles étaient remplacées une à une par les casse-tête personnels et quand il franchissait le seuil de son appartement, il se rappelait avec précision tous les détails des problèmes tels qu'il les avait laissés au milieu de la nuit en s'écrasant sur son matelas, le cerveau saturé d'algorithmes.

Teter se dirigea dans la cuisine, ouvrit les placards, jeta sur la table roulante ce qui lui tombait sous la main, sachet de chips, boîte de camembert, conserve de thon, yaourt, tandis que l'eau bouillait jusqu'à ce que les cinq cents grammes de pâtes qu'il y avait versés soient al dente. Les lardons, revenus à la poêle, furent noyés par un pot de crème fraîche et rejoignirent le saladier rempli de spaghettis. Il déboucha une bouteille de vin qu'il servit dans un verre à pied. Son palais réagit favorablement, il acquiesça et fit rouler la table jusqu'à la pièce de vie. Il se vautra sur son fauteuil de cuir, prit sur la tablette, à sa gauche, le clavier à infrarouge qu'il installa sur ses genoux. Il baissa son bras pour allumer la tour sur l'étagère inférieure de la tablette. Il eut le temps d'enrouler une fourchetée de spaghettis carbonara et de l'avaler lorsque l'écran s'illumina et afficha ses logos. Il essuya ses doigts sur son ventre avant d'effleurer les touches.

<LeJé> – Teter t'es là tard !

<Smith> – Il a raison, l'est pas tôt Teter !

<Saaba> – T'étais où Teter ?

<Teter> – Hé, excusez-moi mais j'ai aussi une vie réelle moi ! N'est pas là Goal ?

<LeJé> – Une vie réelle, de quoi tu parles ?

<Smith> – Elle te manque déjà Goal ?

<Saaba> – C'est un leurre, la vraie vie c'est la virtuelle, d'ailleurs tu remarqueras que dans virtuelle il y a vie : la vie...rtuelle

<Teter> – Non, pour Goal, c'est juste pour dire que je ne suis pas le dernier. Quant à virtuelle, il y a aussi tue : la vie tue elle.

<LeJé> – Y a Teter, il est amoureux de Goal ! Il y a aussi vire : la vie te vire, pas la virtuelle.

<Smith> – Tant que vous y êtes, pourquoi pas truelle : à la truelle les âneries qui sont débitées ici. Et je

crois qu'avec Goal c'est réciproque : lance-toi Teter !

<Saaba> – Hou il est amoureux !

<Goal> – C'est pas poli de parler des absents !

<Saaba> – Bonjour Olga !

<Teter> – Bonjour Olga !

<LeJé> – Bonjour Olga !

<Smith> – Bonjour Olga !

<Goal> – Appelez-moi encore une fois Olga et je vais chercher vos vrais patronymes, que je divulguerai, accompagnés d'une photo de vos tronches. Et je crois qu'il n'y a que vos écrans qui peuvent les supporter. Enfin, bonjour quand même les garçons.

HAND, c'était sous ce sobriquet qu'ils étaient connus par les initiés de la toile. Ils n'agissaient pas s'ils n'étaient pas tous les cinq réunis. HAND était parfois rejoint par quelques autres identités pour un objectif précis, qui durait quelques dizaines ou centaines d'heures de connexion, puis disparaissaient. Les cinq amis se lançaient des défis impossibles qui les mettaient en concurrence, mais le plus souvent HAND se trouvait en compétition avec d'autres groupes rivaux. Ce genre de challenge les mettait en transes, car, outre la virtuosité, le génie qu'il fallait déployer lors de ces combats de titans, la notion d'équipe, les liens qui les unissaient, la connaissance des autres, leur complémentarité, leur permettaient de remporter quasiment tous les succès. Ils se répartissaient les tâches selon leurs spécialisations et quand HAND avait atteint son but, une grande main, doigts écartés, aux couleurs bigarrées, s'affichait sur les écrans de leurs adversaires, suivie de la preuve de leur victoire. Ils se déconnectaient du réseau pour commenter, juste entre eux, les prouesses qu'ils avaient accomplies, les barrières qu'ils avaient éclatées.

L'étendue de leurs investigations était hétéroclite, de la plus futile à la plus conséquente. Résoudre, en quelques poignées de minutes, le dernier jeu sorti, était pour eux une mise en bouche. Ce qui motivait HAND était sa contribution aux causes perdues, un innocent spolié de ses biens ou de ses droits par une multinationale ou un État, une ONG virée par un pays pour commettre encore plus d'exactions sans témoins internationaux, venir en aide aux populations écrasées par un barbare sanguinaire, exfiltrer un journaliste perdu dans un trou à rat au milieu de nulle part.

Teter, Smith, Saaba, LeJé et Goal ne s'étaient jamais rencontrés, ils ne savaient rien de leur vie, ni à quoi ils ressemblaient. Ils avaient un point commun : la blancheur laiteuse de leur peau, témoin de leur incapacité à dévisser de leur intérieur informatisé, immobiles face aux écrans, étendus dans un canapé, lovés dans un fauteuil, enfouis dans des coussins ou écrasés au sommet d'un lit. S'ils ignoraient tout du contexte des internautes, d'ailleurs cela ne les intéressait pas (Goal et Teter avaient certainement une autre vie car ils n'étaient pas disponibles indéfiniment, mais dès que ceux-ci se branchaient, ils tombaient inévitablement sur leurs trois autres partenaires), ils savaient tout de leurs goûts, de leurs caractères, des subtilités de leurs raisonnements, de l'acuité de leurs réflexions, de l'étendue de leurs connaissances, qu'ils partageaient systématiquement lors de leurs débriefings.

Grâce à cette mise en commun leur puissance investigatrice croissait exponentiellement, ce qui distinguait HAND des autres hackers qui gardaient jalousement leurs découvertes. Ainsi, malgré leur apparente sédentarité, ils intervenaient dans n'importe quelle partie du monde, mieux qu'un agent surarmé rompu aux techniques de combat et de survie en milieu hostile, dominant les interminables négociations entre gouvernements et intermédiaires de bandes armées. Il suffisait à HAND de trouver la faille, montagne d'argent cachée dans la mémoire d'une banque, contrat secret avec l'ennemi, information dont la divulgation mettait en péril la suprématie d'un caïd, pour que la situation se débloque comme par enchantement, à la grande surprise des proches des «sources informées».

La gamelle de spaghettis avalée, les boîtes vidées, les sachets froissés et la bouteille asséchée, Teter saluait ses coéquipiers, se levait péniblement de son fauteuil, époussetait les miettes qui couvraient son tee-shirt et s'effondrait en slip sur le lit. Il se réveillait cinq heures plus tard, prenait une douche, se vêtait de propre, qu'il ne tacherait pas avant le soir. Cette vie lui convenait à merveille, il n'exécrait que le dimanche matin où il devait faire un minimum de ménage, aspirateur, vaisselle, linge. Il avait bien initié une tentative d'embauche de femme de ménage, mais il l'avait virée avec perte et fracas, lui si flegmatique, lorsqu'elle avait passé l'éponge sur un de ses écrans.

Petit, sec, nerveux, les cheveux noirs plantés jusqu'au front, coiffés au peigne fin, séparés par une droite rectiligne, comme tracée à la règle sur le côté du crâne, dont chaque brin connaissait le côté de la frontière qu'il devait conserver, André Ortis mettait mal à l'aise. Sa présence distillait une sourde menace. Un quidam, blanc comme neige sans l'ombre d'une action ni même d'une pensée répréhensible, ressentait l'impression que le flic allait lui sauter dessus, l'égorger et lui faire avouer un acte condamnable effacé de sa conscience. La conception qu'il avait de lui-même se trouvait ébranlée.

Lorsqu'Ortis interrogeait réellement un prévenu, l'intonation de sa voix, tendue, métallique, sèche comme un coup de trique, s'infiltrait dans son cerveau et le soumettait autant que le déroulement ininterrompu de ses questions. Il était la tique tombée de la branche, accrochée à la couenne de la bête et qui ne la lâchait que lorsqu'elle était gorgée de son sang. Pas avant. La séance pouvait prendre des heures, une journée entière, et la nuit qui suivait, c'était le maximum ; rares étaient les malfrats qui résistaient plus longtemps et lorsqu'il se levait, laissant le criminel haletant, pantelant, terrassé, trempé de sueur, les aveux signés à la main, pas un pli ne s'était formé à sa veste, pas une goutte de sueur n'auréolait sa chemise qui restait boutonnée jusqu'au col. La raie des cheveux aussi nette qu'après la toilette du matin. Il déposait la déclaration signée sur le bureau du commandant Falcone et rentrait chez lui.

La porte franchie, il était accueilli par une volée de «papa !», réjoui et renversé par ses six enfants entre un et huit ans qui se précipitaient, grimpaient sur lui, le couvrant de baisers, chatouilles ou câlins. Ce que quinze heures d'interrogatoire n'avaient pas accompli, ses enfants l'avaient achevé en quelques minutes : veste froissée, chemise couverte de taches, cheveux ébouriffés et l'homme était béat, souriant aux anges.

Sa femme apparaissait dans l'encoignure du couloir, le ventre arrondi.

— Allons les enfants, laissez votre père arriver.

— Laisse, ils disent bonjour à leur papa.

Il se levait, deux ou trois enfants encore accrochés aux branches et allait embrasser sa femme.

Avait-il une parfaite maîtrise de lui-même et arrivait-il à se libérer de toute cette tension professionnelle sur le seuil de son habitation, ou cette menace permanente qu'il dégageait n'était-elle qu'une interprétation erronée d'une attitude simplement concentrée, sérieuse, appliquée qu'impliquait sa fonction ? Qui saurait le dire...

Le troisième homme du commandant Falcone, était un adepte de la fonte, il collectionnait les disques qu'il enfilait jusqu'aux bouts de leur axe et les faisait voltiger en des allers-retours incessants, suivant des courbes ou des droites imaginaires, avec la régularité d'une bielle de locomotive à vapeur. Il stoppait son mouvement alternatif uniquement lorsque le nombre fixé était atteint. Chaque muscle de son corps devait fournir son lot de contractions-extensions des pieds jusqu'au cou. Il délaissait alors les agrès, quittait sa tunique juste au corps pour enfiler le dobok, vêtement plus ample de taekwondo. Il s'adonnait aux poomsés, suite de mouvements de techniques de combat, sa préférée étant le pyongwon qui demande une grande maîtrise de force et d'équilibre. Lorsque des adversaires se présentaient sur le dojo, il pouvait s'entraîner lors de rencontres amicales. Il avait rapidement laissé tomber le karaté pour s'investir dans ce sport de combat où les coups étaient portés sans retenue, avec casque, coquilles et plastron pour seules protections. Cependant, hors compétition il ne donnait pas toute sa puissance, il ne voulait ni effrayer ni casser sans nécessité. Et lorsque la compétition avait lieu, l'adversaire pensait combattre un lourdaud gonflé aux hormones, tel un veau en promo sur les rayons à prix coûtant. La surprise était à tout le moins fulgurante, un ditchogui sauté et l'adversaire se réveillait au vestiaire, demandant quand allait commencer le combat. Il saluait le jury, allait s'asseoir et attendait la suite de la compétition, une bouteille d'eau à la main.

Martin Pronelli était bavard, mais il estimait que quatre-vingts pour cent des conversations étaient inutiles, notamment sur le temps : dire qu'il fait chaud quand il fait chaud ou qu'il pleut sous la pluie, qu'est-ce que cela apporte ? À quoi cela rime-t-il de demander des nouvelles de la santé, pensait-il, alors que la réponse est invariablement «ça va», même si ce n'est pas le cas et quand la personne interrogée s'épanche sur ses ennuis de santé, c'est un raseur invétéré. Non, il employait les vingt pour cent restants pour aboutir à ce qui était sa deuxième passion, la conquête féminine.

Lorsqu'il sortait de la salle d'entraînement, douché, chemise blanche ouverte, déballée du pressing, il jetait son sac de sport dans le coffre et déboulait en ville. Il connaissait les bars et les boîtes de nuits où il exerçait son pouvoir de séduction. Comme sur les dojos, son atout était la surprise. Il savait que son anatomie suscitait des sentiments mêlés, envie de sa prestance physique, aussi bien de la part des hommes qui jalousaient la largeur des épaules et les rondeurs des biceps que de celle des femmes qui éprouvaient le désir irrépressible de se faire envelopper par ces bras puissants. En même temps, Martin provoquait sarcasmes et persiflages, les facultés du cerveau étant, c'est bien connu, inversement proportionnelles à celles du corps. Lorsqu'il voulait séduire, il accostait l'objet de ses désirs avec un sujet rarement abordé : celui des sentiments, de la vie qui s'écoule, des déceptions essuyées, des envies profondes, des projets de vie saccagés ou ceux réalisés. Sans pudeur vis-à-vis d'un inconnu, les femmes se livraient comme jamais. Elles se sentaient en confiance, écoutées avec un réel intérêt. Pronelli montrait une telle empathie que les barrières tombaient les unes après les autres, laissant la jeune femme troublée, désorientée. Il se faisait alors charmeur, il n'essayait pas d'enlever la belle le soir même, il la laissait, pour mieux la cueillir le lendemain. Ils sortaient ensemble plusieurs semaines, mais il ne parvenait pas à garder une liaison plus longtemps, il n'en connaissait pas la cause et ne cherchait pas à savoir pourquoi. Alors il entamait doucement, sans heurt la séparation...

Cette vie nocturne le satisfaisait pleinement et quand il entamait une nouvelle journée de travail, il se sentait totalement disponible. Une journée entière au bureau ne le contrariait pas, il restait nonchalant, certain qu'il aurait l'occasion de dépenser son énergie sur les dojos et dans les bars. Mais quand il allait sur le terrain pour une quelconque interpellation, il devenait une arme redoutable. Il n'utilisait guère son *Sig Sauer 2022* et s'arrangeait pour approcher le prévenu et l'arrêter à mains nues, avec au fond de lui l'espoir qu'il se défende ou cherche à s'enfuir. Ah, se trouver face à de vrais durs et mettre en œuvre toute sa science du combat, mais il ne fallait pas rêver !

Lorsque Falcone relançait les membres de son

équipe, les fustigeait quand une enquête patinait, il se faisait la réflexion qu'il ne possédait pas la moitié de leur talent. Il constatait malgré tout que ses décisions n'étaient jamais remises en question et qu'ils lui portaient une confiance sans limite. Est-ce que je les mérite se demandait-il et, n'obtenant pas de réponse, il mettait tout en œuvre pour que cela soit vrai.

Malgré ses bonnes résolutions, ses tentatives de délégation étaient effacées et il était vite rattrapé par son souci de la perfection. Il voulait connaître les détails de l'avancement de chaque investigation. Il avait beau se raisonner, ce n'était pas parce qu'il était célibataire qu'il devait vouer sa vie à la P.J. Il était bel homme, pas très grand mais bien bâti, le nez droit, les yeux très noirs, le menton énergique, gueule de héros hollywoodien, si ce n'étaient ses oreilles qui baissaient pavillon et qu'il dissimulait en vain sous une chevelure qu'il laissait flotter autour du cou.

Sur les vaguelettes les rayons rebondissaient et prenaient les pupilles pour cible, traversant sans peine les carreaux teintés. Le bouchon allait et venait au fil de l'eau. Lorsqu'il s'enfonça profondément d'un coup sec, sans les saccades annonciatrices de l'alevin hésitant, laissant présumer la grosse touche, son portable tinta sur l'air de *Life is real* d'Ayo, ce qui le surprit car il avait l'habitude de l'éteindre quand il s'accordait cette parenthèse régénératrice. Il ferra énergiquement, puis, sentant le poisson accroché, il libéra une main pour chercher son smartphone dans la poche de sa veste, il sortit ses clefs, son portefeuille avant de le saisir enfin. Mais il dut le lâcher pour empoigner à deux mains la canne qui ployait violemment. Il amena l'animal, gueule hors d'eau, près de l'embarcation, profita d’un mou de la ligne pour coincer son portable entre l'oreille et l'épaule.

— Allo !

— ...

— Oui, quoi ? … Merde !

La traction soudaine du sillon lui décolla l'épaule et l'objet bascula. Il le ramassa au fond de la barque.

— J'écoute... Non, il était tombé.

De sa main droite il tira lentement, le bouchon se rapprochait de la coque.

— C'est que j'ai une touche, une grosse... Mais non ! Un poisson ! Il est énorme en plus.

Il planta à nouveau son téléphone au creux de l'épaule, agrippa l'épuisette.

— Qu'est-ce que tu as à me déranger un dimanche après-midi ? Tu sais que c'est sacré, si on me le prend, qu'est-ce qu'il me reste ?

Il fit émerger la gueule ouverte de la bête et la glissa dans ses filets.

— Houaw, une moustelle... Quoi ? Le sénateur Terraré ?

Falcone se redressa, surpris par la nouvelle. La moustelle en profita pour se détacher d'un redoutable coup de queue et regagner les profondeurs, mais elle emmena l'épuisette avec elle.

— Maintenant ? Fabienne, merde, tu exagères !

Il jeta la canne au fond de la coque, démarra le moteur et suivit l'épuisette qui filait devant. Il arriva au niveau du manche, se pencha et l'attrapa.

— OK, j'arrive !

Il souleva l'épuisette, la moustelle devait dépasser les

cinquante centimètres.

— Mais tu me revaudras ça au centuple, sache-le !

Penché par-dessus bord, il posa le portable sur la planche et, à deux mains sortit le poisson hors de l'eau, le ramena à bord. Puis il reprit son smartphone.

— Oui je sais, un sénateur n’attend pas. Même mort !

# 4. Enquête corse

Le commandant de police Falcone se gara devant le bâtiment, quelques invités étaient restés, commentant sans fin l'événement. Ils se turent lorsqu'il grimpa les quelques marches de pierre blanche. L'ancien corps de ferme, transformé en un joli pavillon de chasse, présentait au rez-de-chaussée une immense pièce dédiée aux réceptions, qu'il fallait réserver à Hôtels et Châteaux des semaines à l'avance. Le maire, soucieux, écoutait madame la procureure lui parler à voix basse, quand ils virent le commandant se diriger vers eux. Celui-ci avait conservé sa veste de pêche aux cent poches, signe qu'il ne devrait pas être là, son dévouement avait des limites, quelle que soit l'importance du cadavre. Et puis, il n'était pas médecin, les gens pouvaient faire des infarctus sans qu'on l'appelle, sinon où irait-on ?

— Monsieur le maire.

Ils se serrèrent la main.

— Bonjour commandant. C'est une catastrophe qui nous tombe dessus.

Le maire, chauve, bedaine proéminente, était accablé par cet événement qu'il considérait comme un cataclysme qui le dépassait. La quarantaine épanouie, madame la procureure Fabienne Léonili lui tendit la main.

— Merci d'avoir accouru à ma demande, je sais, c'est un des rares moments qui t'appartiennent, je n'aurais peut-être pas dû, mais tu comprends, je n'avais guère le choix.

— Je ne comprends pas notre présence ici. Que s'est-il passé ? Monsieur Paul Terraré a eu une attaque lors de son repas de noce, c'est plutôt le ministère de la santé que cela concerne !

— D'accord ! On se calme. On a fait une analyse de sang, les résultats sont surprenants.

— Vous avez déjà les résultats ?

Léonili allait lui rétorquer qu'il lui avait fallu deux heures pour venir mais elle se retint à temps.

— Oui : l'AVC était écarté dès le départ ; d'après le légiste il n'a pas fait d'infarctus. Alors cela pose problème. Si c'est une mort naturelle, tant mieux, je t'aurais dérangé pour rien.

— Oui tu as raison ça n'a pas d'importance.

— Ce n'est pas ce que je veux dire, tu le sais très bien. Mais si la cause est d'origine criminelle, je préfère que l'on passe l'endroit au peigne fin plutôt que de négliger quoi que ce soit.

— Ça va, j'avais compris. Si ce n'est ni un infarctus, ni un AVC, c'est forcément criminel ?

— Ah, je ne sais pas moi, le médecin nous en dira plus bientôt. Je te demande de faire comme si.

— Bon, je m'y attelle et je te dis quoi.

— Je te remercie Francesco. Je te revaudrai ça, promis.

— J'y compte bien.

— Je te présente monsieur Jégu le maître d'hôtel, il est resté à notre disposition.

Après avoir fait les présentations, Fabienne Léonili quitta les lieux escortée par le maire.

Un petit homme rondelet, doté d'un sourire commercial, s'inclina de quelques degrés, dévoilant un crâne luisant, bordé d'un ruban de cheveux noirs et courts, ayant abandonné depuis longtemps l'ascension de l'ovoïde crâne.

— Bonjour monsieur le commandant, vous me direz quand je pourrai desservir les tables. C'est que cela va me coûter cher en heures supplémentaires tout ça et qui va payer ?

— Ne vous en faites pas, il n'y en pas pour très longtemps.

Les deux hommes se dirigèrent vers la table centrale. Falcone montra assiettes et couverts jonchant le sol en vrac.

— Dites-moi, ce n'est pas très aligné tous ces couverts, là !

— Monsieur le commandant, nous sommes les traiteurs les plus haut de gamme de la place. Si le service est désorganisé, c'est que d'aucuns auront fait place pour allonger le corps de monsieur le sénateur, avant qu'on ne l'emmène en ambulance. Laissez-moi vous dire qu'auparavant, la disposition des couverts était millimétrique !

— Bien sûr, bien sûr... Vous n'auriez rien remarqué d'anormal ?

— Non.

— Un incident quelconque...

— Non, rien, vous savez, je navigue entre la salle et la cuisine où l'on arrange les plats et fait réchauffer les mets qui viennent directement de nos cuisines. Lors de mes présences en salle, je n'ai rien relevé d'extraordinaire.

— Extraordinaire… je n'en demande pas tant, je ne sais pas, moi, un éclat de voix, une présence insolite.

— Non monsieur, rien de tel.

L'homme se passa la main sur la peau du crâne comme pour en vérifier la désertification.

— C'est l'emplacement des mariés ?

— Oui.

Sur la table il ne restait que quelques couverts, une ou deux assiettes, le reste avait été balancé sur le sol. Falcone déposa chaque couvert dans un sac transparent. Puis il ponctionna un échantillon de chaque nourriture présente sur la table.

— Vous ne jetterez aucune nourriture. Vous gardez tout à notre disposition.

— Il ne faudra pas que cela dure éternellement, mes réfrigérateurs ne sont pas extensibles…

— Le temps qu'il faudra, pas plus !

Falcone marquait les sachets utilisés. Il désigna la vaisselle qui jonchait le sol.

— Quels sont les couverts du marié ?

— Difficile à dire, en tout cas ils sont parmi ceux-là.

Martin Pronelli le rejoignit

— Ah ! Te voilà !

— Oui chef, le temps que je prenne une douche et que...

— C'est bon. Dis, tu vas me prélever tout ce qui traîne, nourriture et vaisselle.

— Et la brigade technique, elle sert à quoi ?

— On n'en est pas encore là.

— Mais, il y a plein de morceaux de verres et d'assiettes.

— Et alors ?

— Rien.

— Quant à vous monsieur Jégu, c'est bien compris, les aliments vous les gardez au frais, pour le reste, vous laissez tout en l'état, j'établis un périmètre de sécurité, zone sous scellés, on ne touche rien.

— Quoi ? Toute la vaissellerie ! Mais j'en ai impérativement besoin pour mes services.

— S'il s'avérait que madame la procureure ait raison, je veux avoir tout ça sous la main.

La main du traiteur faisait des allées et venues frénétiques sur le mont chauve.

— Mais comment vais-je faire ?

— Vous la récupérerez quand on vous le dira. Vous devez en avoir d'autres.

— Pas de cette qualité !

— Au revoir, je vous ferai appeler dès que j'aurai des nouvelles.

— Allons, on s'en va puisqu'on n'a plus rien à faire ici.

René Jégu s'adressait à son chef de rang et aux deux serveurs : le grand gars parsemé de boutons juvéniles et la jeune fille rousse aux yeux verts, dont les rondeurs affolaient le grand échalas. Ils étaient restés à distance respectueuse, se faisant des remarques à voix basse. Ils suivirent leur patron, soulagés que leur service se termine enfin.

— Ah ! Encore une chose monsieur Jégu.

— Oui ?

— Le plan de table, j'aimerais y jeter un œil.

— Je vais le chercher, il est dans la cuisine.

Le commandant suivit le maître d'hôtel, fasciné par ce crâne lisse poncé au *Polish*. Celui-ci ouvrit un tiroir, en tira une luxueuse plaquette en papier glacé, ornée d'une photo du castelet. Il la déplia avec une certaine vanité.

— Voyez, ici le plan de table faisant suite au menu, avec les noms de tous les invités. Au centre, les mariés n'est-ce pas, la maman à droite du marié, puis le père...

— Oui je vois, je vais l'emporter si vous n'y voyez pas d'inconvénient.

— Non, je n'en ai plus l'utilité, quant aux mariés, je veux dire la mariée, ou plutôt la veuve, elle en possède un.

— Est-ce qu'un intrus aurait pu se glisser parmi les invités ?

— Impossible, nous offrons aussi un service de sécurité. Il faut présenter à l'entrée sa carte d'invitation, sans cela le barrage est infranchissable, voyez-vous. Auparavant nos clients ont eu trop de problèmes avec les pique-assiettes, de vulgaires parasites, des vampires près à sucer le sang jusqu'à...

— D'accord, d'accord, aucun étranger n'a eu la possibilité d'entrer. Très bien.

— Si vous en avez fini avec moi, me permettez-vous de prendre congé ?

— Faites.

— Au revoir monsieur le commandant.

— Au revoir monsieur Jégu.

L'homme s'échappa, suivi de ses deux employés. Le téléphone du policier retentit.

— Oui ? … Non, rien d'extraordinaire, des assiettes sales, des verres à moitié vides, j'ai mis tout ça au frais... Vous voulez que je les fasse analyser avant d'avoir les diagnostics médicaux ? … Ah ! Si c'est un pressentiment, ça change tout... non, je ne suis pas sarcastique Fabienne... oui, on s'appelle demain.

Avant de ranger son portable, Falcone l'examina, circonspect, comme si l'objet devait lui dévoiler un pan caché de la psychologie de la procureure. Il le mit enfin dans sa poche, déçu de n'avoir obtenu aucune révélation.

# 5. Fabienne Léonili

La jeune ado affichait un léger sourire, juste ce qu'il fallait pour paraître encore plus jolie. Elle s'était exercée des heures durant devant la glace et avait trouvé le bon dosage. Un sourire juste esquissé, mais pas trop pour ne pas encourager les dragueurs toujours trop entreprenants, un brin de mystère, une hautaine distance, un peu comme sur les couvertures en papier glacé des magazines. Cette attitude de souveraine était la garantie d'entretenir autour d'elle une foule d'hommes transis et de femmes éperdues de jalousie. Ainsi voyait-elle les choses… Le maquillage appuyé pour rattraper deux ou trois années manquantes, Julie adorait attirer les regards, assise sur la terrasse, aspirant à la paille par à-coups son sirop à la menthe, face à la place marchande où se bousculaient les piétons. Mais ce plaisir narcissique prit fin, le sourire s'évapora, le visage se renfrogna. Elle posa brusquement sa boisson, ouvrit son sac à main, saisit un paquet de cigarettes dont l'emballage la promettait à une mort certaine, lente et douloureuse. Elle en porta une à ses lèvres, qu'elle alluma les yeux mi-clos.

— Bonjour ma chérie. Excuse-moi pour le retard, il fallait impérativement que je boucle un dossier, mais comme tu vois, me voilà.

La régularité du visage, les pommettes hautes, les yeux clairs ne laissaient aucun doute, c'était bien la génitrice qui s'installait à ses côtés et la mine renfrognée de la jeune fille le confirmait.

— Dis-moi, à ton âge, tu en es à combien de

cigarettes ?

— Maman, tu ne vas pas remettre ça. D'abord je suis ton exemple, en plus à ton âge le risque est encore plus grand.

— Je te remercie pour le «à ton âge». Je te ferai remarquer que ce matin encore, on m'a complimentée sur mon physique, qui ne correspond pas du tout «à mon âge».

— En plus ou en moins ?

— Julie ! Ce que tu es rosse !

— C'est toi qui as commencé à parler d'âge. Et de qui vient cette flatterie, un collaborateur qui espère une augmentation, un amant refoulé ?

— Un amant refoulé ! Ce n'est pas parce qu'avec ton père on s'est séparés que je vais me jeter dans les bras du premier venu. Je veux goûter à une vie libre, sans un juge à domicile, j'en vois assez comme ça. Un gouverneur qui régente mon quotidien, très peu pour moi ! Prendre seule mes décisions, m'asseoir tranquillement avec un magazine débile, un horoscope encore plus débile ou devant la télé à gober les téléréalités bêtifiantes, sans être dénigrée, moi ça me détend. J'en ai le droit, avec mon job qui est suffisamment sérieux comme ça : ça-me-dé-tend !

— Eh, cool, je cherchais simplement une explication, c'est tout !

— Tu crois que ça ne peut pas être sincère, je ne fais pas moins que mon âge ?

Julie enveloppa le cou de sa mère, cajoleuse.

— Ma petite maman, je te fais marcher et toi tu cours à chaque fois. Cumulés, tu en es au moins à ton dixième marathon. On dirait que tu as mon âge.

— Je n'en demande pas tant !

— Faudrait savoir mamounette.

Elle l'embrassa.

— Ouh, toi, toi !

— Quoi, moi, moi ?

— Oui, toi, toi, tu m'intrigues !

Julie afficha un air surpris.

— Qu'est-ce que tu veux me demander ?

Les sourcils formèrent un angle interrogateur.

— Je te trouve bien câline.

— Mais c'est sincère.

— Mouais...

— Au fait maman...

— Oui ?

— Tu sais mon portable...

— On te l'a volé ?

— Non non pas du tout.

— Tant mieux, tu m'as fait peur.

— Non, ce que je voulais te dire, c'est qu'il est...

— Cassé ?

— Has been.

— Comment, mais je t'ai acheté ce qu'il y avait de mieux.

— Oui, tu l'as dit, c'est là le problème : ce qu'il y *avait* de mieux. Maintenant il est dépassé. Je voudrais un Iphone.

— Iphone, Ipad, Ipod, ça va pas non ! Un Ipod'chambre si tu veux mais ça n'ira pas plus loin.

— Arrête avec ton humour à deux balles. Toutes mes copines ont un Iphone, j'ai l'air d'un dinosaure avec mon portable pourri.

— Pas question. Quand tu me montreras un tricératops appeler ses potes avec son portable, je reverrai ma position, pas avant.

La demoiselle tira sur sa cigarette, recula au fond de son fauteuil et prit l'attitude du bernard-l'hermite agacé par la langouste.

— Et voilà, tu fais la tête. Je me disais aussi, un câlin gratuit, c'était de la science-fiction.

— Maman s'il te plaît.

— Arrête, ça vaut une fortune et tout ça pour téléphoner.

— Pour téléphoner ! Tu n'y connais rien, tu peux aller sur Internet, prendre et stocker des photos, de la musique et faire plein de trucs, sans parler des applis de ouf.

— Le tien aussi prend des photos, ne me prends pas pour une bécasse.

— Le mien, il est ringard et il ne fait pas tout ça.

— Ce n'est pas ce que tu me disais il y a trois mois.

— Cinq.

— C'est pareil, il marche très bien.

— C'est ton dernier mot ?

— Pourquoi, une menace ?

— Je me le ferai simplement acheter par papa. Je te le demandais d'abord à toi pour te faire plaisir.

— Tu es trop bonne. Il ne sera pas d'accord.

— Il fait ce que je veux.

— Pas de chantage, ça ne marche pas avec moi.

Les deux femmes se turent, ruminant leurs argumentations. Après cette courte pose, la mère reprit la parole.

— Combien il coûte ?

— Oh, maman, tu es adorable !

— Je n'ai pas dit oui.

Les couleurs du ciel annonçaient que l'après-midi

tirait à sa fin. Fabienne Léonili était assise seule à la même table de cette terrasse, une cigarette coincée entre l'index et le majeur, son esprit flottait dans le lointain. C'était ainsi qu'elle s'imaginait les rapports qu'elles auraient vécus, si jamais elle avait eu une fille. Un jeu du chat et de la souris, où chaque rôle était tenu par l'une ou l'autre, au gré des humeurs, avec un fond de tendresse et d'humour. Son cœur se serrait lorsqu'elle émergeait de ces scènes insolites. Elle ne connaîtrait pas les joies de la maternité, c'était une chose acquise, son regret éternel. Elle n'avait pas connu l'amour où l'on projette d'avoir un enfant. Quelques hommes avaient croisé son chemin, mais aucun n'avait tenu la route. Ils étaient trop communs ou trop envahissants ou pas assez amoureux ou pas assez attentionnés, ou peu engagés dans la relation, ou trop centrés sur leur petite personne. Toujours trop ou pas assez. Était-elle trop exigeante, cela venait-il d'elle ou des hommes ? Peu importe, le résultat était là : pas de famille, le travail et la solitude. Et pas de fille. Ces moments de cafard lui tombaient dessus sans prévenir, plus fréquemment ces temps-ci. Elle ne se laissait pas submerger longtemps, elle se reprenait à temps. C'était une femme forte, énergique. Elle allait se relever, il le fallait bien. Le téléphone tinta, son travail, encore une fois, allait l'y aider.

— Oui ? Ah, docteur Moissier... Maintenant ? Oui, bien sûr, j'arrive.

Elle pianota.

— Francesco, c'est Fabienne, tu peux me rejoindre chez le légiste... Il a du nouveau... à tout de suite.

Le commandant, suivi de Pronelli, entra dans la salle

froide et métallique. Il vit la procureure, serra la main de Moissier.

— C'est grave docteur ?

— Oui, je crois qu'il ne s'en remettra pas.

— Comme lune de miel, il y a plus sexy.

— J'aurais choisi un autre endroit pour mon voyage de noce.

— Les goûts et les couleurs...

— Quand vous en aurez fini, on pourra commencer, intervint la procureure.

Le légiste rentra la répartie qui avait germé pour se concentrer sur les résultats de ses analyses.

— Bon, si vous voulez vous approcher.

Le corps était allongé sur la table d'opération. Il dévoila le visage blafard et sans expression du sénateur.

— On dirait qu'il assiste à une séance au sénat, dit Falcone.

— Avec une petite différence, regardez.

Le médecin enfila une paire de gants, abaissa le menton et tira la langue.

— Vous voyez cette pigmentation violette ?

— Ce n'est pas dû à son état, s'enquit Léonili ?

— Au bout de plusieurs heures, cet organe tire vers le bleu, ici vous avez une légère coloration rouge tirant vers le violet, qui nous fait penser à une fin de journée ensoleillée sous un orage menaçant. Vous voyez ce que je veux dire.

— Une langue de poète en quelque sorte, ajouta Falcone.

— Ce qui signifie ? recentra madame Léonili ?

— Ce qui signifie qu'il est mort.

— Il faut de longues études pour trouver ça ?

— L’analyse de sang révèle plusieurs choses : premièrement une absence de lésions chimiques cardiaques et cérébrales, deuxièmement une absence de thrombose dans l’artère pulmonaire et troisièmement l’absence de lésions organiques de type tumoral, conclusion : pas d’embolie pulmonaire. Donc, puisque je n’ai pas trouvé la cause de sa mort, cela entraîne une suspicion d’empoisonnement ; j’ai donc envisagé une enquête toxicologique naturelle du décès. J’ai recherché dans l’analyse sanguine la médicamentation usuelle : digitaline, benzodiazépine, insuline, bien sûr l’arsenic dans les cheveux. Rien, il n’y avait aucune trace de ces produits. Alors j’ai procédé à l’analyse du tube digestif et puis du foie et enfin des reins. Et là jackpot : j'ai bien trouvé des traces de PyZ.

— PyZ ?

— Enfin, c’est moi qui l’appelle le PyZ. Si tu veux des précisions, c’est du pyrazinediium dibromide. Tu comprends pourquoi j’ai cherché la simplification.

— Je ne t’en demande pas tant, dis-moi seulement son action.

— Pas de problème. Ce produit réagit avec l'oxygène moléculaire pour former un anion superoxyde, puis il retourne à l'état antérieur. L'anion superoxyde peut générer un radical hydroxyle : du peroxyde d'hydrogène. Attention tenez-vous bien, ces métabolites réactifs détruisent les phospholipides membranaires !

— Merde Moissier, en français ça donne quoi ?

— C'est un poison très efficace, il ne se détecte absolument pas au goût, il suffit de quelques traces pour entraîner un processus fulgurant : épaississement du sang, accélération du rythme cardiaque, détresse respiratoire et défaillance cardiaque, aboutissant à un arrêt cardiaque irréversible, entraînant la mort dans les cinq à dix minutes qui suivent l'ingestion.

— Ah ! Ben voilà quand t'y mets du tien on comprend.

— Y a qu'à demander.

— C'est donc la nourriture du repas qui a été empoisonnée, ça ne peut pas être une alimentation précédente.

— Pas du tout, comme je vous l'ai dit, c'est quasiment instantané, c'est ce qu'il a avalé ou bu pendant le banquet.

— Dans ce cas, comment se fait-il qu'il ait été le seul atteint ? Si un aliment était contaminé, tous ceux qui en ont absorbé auraient dû suivre le même sort, demanda Falcone.

— C'est ce qui m'a interpellé. Il y a deux solutions, la première : on a déposé le poison une fois M. Terraré servi.

— Ce qui voudrait dire que l'on se serait approché de lui pour lui verser le produit, un serveur, un ami attentionné, un voisin de table.

— Sous quelle forme se présente ce poison, s'enquit la procureure ?

— C'est une poudre cristalline que l'on mélange dans l'eau à un taux de 70g par litre.

— Donc ?

— Liquide. Deux trois gouttes suffisent, précisa le médecin. La deuxième solution est plus simple. Le meurtrier serait passé avant le banquet, il aurait appliqué la substance sur un couvert, fourchette, assiette, verre. Il suffit de porter l'instrument à la bouche pour que l'empoisonnement ait lieu. L'absorption peut être orale ou transcutanée.

— Donc, cela se situe entre le moment où les tables sont dressées et l'installation des convives... Vous avez une option ?

— Les deux sont possibles.

— Cela m'aide beaucoup.

— Dès les résultats du labo parvenus, vous serez fixés.

Soucieuse, la procureure intervint.

— Il n'y a pas de doute, nous avons bien à faire à un assassinat. Je vais en référer au ministre de l'Intérieur. Cela va faire de bruit. Commandant, je compte sur vous pour boucler le plus rapidement possible cette affaire. Je veux l'auteur de ce crime sous les verrous sans tarder. Nous serons suivis à la culotte, observés à la loupe en haut lieu. Mettez tous les moyens que vous jugerez nécessaire à votre disposition et...

Elle fut interrompue par les percussions de *Life is real*, Falcone sortit son portable.

— Allo ? … Salut Bernard… Je n'en attendais pas moins de toi Bernard, alors ? … pas la nourriture ??? … Ah ! ... J'attends ton rapport sur mon bureau... Merci.

Falcone éteignit son portable.

— C'était le labo. La nourriture n'est pas contaminée. Ils ont dépisté le pyramide j'sais pas quoi.

— Le PyZ.

— Oui, le PyZ. C'est sur le pourtour du verre du sénateur que l'on a trouvé une forte concentration de poison. C'est là qu'a été déposé le PyZ. En buvant le vin, il a ingurgité le produit qui a provoqué sa mort dans les minutes qui ont suivi. Bravo doc.

— Je sais.

— Vous allez donc interroger immédiatement tous ceux qui auraient eu la possibilité d'entrer dans la salle de réception avant le déjeuner, dit Léonili.

— C'est à dire tout le monde, quelques cent cinquante personnes, plus les personnels de service et de sécurité. Je vais commencer par l'équipe des serveurs, après tout, ce sont les premiers à manipuler la vaisselle sans être dérangés. D'autre part ils auront peut-être aperçu quelqu'un avant le début des agapes.

— Vous êtes encore là commandant Falcone ? ironisa Fabienne Léonili.

Pronelli claqua la portière. Falcone démarra sa Renault 16 noire intérieur cuir qui avait appartenu à un ministre dans les années 80 et qu'il avait su conserver.

— Chez *I Fiori* ?

— Tout juste !

— Patron ?

— Oui.

— Je voulais te demander.

Francesco alluma une clope.

— Accouche.

— Pourquoi c'est moi que tu appelles le dimanche ?

— Ortis a six gamins. Ça te pose problème ?

— Non non, c'est juste pour savoir.

— On continue comme ça ?

— Pas de problème patron.

Falcone jeta son mégot d'une pichenette.

— Patron ?

— Oui ?

— Vous savez trouver les arguments en faveur du mariage.

— C'est dans les tuyaux ?

— Ça va pas non ?

# *6. Le Mystique II*

*Les volets s'ouvrirent largement, le soleil se déversa à grands flots. Chantal s'étira, caressée par la chaleur des rayons matinaux.*

*— Chou, lève-toi, on prend le petit-déj' sur la terrasse ce matin.*

*Un grognement répondit à son appel. Elle s'approcha du dormeur.*

*—Allez, viens, je sais que tu es réveillé.*

*Un bras l'enveloppa et l'attira.*

*— Oh, mon amour, pas maintenant, j'ai faim, après le petit-déjeuner si tu veux.*

*La nuisette s'envola.*

*—Moi aussi j'ai faim.*

*— Chéri, à nos âges !*

*— Il n'y a pas d'âge…*

*Sous l'ombre de l'acacia, Chantal faisait tournoyer la cuiller contre la porcelaine, elle porta la tasse à ses lèvres.*

*— Qu'est-ce que tu fais aujourd'hui mon Dodo ? Tu t'en vas loin ?*

*— Non, je pars tout de suite, je fais signer un joli contrat. La vente d'un petit immeuble qui va nous rapporter un beau paquet et je reviens au milieu de l'après-midi. Tu vois, c'est une petite journée. Et toi, qu'est-ce que tu vas faire ?*

*— Quoi ? Tu ne te rappelles plus ? C'est aujourd'hui que je prends mon bain de reine.*

*— C'est vrai, dit-il, navré.*

*— Mon mari est marri ! Il ne faut pas. Écoute, les reines égyptiennes se baignaient tous les jours dans du lait d'ânesse.*

*— On n'est pas en Égypte, ni à l'époque des pyramides.*

*— Je ne suis pas ta petite reine ?*

*— Si bien sûr, mais ça n'a pas été une mince affaire de le récolter ton lait et au village ça fait jaser.*

*— Eh bien qu'ils jasent ! Ils ne savent pas ce qu'ils ratent. Moi je suis tout excitée à l'idée de me glisser dans ce bain, quand Bernadette aura fini de me le préparer.*

*Elle se lova sur les genoux de Dominique.*

*— Je serai ta Néfertiti, tu seras mon Toutankhamon.*

*Elle l'embrassa sur le cou.*

*— Où tu vas chercher tout ça...*

*Yolande était assise sur le perron. Les yeux dans le vague. Instant volé. Ces rêveries étaient impossibles en présence de son mari. Une remarque cinglante la relevait aussi promptement qu'un coup de cravache. Elle était accompagnée d'un sermon sur la paresse, l'indolence ou l'oisiveté, extrait de l'évangile.*

*Yolande se rappelait les jours où ses fils étaient petits. Ces moments de bonheur, ces moments de douleur. Son esprit la ramenait invariablement aux événements qui lui broyaient le cœur, lui brûlaient l'âme. Pourquoi n'était-elle pas intervenue ? Pour elle-même, elle ne s'était jamais rebellée, elle avait baissé la tête, attendu que l'orage passe. La force qui la menaçait était trop puissante, trop violente, indomptable, elle se décuplait quand elle rencontrait une résistance. Ses enfants en subissaient les conséquences. Souvent.*

*Certaines scènes l'obsédaient plus que d'autres :*

*Le dé roula sur la dalle du perron.*

*— Quatre ! Un, deux, trois, quatre. Ouais le neuf ! J'avance mon oie de quatre encore. À toi Moïse.*

*— Tu as trop de chance, c'est pas juste... Six ! Ah enfin ! Un, deux, trois, quatre, cinq, six. C'est pas vrai, 31 le puits, je*

*suis bloqué, j'en ai marre de ce jeu, je perds tout le temps.*

*Yolande passa la tête à la fenêtre de la cuisine.*

*— Moins fort les enfants, votre père va vous entendre.*

*Ils n'avaient pas crié, juste un peu élevé le ton, sans plus. Cependant ils tournèrent la tête vers le jardin, comme pris en faute. Leur père enfonçait sa bêche plein fer, soulevait de lourdes mottes qu'il retournait. Cette activité, qui habituellement apportait apaisement, calme et sérénité, devenait chez lui un acte de violence acharnée. Il fendait le sol du fil de sa pelle, arrachait la terre, la rejetait pour la casser, la broyait à grands coups. Il semblait déchiqueter avec rage des corps inertes, anéantir des vies. Il plongeait sa main pour en extraire les mauvaises herbes, comme s'il évidait les viscères d'une chair encore chaude. Du revers de la main il essuyait son front en sueur et la frottait contre sa blouse noire. Puis reprenait, essoufflé, le rythme de ce qui semblait un carnage. Les trois paires d'yeux se détournèrent, dans la crainte d'être surpris dans la fascination de ce spectacle.*

*Ils reprirent leur jeu à voix basse.*

*Le dé se fit sournois.*

*— Génial, merci Abel, tu tombes aussi dans le puits, tu me libères. Et comme je suis devant toi, jamais je ne te délivrerai.*

*— Sauf si tu tombes sur la mort, là tu recommences au début.*

*— Même pas en rêve !*

*— Joue !*

*Le dé roula, l'oie avança, roula encore et donna son fatal verdict.*

*— Génial, cinquante-huit ! Qu'est-ce que je t'avais dit ! Tu pars à zéro.*

*— La mort ! Il n'y avait qu'une seule case pour me faire perdre et je tombe dessus ? Merde !*

*Le cri fut accompagné par l'envol du plateau du jeu de l'oie et ses figurines. Quand Moïse se rendit compte de l'inconséquence de son geste, il était trop tard. Une ombre glacée le recouvrit. Elle se prolongeait par une tige de sureau souple et dure. Ses bourrelets s'incrustaient facilement dans la peau et provoquaient des écorchures reliées par des lignes violacées. La pire des triques.*

*Antoine avait le visage balafré de terre, la tunique encrassée, ses pupilles lançaient du feu.*

*— Suis-moi Moïse !*

*Au fond du couloir, avant de refermer la porte du bureau, le père voulut que la leçon profitât à tous.*

*— «Mais moi je vous dis que quiconque se met en colère contre son frère, sans cause, sera puni par les juges», Évangile selon saint Matthieu chapitre V, sermon sur la Montagne.*

*Le battant se referma.*

*— Baisse ta culotte.*

*Moïse s'exécuta et s'agrippa sur le dossier du fauteuil.*

*Le premier coup cingla, traînée de feu, donnant un aperçu de la punition. Sous la violence de la décharge, l'enfant suffoqua comme s'il émergeait d'une eau glacée. Il ne fallait pas crier sinon les coups redoubleraient, juste serrer les dents, juste subir sans gémir. Le deuxième coup fut identique, mais il multipliait les dents incandescentes qui mordaient la peau. Ceux qui suivirent croisèrent les précédents et s'incrustaient plus profondément dans les chairs.*

*Abel percevait le sifflement des fouets à travers les paumes sur ses oreilles, il se tassait à chaque jet. Noyé de larmes, il promettait de laisser gagner son frère toujours, toujours. Leur mère faisait la vaisselle. Elle avait beau frotter, elle ne parvenait pas à essuyer cette foutue timbale qui ne cessait de pleurer.*

*Son mari parti pour quelques jours, Yolande revivait ces scènes comme si elles dataient d'hier. Ces instants de liberté étaient amers.*

*Antoine était assis à l'arrière du car, le dos raide, les*

*paupières baissées. Les secousses des vieux amortisseurs n'ébranlaient pas son corps. Les grincements du châssis ne recouvraient pas la voix fragile. Il était plongé dans le film de son enfance :*

*— Maman, maman !*

*Le petit garçon poussa la lourde porte de chêne.*

*Au fond de la chapelle, à travers les rais de poussière filtrés pas les vitraux, la silhouette familière lui apparut enfin. Il s'avança au milieu de l'allée centrale, s'arrêta, contempla les flèches colorées plantées dans le creux de ses mains, écarta les doigts pour les voir se ficher dans le sol. Il s'approcha. La femme était agenouillée sur un prie-Dieu, le visage implorant levé vers la grande croix, une lamentation ininterrompue s'écoulait de ses lèvres. Le Christ semblait écouter et comprendre. L'enfant, délicatement, tira un pli de la robe.*

*— Maman, maman.*

*Son chuchotement était protecteur. Les prières se déversaient à flot continu.*

*— Maman, je suis là...*

*Elle abaissa enfin son regard vers l'enfant. Mais il le traversa. Antoine prit conscience qu'il était transparent aux yeux de sa mère.*

*— Tu me parles maman. Tu me parles.*

*Cette supplication s'écailla et se brisa. À nouveau le fil des mots s'échappa des lèvres entrouvertes.*

*— Tu me parles maman, tu me parles.*

*Ces mots résonnèrent encore dans le crâne d'Antoine lorsque le car s'immobilisa.*

*— Reviens-moi vite mon amour !*

*Sur le pas de porte, Chantal secoua la main en direction de la Mercedes-Benz de son mari. Il lui répondit en agitant la main par la portière, il franchit le portail. La grande maison qu'ils possédaient se situait à quelques encablures de Viagenti. Ils étaient idéalement situés, de l'étage on voyait couler le Tomari, la vue était belle, l'endroit calme, de plus, ils n'étaient qu'à une dizaine de kilomètres de Bonifacio. Lorsqu'il disparut, elle se précipita dans l'escalier, attendit de récupérer son souffle avant de pousser la porte. Elle croisa Bernadette.*

*— Madame j'ai préparé votre bain. Ça n'a pas été facile madame. Normalement, l'eau, elle sort chaude du robinet. Ça va. Mais votre mixture, là.*

*— Le lait.*

*— Oui, c'est ça. Il a fallu que je le chauffe par baquets et après que je les monte. Et c'est pas léger. J'ai utilisé les six feux pour en faire le plus possible avant que ça refroidisse, ceux que j'avais déjà versés dans la baignoire. Même en chauffant au maximum, fallait pas traîner. Enfin, c'est fait. J'espère que madame va pas s'habituer à ce genre de bain parce que, hé, je ne suis pas un baudet. Je préfère le robinet d'eau chaude.*

*— Je verrai. Peut-être que dorénavant, je ne me baignerai que dans du lait d'ânesse, si j'y prends goût, qui sait ?*

*La bonne se renfrogna.*

*— Je plaisante Bernadette. Vous êtes une perle. Allez, je vous donne votre journée. Ne venez que pour le dîner.*

*— Merci madame, ça tombe bien, j'ai ma fille qui est venue avec mon petit-fils. Je vais pouvoir jouer à la grand-mère.*

*Un sourire radieux s'épanouit quand s'offrit à elle une baignoire emplie du liquide onctueux et chaud, aux fragrances délicates. Sans plus attendre, elle fit tomber à ses pieds la soie de sa nuisette et pénétra dans la moiteur du nectar tant désiré.*

*Elle ferma les yeux, jouissant du plaisir que lui apportait la vie depuis qu'elle était l'épouse de Dominique. Cette rencontre où il était tombé amoureux fou l'avait arrachée à cette vie misérable dans ce village perché au milieu de nulle part. Elle n'avait plus vingt ans, mais elle faisait comme si, et son corps qui avait tant séduit Dominique commençait à peine à montrer qu'il venait de dépasser la cinquantaine. Leur fille n'était toujours pas mariée, elle avait quitté la maison il y a belle lurette. Cela ne se faisait pas, s'installer seule à pas vingt ans, mais rien à faire, elle était partie à Ajaccio. Elle voulait vivre sa vie, être indépendante. Elle était toujours célibataire. Vivre seule, pour une femme, cela faisait beaucoup parler. Elle était sûre que, dans son dos, les commentaires acerbes devaient fuser.*

*Quant à son fils, son cœur ne se refermerait jamais sur sa disparition, sa seule consolation était de penser qu'il était mort en héros. Son nom était gravé sur le marbre du monument aux morts. À chaque fois qu'elle passait devant, elle lui envoyait un baiser.*

*Elle avait réappris à vivre. Sans lui.*

*Chantal avait des caprices, elle le reconnaissait, faute avouée à moitié pardonnée. Mais contrairement à ce que pourraient dire les mauvaises langues, elle ne jouait pas les femmes-enfants. Elle était un peu originale de nature et s'arrangeait pour apporter un peu d'extravagance dans sa vie de couple. Et Dodo aimait ça... Elle interrompit soudain le fil de ses réflexions. Elle avait perçu un craquement. Elle se redressa, ralentit sa respiration, tendit l'oreille.*

*— Bernadette ? ...*

*Non, pas un bruit. La maison craquait parfois, notamment le piano, mais surtout en hiver. Elle se détendit, s'enfonça avec lenteur jusqu'au menton dans la caresse du lait.*

*Au milieu de l'escalier Antoine se pétrifia. Le grincement de la marche sous son poids l'avait surpris. L'appel de la propriétaire témoignait qu'il avait été entendu. Mais depuis, plus rien. Elle avait sûrement repris son activité. La voie était libre.*

*Maîtrisant sa puissante voiture, Dominique roulait rapidement. Cela ne l'empêchait pas de laisser aller ses pensées.*

*Elles tournaient autour de sa femme, elle était toujours superbe, il avait toujours envie d'elle, malgré toutes ces années de mariage. Elle avait l'art de renouveler leur quotidien, de casser la ronde des habitudes. Souvent elle heurtait sa famille et ses amis. Auparavant ses parents lui avaient fait des remarques, Dominique tu es le mari... ne la laisse pas faire tout ce qu'elle veut... une femme doit rester à sa place... C'était vrai, elle s'habillait de couleurs vives, et non pas du noir traditionnel, cela ne passait pas inaperçu, il souriait à ces souvenirs, elle exprimait ses avis, qui n'avaient rien de convenu. Mais cela n'empêchait pas le respect. Ils avaient du mal à le comprendre. Cette lubie du lait d'ânesse n'allait pas arranger les choses. Mais Dominique préférait sa vie de couple à celle de ses amis. Ce n'était pas leurs épouses qui lanceraient un petit au revoir sensuel, alors qu'ils partaient à leur travail. Elles se précipitaient plutôt dans leur maison, pour astiquer et cuisiner. Il était comblé.*

*Cependant quelque chose le heurtait dans ce bonheur matinal. Il ressentait comme un pincement, une petite boule qui le titillait au fond de l'âme. Il n'était pas du genre soucieux, cela le préoccupait d'autant plus. D'où cela pouvait-il provenir ? Impossible d'y pointer l'index. Un bel au revoir, signe de la main, baiser soufflé, sourire d'amour. Il avait tout vu dans le rétroviseur, et répondu bras levé, il s'était retourné pour l'entrevoir une dernière fois avant de franchir le portail... Le rétroviseur ! L'image du garage ! Au fond, sa rétine avait enregistré une silhouette. Elle était sombre et c'était celle d'un homme. Il était là. Il en était sûr. Il observait la voiture s'éloigner. Il n'y avait aucun doute, un homme était dans son garage. Cette image qui le tourmentait dans son inconscient lui explosait maintenant à la figure. Dominique enfonça de tout son poids la pédale de frein.*

*Antoine reprit son ascension, allégeant le pas sur les bords des marches. Celles-ci supportaient sans geindre la contrainte de ses soixante-quinze kilos. Il atteignit enfin le palier et se dirigea vers la salle de bain, d'où était venu l'appel. La baigneuse jouait à faire couler le lait au creux de son cou, le sillon cheminait entre ses seins qu'elle trouvait toujours bien rebondis pour son âge. Ils susciteraient l'envie même à une jeunette disait-elle. Elle chantonnait. La porte s'entrouvrit. L'homme s'approcha furtivement.*

*La pédale n'offrit aucune résistance, le véhicule ne broncha pas, son allure ne ralentit pas. Il appuya plusieurs fois, il fallait se rendre à l'évidence, il n'y avait plus de frein. Instinctivement il regarda le rétroviseur, il revit l'homme qui s'y dessinait, il prit conscience que sa main tenait une pince. Le virage qui suivit se déroula dans un crissement de pneus. La vitesse était bien trop rapide, la voiture emportée par son élan dévalait la pente en lacets, frôlait le bord de la chaussée, jouant avec le vide sur la gauche. Dominique connaissait cette route par cœur. Il ne pouvait compter sur une côte, même légère. La Mercedes ne ferait qu'accélérer jusqu'à bondir dans le ravin. Il se dit que sa seule chance était de faire riper la carrosserie contre le terre-plein à sa droite et tenter ainsi de ralentir sa course. Il vira légèrement sur la droite, l'automobile se pressa contre le flanc qui tombait à la verticale sur le macadam. Le pare-choc produisit des étincelles, la ferraille criailla. Il jeta un coup d'œil sur le compteur, l'aiguille stoppa sa progression. Il força encore la pression, la voiture amorça un ralenti. Sa manœuvre fonctionnait, il allait réussir, il allait stopper, faire demi-tour, se porter au secours de sa femme. Un rocher faisait saillie. La Mercedes le heurta de plein fouet et bondit comme une feuille au vent. Elle fit trois tonneaux, la bande de terre de l'autre côté de la route fit trampoline, la lourde tôle s'envola au-dessus du précipice. Une poignée de secondes plus tard, un crash suivi d'une explosion résonna au fond de l'abîme.*

*Chantal sentit des mains se plaquer contre sa bouche, son visage. Respiration instantanément bloquée. Elle se débattit, s'agrippa aux bras, ils étaient durs et secs, impossible de leur faire lâcher prise. Ses mains balayèrent l'air au-dessus d'elle, ses ongles manucurés auraient pu être une arme défensive, mais ils ne labourèrent que l'air, désespérément. Elle ne voyait rien que ces doigts qui l'étouffaient. Elle se tordait, battait des pieds, gigotait comme un cochon qu'on égorgeait. Elle suffoquait, la voix juste derrière sa nuque susurrait des mots incompréhensibles, ses cris restaient enracinés au fond de sa gorge. Ses forces s'amoindrissaient, sa vue se brouillait. Elle luttait depuis des heures, croyait-elle, mais c'était fini, elle ne pouvait plus résister. Elle préférait s'endormir dans son lait merveilleux. Rêver dans le bain de Cléopâtre, revoir une dernière fois l'image de son mari qu'elle aimait tant. Bien, tranquillement, au chaud. C'était si délicieux de s'endormir dans son bain. L'assassin pressait encore le visage de la femme, quoiqu'elle fût inerte. Il débitait son prêche.*

*– «Que le riche ne se glorifie pas de sa richesse : ainsi parle l'Éternel.» Jérémie verset 9.23.*

*Il abandonna le corps qui s'enfonça. Il nettoya les éclaboussures de sa tunique et s'en alla.*

*Le chauffeur faisait les cents pas autour de son car, jetait des coups d'œil impatients aux deux bouts de la route.*

*— Mais qu'est-ce qu'il attend ? On devrait être partis depuis deux heures !*

*Le passager, assis sur le siège avant, ne pouvait profiter de la vue panoramique qu'offrait le pare-brise. Son voisin était fataliste.*

*— Vous ne prenez jamais les transports en commun, vous.*

*— Comment vous savez ?*

*— C'est rare de partir à l'heure.*

*— Je prends toujours ma voiture. J'ai un problème de carbu,*

*elle est au garage.*

*— Là, il attend son patron.*

*— Pourquoi ? Il faut qu'il lui fasse la bise avant de partir ?*

*— Bah ! Dans cette compagnie, c'est toujours des problèmes, là ça doit être plus sérieux.*

*— Pourquoi vous n'en choisissez pas une autre ?*

*— Vous en connaissez ?*

*— …*

*— Moi non plus. Ah ! Le voilà.*

*Un homme s'extirpa péniblement de sa voiture. Sa ceinture ployait sous la lourdeur de son ventre proéminent. Il fut aussitôt assailli par le chauffeur. Les deux hommes s'éloignaient de deux, trois pas, puis se rejoignaient, une danse agrémentée de grands gestes du patron, la casquette du chauffeur plusieurs fois soulevée et remise illico à sa place.*

*— Le chauffeur lui explique qu'il ne peut pas conduire dans des conditions pareilles, que c'est trop dangereux, qu'il est responsable de la vie des passagers, que si c'est comme ça, il préfère donner sa démission.*

*Le novice dévisagea l'habitué avec stupéfaction.*

*— Comment vous savez ?*

*— C'est toujours la même chose. Mais le patron va l'embobiner.*

*Ils montèrent dans la cabine. Le chauffeur fit tourner le moteur et désigna un voyant qui clignotait. Ils discutèrent à voix basse ; si les mots étaient chuchotés, les regards étaient tonitruants. Ils redescendirent et reprirent leur ballet. Puis l'homme à la bedaine débordante s'engouffra dans sa voiture. Ils échangèrent encore quelques mots, puis le chauffeur monta dans son car, s'installa à son volant, ferma la porte d'accès. Il scruta avec désolation les appels de détresse de l'ampoule rouge, souleva une dernière fois sa casquette, gratta son crâne et embraya. Le véhicule s'ébranla, le chauffeur appuyait sur l'accélérateur comme si c'était un œuf frais. Il passa la seconde avec précaution, puis roula au pas, ne quittant pas le voyant qui lui faisait de l'œil.*

*— Eh bien, à ce rythme, on n'est pas à la maison !*

*— On roule, c'est déjà pas mal, philosopha le voisin. L'autre fois on est restés en rade en pleine forêt pendant des heures. Il faisait nuit quand un autre car est venu nous chercher.*

*— Je ne sais pas comment vous faites pour supporter ça.*

*— Hé... Il y a la mécanique. Mais il y a l'organisation aussi. Une fois j'ai fait le trajet tout seul, cinquante kilomètres. C'était un trajet peu fréquenté, d'habitude ils envoient un minicar. Eh bien là, j'avais un car de cinquante places à moi tout seul ! Je me demande comment ils s'en sortent.*

*Le chauffeur avait les mains agrippées au volant, les yeux rivés sur les appels de détresse du point rouge, délaissant la route qui défilait au ralenti.*

*Au fond du car un homme d'âge mûr, les joues assombries par une barbe naissante, surveillait discrètement l'habitacle, préoccupé. Ce n'était pas le cas d'Antoine assis à l'autre bout de la banquette. Il avait la conscience tranquille du devoir accompli. Son œuvre était parfaitement réalisée. Dieu le guidait. Il ne pouvait en être autrement. Il le remerciait par la prière de l'avoir intronisé en instrument au service de Sa justice divine. Soudain l'autocar freina brusquement. Les passagers bousculés relevèrent le menton, curieux de connaître l'origine de cet arrêt imprévu. Un camion de la gendarmerie était stationné sur le bas-côté. Le corps de l'homme à la barbe se tendit, il mit la main dans le sac posé à ses côtés. Il abaissa la tête, mais sous le béret, ses yeux ne perdaient rien de la scène. À l'arrière d'une ambulance, deux brancardiers hissaient un corps recouvert d'une couverture. Un tracteur manœuvrait pendant qu'au fond du ravin, des hommes accrochaient un filin au châssis de la Mercedes-Benz calcinée. L'accordéon de la porte se plia dans une expiration. Un gendarme monta et échangea quelques mots avec le chauffeur. Le barbu se tassa. Le gendarme dévisagea rapidement quelques passagers, descendit et fit signe de passer. Le véhicule s'ébranla. Lorsqu'il passa devant la zone où s'affairaient les hommes d'arme et les secouristes, le barbu s'épongea le front. Antoine fit le signe de croix.*

*Au petit matin Antoine arrangeait les gerbes de fleurs dans les deux grands vases placés de chaque côté de l'autel.*

*— Antoine vous faites entrer les couleurs de l'arc-en-ciel dans notre église. Je suis sûre que là-haut, il nous protège, attiré par ces jolies lumières et les bonnes odeurs de notre jardin et cela grâce à vous Antoine.*

*— Je vous remercie sœur Joséphine.*

*— Vous le méritez Antoine, mais cessez de vous absenter ainsi, vous nous manquez.*

*— Je suis désolé sœur Joséphine, il faudra pourtant que je parte encore, je dois apporter des soins à une vieille tante malade.*

*— Oh ! J'espère que ce n'est pas grave.*

*— Non, juste un tour de rein qui la handicape.*

*— Faites pour le mieux et revenez-nous vite. Je prierai pour elle.*

*— Merci sœur Joséphine.*

*La bonne sœur fit une brève génuflexion, se signa et s'éloigna. Lorsque la porte de la chapelle se referma, l'homme ramassa la dernière brassée de fleurs. Les tiges libérèrent la feuille de papier journal sur laquelle elles étaient posées. Les articles étaient visibles.*

*L'un d'eux évoquait le drame inouï d'un couple dont l'amour affiché avait traversé les années. « L'histoire aurait pu être celle d'un ténébreux scénario, mais la fin tragique était d'une troublante réalité. C'était un couple sans histoires, on ne leur connaissait pas d'ennemis. La police, intriguée par la coïncidence de ces deux accidents, a donné les premières conclusions d'une rapide enquête. Elle a écarté l'hypothèse du double meurtre. En effet, rien parmi la carcasse carbonisée du véhicule n'a pu permettre de conclure à un acte de sabotage. De même, la femme n'a pas subi de violence et ses poumons étaient vierges de liquide qu'aurait pu provoquer une immersion forcée. La victime, quelque peu excentrique, était-elle trop excitée de prendre un bain au lait d'ânesse ? Une de ses nouvelles lubies. Avait-elle le cœur si fragile qu'elle n'aurait pu supporter cette joie ? Toujours est-il que l'émotion qui avait dû l'étreindre fut si violente qu'un arrêt cardiaque interrompit son dernier plaisir terrestre. Dans le même temps, comme si l'un ne pouvait vivre sans l'autre, le mari, féru de vitesse, trouva la mort au fond d'un ravin, alors qu'il se rendait à un rendez-vous professionnel. Leur destin était qu'ils demeurent inséparables. »*

*Le jardinier organisa le dernier bouquet, froissa la page et s'éloigna de la nef par l'allée centrale.*

# 7. I Fiori

Falcone passa sous l'enseigne *I Fiori*. Les cailloux blancs se tassaient sous les roues de sa R16. Le chemin en arc de cercle abordait un parc arboré dont l'ordonnancement sentait le paysagiste agréé. Il déboucha sur le côté droit de la façade couleur toscane du restaurant, style cottage à fenêtres à croisillons. Le commandant se gara sur le parking bordé de buis. Il claqua la portière et gravit, suivi de Pronelli, les trois marches qui menaient au hall d'accueil. Il fut tout de suite interpellé par une hôtesse au sourire étincelant.

— Bonjour, messieurs, je me présente, Vanessa, vous avez réservé à quel nom ?

— Je n'ai rien réservé et je le regrette, mais j'aimerais voir M. Jégu de la part...

— Excusez-moi, l'interrompit l'aimable jeune femme, surprise que l'on déboulât en un tel lieu sans réservation, mais je n'ai aucune table. Il faudrait patienter pendant au moins trois mois. D'autre part, monsieur Jégu est en plein coup de feu et ne pourra se libérer avant seize heures.

— Je suis sûr que si je prononce le mot de passe, intervint Martin toutes dents miroitantes dehors, il trouvera plusieurs minutes à nous accorder.

— Comment cela monsieur ?

— Je suis le lieutenant Pronelli, Martin Pronelli, et voici le commandant Falcone, souffla-t-il en glissant sa carte sous le nez de la demoiselle.

— Ah ! Excusez-moi, je vais m'enquérir.

Elle contourna le comptoir, prit le large couloir, poussa une porte qui donnait aux cuisines. Martin lorgna la silhouette qui entrait dans ses critères de choix.

— Tu n'as pas vu le patron ?

Le chef de cuisine répandait un filet de chocolat sur le pourtour de l'assiette pour finir le nappage sur un dôme de caramel filé. Il leva la tête.

— Qu'est-ce que tu fais dans ma cuisine ?

— Je sais mais il y a un policier qui demande le patron.

— Dehors !

— Mais je l'ai vu entrer il y a deux minutes.

Le chef prit un torchon et s'approcha de Vanessa, sourcils en broussaille, la toisant de son mètre quatre-vingt-dix rehaussé d'une longueur de toque.

— Si tu restes une seconde de plus, ce sera pour faire la vaisselle.

— Mais...

Il lui tendit son torchon. Elle tourna les talons et claqua la porte pour tomber nez à nez avec les policiers.

— Pas commode le chef, dit Falcone.

— Qu'est-ce que vous faites-là ? Vous n'êtes pas à l'accueil ?

— Je le cherche avec vous ma belle, répliqua Martin. Si l'avorton vous ennuie je peux le calmer, je suis tout à votre disposition…

Avant de se diriger à grands pas vers la salle de restaurant, elle dévisagea Martin, intriguée.

— C'est un ours mal léché, une tribu d'hommes des cavernes a plus de savoir-vivre que cet orang-outan. Je ne sais pas comment font les marmitons pour le supporter à longueur de journée. Je ne comprends pas pourquoi le patron ne l'a pas encore viré.

— Peut-être pour sa cuisine ?

— Et alors, je suis une excellente réceptionniste, doublée d'une serveuse remarquable, est-ce que j'envoie balader tout le personnel pour autant ?

En poussant la porte, Vanessa aperçut Jégu.

— Attendez-moi là.

Elle l'appela à mi-voix.

— Monsieur, il y a un...

— Qu'est-ce qu'il fait ici ?

Elle se retourna et vit Falcone qui l'avait encore suivie.

— Mais je vous avais dit de m'attendre.

Le dépit commençait à se lire sur les traits de son visage. Falcone alla à sa rescousse.

— Monsieur Jégu, je dois vous poser quelques questions.

— Je suis en plein boum, vous voyez la salle ? Mes clients attendent de moi une cuisine parfaite et un service exemplaire. Cela fait des mois qu'ils se font une joie de venir à la table d'*I Fiori*, je ne peux les décevoir.

— Plus vite vous répondrez à mes questions, plus vite vous serez débarrassé de moi.

— Vanessa, dites à Jeannot de me remplacer. Vous, suivez-moi.

Ils s'installèrent dans son bureau dont les murs étaient recouverts de cadres où le patron s'exposait, entouré de célébrités qui avaient apposé leur autographe, après avoir vanté les exceptionnelles saveurs des plats de chez Jégu.

— J'espère que vous allez m'annoncer la disponibilité de ma vaisselle, elle commence à me faire défaut.

Avant qu'il n'aille plus loin dans ses réclamations, Falcone l'interrompit.

— Le sénateur a été assassiné.

La surprise figea l'homme, pourtant rompu aux dissimulations de circonstance, aux courbettes courtoises.

— Assassiner un sénateur ! Comment est-ce possible ?

— En l'empoisonnant. Un poison a été découvert dans un verre vous appartenant.

L'homme décidément décontenancé s'étouffa.

— Un verre m'appartenant, que voulez-vous dire ?!

— Juste que je dois conserver vos instruments de travail plus longtemps que prévu.

— Ah bon. Il reprit son souffle, à choisir, il préférait se priver de son matériel, plutôt que tout autre implication dans cette affaire. Gardez-les, faites-en ce que vous voudrez, mais arrêtez de me jeter des braises. Vous avez trop beau jeu de me faire des peurs pareilles.

— Je ne joue pas, je voudrais simplement que vous réfléchissiez bien avant de me répondre. Êtes-vous sûr que personne d'étranger au service ne s'est introduit dans la salle de restauration avant le commencement du repas.

Le patron joignit les mains, plissa les sourcils. Au terme de cette concentration, il émit la même réponse.

— Pas que je sache. Il n'est pas impossible que l'on ait, à mon insu, investi ma salle lorsque j'avais le dos tourné, mais pas en ma présence.

— Est-ce que les verres étaient déjà servis avant que les gens ne s'installent ?

— Enfin commandant, cela ne se fait pas !

— Je voulais juste m'en assurer. Donc, rien qui n'ait retenu votre attention ?

— Non, j'avais d'autres chats à fouetter plutôt que de

surveiller les allées et venues des invités.

— Bon, il faudra que j'interroge vos employés, peut-être auront-ils vu plus de choses que vous. Qui y avait-il ?

— Mon chef de rang et deux extras.

— Ils sont là ?

— Pas les extras.

— Il me faut leur nom.

— Bien sûr, quant à mon chef de rang il est en service, vous pourrez passer dans trois heures, il aura fini et...

— Appelez-le.

— Mais qui va servir ?

— Vous voulez que mon adjoint le remplace ?

Le patron se redressa courroucé et sortit sans un mot. Martin se leva et détailla les photos accrochées aux murs. Jégu fit irruption avec son serveur.

— Voilà Jeannot, je vous le laisse, mais faites vite, je ne peux pas me permettre de faire attendre les plats.

— Croyez-vous que je peux me permettre de faire refroidir l'enquête ?!

Il fallut peu de temps à Falcone pour conclure que le chef de rang n'avait, lui non plus, rien vu ni entendu, affairé qu'il était à la préparation des plats. Il le libéra et prit congé du patron, après que celui-ci eut donné les coordonnées des deux serveurs.

Pronelli et Falcone attendaient devant la porte close. Aucun son ne leur parvenait.

— Insiste, précisa le commandant.

L'homme dont le débardeur mettait en valeur la saillie des muscles, appuya longuement sur la sonnette. Enfin le verrou claqua et le battant s'ouvrit.

— Donnata Annie ?

— Qu'est-ce que c'est ?

La jeune fille passa rapidement sur Falcone pour s'attarder sur le maillot de Pronelli.

— Lieutenant Pronelli et voici le commandant Falcone, nous avons des questions à vous poser.

Elle le dévisagea et s'effaça. Elle portait un tee-shirt qui lui arrivait à mi-cuisse.

— C'est bon, entrez.

Falcone entama les questions.

— Vous dormiez ?

— T'es pas mon père.

— C'était pas un reproche, juste une question.

— Perspicace, vous ne seriez pas flic ?

Elle alla au fond de la pièce, fit glisser la porte de la douche et jeta son tee-shirt avant de la refermer. Le jet crépita. Falcone éleva la voix.

— C'est au sujet du service que vous avez assuré pour le mariage du sénateur Terraré.

— Ce gros porc ?

— Pourquoi dites-vous ça ?

— Vous le savez très bien que c'est un gros porc.

— Tout le monde sait qu'il avait une vie intime, disons élargie.

— Élargie ! Qu'est-ce qui faut pas entendre, si c'était une femme vous emploieriez moins de précautions, vous diriez salope.

— Bon, disons qu'il avait des maîtresses.

— Des maîtresses, OK c'est son problème, mais draguer un beau cul le jour de son mariage !

— Qui vous a dit ça ?

— Devinez. Il voit un beau cul, il met la main dessus.

— C'est ce qu'il vous a fait ?

— Vous trouvez que j'ai un beau cul ?

Martin jubilait, cette répartie inattendue avait, pour quelques secondes mis son chef dans l'embarras. Celui-ci détourna les yeux de la porte en Dravel, translucide, révélant une silhouette floue. Ce ne fut pas le cas de Pronelli qui ne perdait pas une miette de ce jeu d'ombre chinoise à travers le brouillard. Subjugué, il rompit son silence par un seul mot.

— Oui !

Falcone lui jeta un œil désapprobateur.

— Il a essayé de me coincer dans la remise. Il me disait qu'il me désirait, qu'il me trouverait un boulot digne de moi et plus encore. Il essayait de me tripoter en me disant ça, avec ses grosses lèvres violacées de goret, tout près de mon visage. C'était à gerber. J'ai voulu le gifler. Il a bloqué mon poignet. Alors je lui ai balancé mon genou dans les couilles. Il l'a senti passer. Il était plié. Je me suis dégagée, avant de m'échapper je me suis retournée et je lui ai envoyé un coup de pied au cul, que même là où il est, il a dû se retourner.

Le bras dépassa de la cabine.

— Passez-moi la serviette, là.

Pronelli se précipita.

— Merci.

Donnata ouvrit la porte de la douche, la serviette nouée autour de son corps soulignait une silhouette parfaitement dessinée. Elle en prit une plus petite et entreprit de s'essuyer les cheveux. Elle fixa les deux hommes.

– Laissez tomber. Si j'avais dû éliminer les salauds qui ont essayé de me baiser sans demander ma permission, il y a longtemps qu'on aurait fait connaissance. Alors je ne vois pas ce que vous faites ici.

— Je voulais simplement savoir si vous aviez remarqué quelque chose pendant votre service.

Avec la serviette, Annie enveloppa sa lourde chevelure rousse. Elle s'assit sur le fauteuil club en cuir défoncé, les jambes pliées sous elle. Elle craqua une allumette et tira une bouffée qu'elle projeta en l'air.

— Qu'est-ce que j'aurais pu voir ?

— Quelque chose d'inhabituel. Quelqu'un s'approchant de la table du sénateur avant les autres, par exemple.

— Si bien sûr.

— Oui ?

— Nous, les extras, avec le chef de rang et le patron.

— C'est tout ?

— C'est déjà pas mal.

— Sérieusement, vous n'avez rien remarqué d'insolite ?

— Désolée, rien.

— Si quelque chose vous revenait à l'esprit, appelez-moi.

Il lui tendit sa carte. Annie Donnata s'adressa à Pronelli.

— Et vous, vous ne me donnez pas votre carte ?

— Si bien sûr !

Il chercha rapidement dans ses poches et la lui tendit.

— Martin... c'est mignon.

Falcone recentra.

— Vous savez où je peux joindre votre collègue, Fratane ?

— Charles ?

— Oui.

— Il a déjà dégoté un extra au restaurant Le Bon Coup de Fourchette, au centre-ville.

— Vous le voyez souvent ?

— On est sur le même créneau.

— Bon, surtout n'hésitez pas à nous appeler.

— Je n'hésiterai pas, répondit-elle en fixant Pronelli.

Ils sortirent, sur le palier Falcone se sentit dans l'obligation de préciser à son adjoint.

— Tu fais attention, pour l'instant c'est un témoin. On n'y touche pas.

— Je n'ai rien fait patron, rétorqua-t-il comme un enfant que l'on réprimandait.

— Si on dit que le loup de Tex Avery, avec ses pupilles multicolores qui tournent en spirale, langue pendante et les oreilles qui fument, ne fait rien, alors en effet tu n'as rien fait.

# 8. Annie Donnata

— Monsieur désire un couvert ?

La quarantaine à peine entamée, la patronne du Bon coup de Fourchette était maquillée avec goût, son sourire était avenant, elle donnait envie de prendre une table et de se faire servir, de la voir aller et venir pour amener un plat, une carafe. Falcone montra son insigne.

— Non, j'ai juste besoin de poser quelques questions à Charles Fratane.

— Il a fait des bêtises ?

Sa question n'était pas empreinte de doute, elle ne se sentait pas concernée, elle poursuivait seulement son rôle de relations publiques qu'elle poussait jusqu'à devenir enjôleuse.

— Non, juste un témoin éventuel.

— Il est dans la cuisine, je vais vous montrer.

Falcone se demanda ce qu'elle voulait lui montrer, la cuisine ou sa jolie silhouette vêtue d'une robe printanière tombant juste au-dessus des genoux, mollets joliment dessinés, fines chevilles.

Une main épaisse comme une épaule de veau souleva le galbe du verre à pied sans le briser. Il prit le temps, le liquide coula lentement sur sa langue. Il appréciait le bon vin. Il laissait ses papilles s'immerger sous le flux carmin, faire connaissance en même temps qu'elles associaient ce goût à ceux de sa mémoire gustative, pour en analyser les éléments et conclure à la qualité de ce millésime. Il prolongeait cet instant. Plus prosaïquement, cela lui permettait aussi de dissimuler de façon naturelle son visage lorsque le commandant Falcone balaya du regard la salle, tout en suivant la patronne au sourire de velours. Il n'avait rien à craindre, il n'était qu'un quidam comme un autre au milieu de la clientèle du Bon Coup de Fourchette, cependant moins son visage croiserait celui d'un flic, mieux il se porterait. Surtout, il le savait, il n'avait pas un physique lambda, sa force exceptionnelle transpirait sous le tissu de ses vêtements, ses trapèzes descendaient en oblique jusqu'à l'amorce des épaules, ses manches ondulaient sous la houle de ses muscles au moindre de ses mouvements.

L'homme avait démontré la supériorité de sa force pure lorsqu'il était à l'armée. Il avait introduit ses doigts, hormis le pouce qui était trop gros, dans les fûts des MAS 36, ces vieux fusils de 7,5 mm pesant chargés 4,260 kg. Il les avait soulevés à bout de bras, était resté cinq minutes, immobile, les huit fusils à l'horizontale en prolongement de ses doigts, sans aucun tremblement, à la stupéfaction des camarades de son régiment. Dès lors, il n'avait jamais été inquiété, ni par les hommes de troupe, ni par ses supérieurs. Ces derniers l'avaient inscrit aux rencontres inter régiments de boxe. Il en avait appris les rudiments. Il avait remporté toutes les compétitions, les coups qu'il lui arrivait de recevoir ne l'ébranlaient guère, ceux qu'il portait étaient souvent décisifs. Il en avait profité pour apprendre l'esquive, la contre- attaque, le jeu de jambes, pratique qu'il ignorait auparavant, n'en ayant jamais eu besoin lors des rixes de fin de nuits sur les trottoirs chauds d'Ajaccio.

Ce n'était pas le hasard qui avait amené ce client à une table du Bon Coup de Fourchette. Gaspard avait des règles. Il n'était pas un tueur. Il était berger. Cependant il lui était arrivé d'éliminer des gens. Ce n'était pas de gaîté de cœur. S'il y avait un moyen d'agir autrement, il l'employait. Chaque fois qu'il avait effacé un individu, c'était l'ultime solution, pas d'autre choix envisageable. Il exécutait sa tâche sans émotion, avec méthode. Et une des règles à laquelle il s'astreignait, était de s'assurer de n'avoir rien laissé derrière lui après son acte, ni indices, ni témoins. Pour cela il rôdait autour des lieux, autour des gens, discrètement. La plupart du temps tout était nickel, rien à signaler, d'ailleurs plusieurs fois cette méfiance lui avait sauvé la mise. Disparition de preuve, chantage, menace, élimination de témoin, grâce à l'application stricte de cette règle, aucune piste n'était remontée jusqu'à lui : jamais il n'avait été inculpé, seulement soupçonné.

Il lui avait semblé approprié de prendre un dîner chez *I Fiori*. Sans réservation, il n'en n'était pas question. De toute façon, au vu des menus, cet investissement aurait été bien trop onéreux pour un intérêt plus que douteux. Le patron lui-même n'avait aucun intérêt, il ne l'avait même pas aperçu lors de son intervention au pavillon de chasse. Il surveillait les deux jeunes serveurs, histoire de les connaître un tant soit peu, ainsi que leurs activités, leurs lieux de résidence, au cas où. Les deux extras ne travaillaient pas à *I Fiori*. Cependant il n'était pas venu pour rien : le jeune grand maigrichon était passé en coup de vent, puis il était reparti après une rapide conversation avec le patron, peut-être au sujet de l'enveloppe de son service. Il n'eut qu'à le suivre jusqu'au Bon Coup de Fourchette. Gaspard en profita pour prendre un couvert.

Quand il vit le commandant traverser la salle,

derrière la femme au déhanchement fleuri, une lumière l'alerta au fond de son cerveau. Il se leva de table, alla aux toilettes où il put voir par le hublot de la porte menant aux cuisines, le commandant s'entretenir avec le jeune boutonneux.

Charles Fratane était en train de découper un oignon en fines tranches avec application. Lorsque le commandant se présenta, il se mit à pleurer.

— Excusez-moi... l'oignon...

— Pendant ton service, lors du mariage du sénateur, as-tu aperçu quelqu'un s'approcher de sa table ?

— Non monsieur.

Il taillait à vive allure les oignons épluchés.

— Tu travailles souvent pour l'auberge *I Fiori* ?

— Assez souvent oui.

— Avec Annie Donnata ?

— Des fois.

Les larmes coulaient sur ses joues, qu'il essuya du revers de la manche. Son geste était moins sûr, le hachage ralentit, les parcelles s'épaississaient. Cela n'échappa pas à Falcone.

— Vous vous voyez en-dehors du boulot ?

— Heu non, enfin, si, des fois.

Les yeux du commandant commençaient à rougir. Le jeune était d'une émotivité presque maladive, sa présence et les quelques questions d'apparence anodine l'avaient profondément déstabilisé. Falcone n'eut pas à élever la voix, l'intonation suffit.

— Si tu as quelque chose à me dire, c'est maintenant.

— Mais, c'est elle... moi je ne voulais pas...

Le commandant sécha ses yeux qui brûlaient.

— Si tu as fait des conneries, faut me le dire tout de suite, sinon tu risques d'être très vite dépassé par les événements.

— Annie, elle disait qu'on n'était pas assez payés, qu'on devait se servir, ce n'était que justice, moi je ne voulais pas...

— Alors ?

— Elle a dit que je ne le regretterais pas... Elle est jolie...

— C'est vrai, elle est jolie.

Les larmes du commandant roulèrent jusqu'à ses lèvres.

— Que t'a-t-elle demandé ?

— De se servir.

— Quoi ?

— Vaisselle, bouteilles, boîtes de produits de luxe...

— C'est tout ?

Le commandant et le marmiton ne pouvaient retenir leurs pleurs.

— Ben oui.

— Tu le stockes où ?

— Chez moi... On a juste bu une ou deux bouteilles.

— Tu vas me faire le plaisir de tout ramener à ton patron.

— Oui monsieur.

— Et à la table du sénateur, tu n'as rien vu d'inhabituel ?

— Non monsieur.

— Essaie de te rappeler.

— Non rien, ajouta-t-il en se frottant les paupières.

— Si quelque chose te revient tu m'appelles.

— Oui monsieur.

— Et n'oublie pas : ramène ton larcin à ton patron !

— Monsieur ?

— Quoi ?

Le visage implorant, noyé de larmes, se tourna vers le policier.

— Vous ne direz rien à Annie ?

Falcone ferma la porte derrière lui et s'éloigna en séchant ses joues avec son mouchoir. Il croisa la tenancière.

— Ne soyez pas triste, vous pouvez revenir quand vous voulez.

Il eut du mal à interpréter son sourire mutin.

Gaspard avait entrouvert la porte battante, entendu quelques bribes de conversation, rien de précis. Il se dirigea vers le comptoir, paya la note. La patronne lui proposa de lui amener son blouson. Il repoussa ce service, expliquant qu'à son âge il pouvait se vêtir lui-même. Il prit tout son temps pour enfiler son vêtement, à moitié dissimulé derrière les portemanteaux perroquet. Le commandant Falcone, suivi de son adjoint, n'avait pas encore franchi le seuil lorsqu'il lui donna ses instructions.

— Tu vas chez Charles Fratane, à Zonza, lotissement Cappiciolo. Tu trouveras des marchandises tombées du camion. Fouille un peu voir s'il n'y a rien de suspect, on ne sait jamais. Après, tu retourneras rue Monticello à Quenza chez la petite Donnata. Elle est moins nette qu'il n'y paraît. Tu mets la pression, voir si elle ne nous a rien caché d'autre.

Il lui tendit les clefs.

— Tu prends la tire, je rentre à pied.

— Oui patron.

— Martin ?

— Oui patron ?

— Fais pas le con avec la fille.

— Patron !

Sur le perron, l'homme observa la R16 s'éloigner. Il allait devoir intervenir. Les bribes de conversation n'étaient pas rassurantes. La fille avait quelque chose à dire aux flics. Aurait-elle remarqué sa présence à la table du sénateur ? Si c'était le cas, il devait la faire taire : la terroriser ou l'éliminer. Il n'avait pas le choix. Le temps que dure la visite chez le boutonneux, c'est lui qui allait mettre la pression à la petite.

Falcone venait de quitter le restaurant lorsque son portable retentit, c'était Ortis.

— Oui ?

— Quelque chose ne va pas chef ?

— Pourquoi tu me dis ça ?

— Votre voix.

Ça c'était du Ortis tout craché, un seul petit mot à peine prononcé et il percevait la faille.

— Un oignon. Qu'est-ce que tu fais au bureau un dimanche en début de soirée ?

— J'ai entendu aux infos l'affaire avec le sénateur, je suis passé voir si on avait besoin de moi.

C'était ça son équipe, des mecs sur qui on pouvait compter.

— Du nouveau ?

— Oui chef, le sénateur il a un passé trouble.

— C'est à dire ?

— Plus jeune, il faisait partie d'un groupe qui militait pour l'indépendance de la Corse. Á l'époque cet organisme versait dans l'action armée. Paul Terraré n'a jamais été impliqué directement, mais il faisait partie des dirigeants.

— Tu connais un Corse qui n'a jamais été membre d'un groupuscule quelconque et n'a pas milité pour l'indépendance. Si c'est le cas, il faut le canoniser. C'est le passage obligé de tous ceux qui aspirent à une carrière politique sur cette île.

— Oui mais dans ce groupe, il y a eu un schisme. Le parti s'est scindé, engendrant deux corpuscules qui, dès lors, ont passé la majeure partie de leur temps à s'affronter, au détriment de toute véritable action politique. Et quand je dis : affronter, c'est du lourd.

— C'est vieux ?

— Ça date de cinq ans, mais Terraré aurait toujours une influence officieuse sur ce parti.

— J'arrive.

L'irritation avait du mal à se calmer, il avait l'impression d'avoir des yeux de caméléon. Ce n'était pas possible, c'étaient des oignons aux piments ou quoi.

Martin Pronelli attendit après avoir pressé la sonnette. L'appartement était vide puisque Fratane servait au Bon Coup de Fourchette, mais on ne savait jamais, une amie, un coloc. Il introduisit un passe dans la serrure qui ne résista pas. Après un coup d'œil par-dessus son épaule, il poussa la porte et pénétra rapidement dans l'appartement de Charles Fratane.

L'homme s'était changé, cela l'avait retardé mais pas question de faire autrement. Il était impératif de porter des vêtements sortant du pressing lors d'une intervention, c'était une autre règle incontournable. Vêtements souples, chaussures de sport mais à bouts d'acier, qu'il avait trouvées sur Internet, chers, mais efficaces lorsque la coque rencontrait le tibia d'un adversaire.

C'était bien le nom qui était inscrit sur la sonnette, suivi du prénom et entouré d'une guirlande de fleurs dessinées à la main, révélant la présence d'une toute jeune femme. Avant de frapper à la porte du studio, il enfila sa cagoule. Double effet : préserver son identité et provoquer une terreur immédiate.

— Oui ?

Annie Donnata posa la question tout en déverrouillant la serrure. Lourde erreur. La porte se bloqua retenue par la chaîne de sécurité. Annie aperçut la cagoule et eut le réflexe de repousser instantanément la porte. L'homme recula d'un pas et assena un coup de semelle sur le plat de la porte. La chaînette était de bonne qualité car les maillons ne cédèrent pas sous le choc. Le dormant par contre fut arraché par les vis qui maintenaient la plaque.

— Allo, Chef ? … J'ai fouillé partout : foie gras, champagne, Bordeaux, il a du goût ton jeunot, il a de quoi passer de belles soirées. Mais à part ça rien de compromettant … OK, je file chez la fille.

Martin jeta un dernier coup d'œil circulaire puis ferma doucement la porte derrière lui.

Annie s'envola. L'angle du battant l'avait heurtée au front. Elle retomba mollement. Un hématome enfla aussi rapidement qu'une fleur tropicale au moment de la mousson. Énorme, ouvert. Le sang s'écoula le long du nez. L'homme se pencha sur elle, lui tapota la joue.

— Tu m'entends ? Annie ?

Elle ouvrit les yeux. Son regard était vide. Il la secoua.

— Réveille-toi !

Il se leva, prit un torchon qu'il passa sous l'eau. Il humecta rudement le visage. Le froid la réveilla.

— Qui êtes-vous ? Ne me faites pas mal.

— Écoute-moi bien Annie.

— Comment vous me connaissez ?

Elle porta la main à son front et découvrit sa main ensanglantée.

— Qu'est-ce que j'ai ? Je saigne. Ça me lance horriblement. Que me voulez-vous ?

— Calme-toi et écoute-moi. Je ne te veux pas de mal, mais il faut être bien sage.

Donnata commença à prendre conscience de la situation. Elle se concentra, prit sur elle, elle se dit qu'elle devait le laisser parler. Ce n'était pas la première fois qu'elle se faisait agresser. Derrière cette cagoule, se dissimulait un homme comme un autre. Elle respira profondément, retrouva un calme relatif.

— C'est bien, et fais attention à ce que tu vas me répondre. Pendant le mariage du sénateur, est-ce que tu as vu quelque chose de spécial ?

— Le mariage du sénateur ?

Elle était stupéfaite. Ce n'était pas un violeur. Était-ce mieux ?

— Tu as très bien entendu. D'après les flics, tu as des trucs à leur dire. Quoi ? Réponds-moi. Qu'as-tu vu ?

— Ben… il est mort.

Il lui serra la gorge.

— Me prends pas pour un imbécile, tout le monde

sait qu'il est mort. Dis-moi ce que tu as vu !

Il ne la lâchait pas, elle respirait difficilement. Elle fit signe que non de la tête, perdue. Il força encore pour vérifier si tout était dit. Elle se dit qu'il voulait la tuer, elle devait faire quelque chose avant de perdre toutes ses forces. C'était le moment ou jamais. Elle rassembla toute son énergie et fit ce qu'elle savait le mieux faire dans ces cas-là. Elle décocha un violent coup de genou dans les testicules. Ce geste l'avait sortie de bien des situations périlleuses. Les hommes ne pensaient jamais qu'une jeune femme puisse recourir à la violence. Elle savait où frapper, elle n'avait jamais manqué son coup, la surprise était un atout principal, le temps qu'ils reprennent leur souffle, elle était déjà loin. L'homme ne broncha pas, il respira, lui bloqua les jambes. Ses yeux sombres semblaient s'extraire de la cagoule.

— T'es eunuque ou quoi ?

Elle ne comprenait pas ce manque de réaction.

— C'est comme ça que tu le prends ? Tu tiens vraiment à ce que je te prouve le contraire ?

Il appuya sur le cartilage. L'air ne lui parvenait plus, elle lui agrippa l'avant-bras, c'était une tenaille.

— Mauvaise pioche, si tu m'avais répondu, cela t'aurait évité bien des ennuis. Je t'avais dit d'être sage, rien de ceci ne serait arrivé. Tant pis pour toi.

Il appuya son genou sur le sternum de la jeune femme. Le peu d'air qu'elle avait conservé lui échappa. Elle retrouva une sensation qui s'était effacée de sa mémoire. Dans un lac, elle nageait derrière sa grande sœur, elle s'essoufflait, ses membres s'ankylosaient, sa sœur continuait pourtant. Elle s'efforçait de la suivre, mais sa nage était trop fragile, trop récente pour s'éloigner autant de la rive. Elle perdait le synchronisme de ses mouvements, elle ne pouvait plus faire demi-tour, elle se trouvait entre le rivage et le plongeoir qui était au centre du lac. Elle apercevait sa sœur en contre-jour, debout sur le plongeoir quand, d'un coup, elle fut attirée par le fond comme une pierre que l'on jetait. Ses membres ne répondaient plus, tétanisés par la fatalité, son thorax n'effectuait plus son va-et-vient, compressé par un étau, sa poitrine, son ventre, ses muscles étaient paralysés, son corps entier était pantelant. Et cette pression sur son torse, toujours plus lourde. Elle sombrait dans le noir et le froid. Elle sentit la main de sa sœur attraper son poignet et la soulever, l'attirer vers le haut et éclater la surface de l'eau, et cette énorme goulée d'air infinie qui lui emplissait les poumons…

Cette énorme goulée d'air infinie qui lui emplissait les poumons. Elle ouvrit les yeux, chercha sa sœur et vit l'homme cagoulé atterrir sur la moquette et se relever aussitôt. Et, debout, le flic d'hier, le beau gosse, rabattre sa jambe et prendre une position de combat, campé sur le sol, poings serrés. L'homme à la cagoule se rua sur lui poing en avant, Martin l'évita en tournoyant sur le côté tout en projetant dans le même mouvement son talon dans les flancs de l'adversaire. L'impact fut rude, Martin avait déployé toute la puissance de sa cuisse. Ajouté à l'élan de l'homme, celui-ci aurait dû s'affaler, les côtes brisées. Martin fut sidéré : l'homme n'avait pas bronché, il s'immobilisa quelques secondes, reprit son souffle et rompit le combat. Il profita de l'ouverture laissée par Martin lors de sa riposte, pour atteindre le pas de porte et prendre la fuite. De toutes ses tripes, le lieutenant désirait se lancer à la poursuite de ce combattant improbable, prolonger un combat à peine commencé et si longtemps recherché. Jamais il n'avait rencontré telle masse. Au fond de sa rétine était encore imprimée la massue qu'était son poing à quelques millimètres de son visage, la position du poignet avec l'avant-bras, cet homme savait se battre. Martin n'en n'avait jamais rencontré de pareil, il fallait qu'il le rattrape, qu'il se mesure à lui, une occasion pareille, il ne devait pas la laisser s'échapper. Lorsqu'il entendit gémir, il se retourna, vit la femme étendue, le visage en sang, il refoula son envie et se pencha sur la jeune femme. Son cou était violacé, un filet de sang serpentait jusqu'au creux de son cou. Le lieutenant Pronelli déplia son portable et appela les secours. Donnata respirait bruyamment, la gorge encombrée. Elle levait à demi les paupières et les refermait. Martin ne pouvait rien d'autre pour elle que lui parler. C'est ce qu'il fit, d'une voix douce et tranquille, comme on parle à un enfant juste émergé d'un cauchemar. Lorsque les urgences arrivèrent enfin, il lui tint la main jusqu'aux portes de l'ambulance.

# 9. LAC.UPCA

Au fond, sur la droite, seule une pièce était éclairée, Falcone la gagna sans allumer le couloir, il connaissait les lieux comme sa poche ; petite participation qui ne coûtait rien à la prétendue sauvegarde de la planète. Une sorte de brève exaltation l'envahit quand il aperçut son troisième adjoint. Le dos de Teter était comme une montagne penchée sur un lac, ses doigts jouaient une symphonie que lui seul percevait, les néophytes ne discernaient que des crépitements de touches qui s'enfonçaient. L'imprimante crachait une feuille noircie par des cheveux et le début d'un contour d'oreilles, il faudrait attendre un peu pour la suite. Sur le mur de droite, Ortis épinglait une photo.

— La DCRI suit de près toutes les différentes mouvances corses, expliquait-il, et tous ceux qui y sont liés de près ou de loin. Il y en a un paquet. Teter est dans leur fichier, il capte tout ce qui concerne Terraré.

Sous son portrait, six autres étaient affichés. Par réflexe, Falcone posa la question dont il connaissait déjà la réponse.

— Il a fait sa demande au Parquet ?

— T'entends Teter ?

Rire caverneux, bouche close, de Teter.

— Continue André, dit Falcone.

Un peu sur la gauche, un autre groupe de photos était épinglé.

— Tous les personnages que tu vois là sur ce mur, reprit André Ortis, ne formaient qu'un seul parti. Mais il y a eu scission. Terraré est parti, suivi de ces six individus. Ils ont formé l'UPCA : l'Union Pour la Corse Autonome.

Une flèche à deux pointes les reliait avec les autres photos.

— Ceux-là sont restés, dit-il.

— On connaît le motif de leur désaccord ?

— Les premiers ne concédaient aucune sorte de tractation politique. Si leurs exigences n'étaient pas accordées, il fallait répliquer uniquement par la violence. Les explosifs pour unique argument. Au contraire, l'UPCA pensait qu'ils n'aboutiraient jamais à rien par la force seule. Montrer d'abord sa résolution inébranlable par la démonstration de sa force, mais après, aborder la négociation.

— Le nom du groupe d'origine ?

— LAC : Lutte pour l'Autonomie Corse.

— La LAC, en effet très violent… LAC, UPCA, ce n'est pas blanc bonnet et bonnet blanc ?

— Oui, je crois plutôt que c'est une lutte des chefs.

— Le chef de la LAC ?

— C'est lui.

Dans le deuxième groupe de photos, Ortis désigna un homme aux yeux noirs enfoncés sous leurs arcades sourcilières et dont le cou de taureau était attaché à de massives épaules.

— Gaspard Lotti, déjà interrogé comme témoin, quelques fois suspecté, une fois mis en examen mais relaxé, jamais accusé. Apparemment un gars pas facile à appréhender.

— Bon, il va falloir interroger tout ce joli monde. En attendant, vous rentrez chez vous, il est tard, merci de votre présence, la journée risque d'être longue demain.

J'appelle la procureure pour lui dire où on en est. On se revoit demain, je vous donnerai les instructions.

Rien à faire, Falcone avait beau se coucher au milieu de la nuit, le réveil ne le surprenait jamais. Il appuya sur le bouton pour le calmer. Il se leva, l'esprit ayant déjà reconstitué l'imprévisible journée d'hier. Dire qu'il l'avait débutée pénard sur sa coquille de noix au milieu de nulle part. Il se dirigea en automatique sous la douche. S'habilla de propre et filtra son café. Alluma son poste de radio en prenant le temps de boire son noir brûlant à petites lampées. Faillit tout recracher en entendant la nouvelle fracassante qui faisait la principale information des actualités : l'assassinat d'un sénateur de la république. Ça n'avait pas traîné. Contrairement à ses habitudes, il alluma la télé pendant son petit déjeuner. Évidemment, toutes les chaînes d'info en faisaient leur scoop d'ouverture. Ce qui dépassait les bornes, c'est qu'on parlait déjà d'une piste « faction armée corse ». Lui-même l'avait juste évoquée cette nuit avec son équipe. Il avait fait son rapport à Fabienne uniquement. Ce n'était pas possible, pas elle. Il tendit le bras pour attraper son téléphone, histoire de lui dire sa façon de penser, si jamais elle était à l'origine de cet étalage. Mais il interrompit son geste lorsque le visage du ministre de l'Intérieur se dessina sur l'écran.

— … J'ai donné au commandant Falcone tous les moyens disponibles pour procéder à toutes les investigations possibles. Ce crime contre un des plus éminents représentants de l'État en Corse, ne restera pas impuni. Il n'est pas question que cette enquête s'enlise ! Je mets à sa disposition des hommes supplémentaires et un expert de la question corse. L'auteur de ce crime odieux sera traqué et condamné sans aucune pitié. J'en prends, ici, devant vous, l'engagement solennel. Mesdames, messieurs, je vous remercie de votre attention.

— Monsieur le Ministre, avez-vous des pistes ? On parle de mouvements indépendantistes corses.

— C'est en effet une piste qui est prise très au sérieux, quelques faisceaux d'indices convergent en ce sens, mais, bien sûr, cela n'écarte pas pour autant d'autres pistes possibles…

— Monsieur le Ministre, avez-vous des suspects en…

— Mesdames, Messieurs les journalistes, je ne peux en dire plus, cela compromettrait le bon déroulement de l'enquête. Je vous remercie.

— Monsieur le Ministre, s'il vous plaît…

Les flashs crépitèrent sur la nuque du ministre qui disparut derrière la forêt de micros.

Le commandant était furibond : des faisceaux d'indices, une mouvance indépendantiste… Il tendit le bras pour appeler la procureure, elle allait voir de quel bois il se chauffait. Le téléphone retentit avant qu'il ne décroche le combiné.

— Francesco ?

Il reconnut la voix de Fabienne Léonili.

— Qu'est-ce que c'est que cette histoire ? D'où viennent ces infos ? Et qu'est-ce que c'est que cette histoire d'expert sur la «question corse», quel est le Parigot que l'on veut me mettre sur le dos ? Il n'est pas question qu'on me colle aux basques un soi-disant superflic du continent, ça il faut que ce soit bien clair...

— Bon, maintenant, si tu me laissais parler, je

pourrais peut-être t'expliquer.

— Il n'y a rien à expliquer !

Il raccrocha. Son téléphone ne se brisa pas sous le coup. Il sonna aussitôt.

— C'est la première et la dernière fois que tu me raccroches au nez comme ça ! Je ne supporte pas qu'on me raccroche au nez, reprit Fabienne en fureur. Alors écoute-moi bien, toi aussi. Avant de regagner le commissariat, tu passes me voir tout de suite à mon bureau. OK ?

— OK !

Moins d'un quart d'heure plus tard, le commandant pénétrait dans le bureau de la procureure. Il a ignoré le code de la route, pensa-t-elle.

— Assieds-toi et écoute.

Le commandant prit place sur le siège que lui montrait la procureure. Malgré sa fureur qui ne s'était pas estompée, il ne pouvait s'empêcher d'admirer la beauté de Fabienne. Elle faisait tout pour la cacher, se disait-il. Des lunettes cerclées de noir donnaient aux traits réguliers de son visage un air sévère, son tailleur sombre ne parvenait pas à comprimer une poitrine généreuse. Sa chevelure flamboyante tombait négligemment sur ses épaules. Il revoyait ces cheveux étalés sur l'oreiller, ce blond lumineux sur la taie anthracite était un flot de lumière… C'était il y a combien d'années maintenant… Elle voulait plus qu'une relation d'estime et de sexe, lui ne voulait pas s'engager, mais qu'est-ce qu'elle était belle. Elle n'avait pas changé, quelques rides sur le bord des yeux… Que lui prenait-il de penser à ça maintenant, il fallait qu'il se reprenne…

— Allo, Francesco, tu es là ?

— Heu oui, oui, je t'écoute.

— Alors je t'explique. Après ton coup de téléphone d'hier soir, où tu me disais les anciennes accointances louches du sénateur…

— Que je sache, c'est à toi que je l'ai dit, à personne d'autre !

— Tu vas me laisser finir ! Comme l'a exigé le ministre, je lui ai fait part directement de l'avancement des recherches. À lui et à personne d'autre.

— Comment expliques-tu que les journalistes avaient l'info avant sa conférence de presse ?

— S'il y a eu fuite, c'est à un niveau supérieur.

— Ça va, j'ai compris. Ils ont fait fuiter la nouvelle pour intervenir, répondre à cette question sur les groupes extrémistes corses et montrer qu'ils maîtrisaient la situation. Encore une action de com' à la con.

— Sans doute.

— C'est quoi ce spécialiste de la question corse ? Je ne veux pas d'un espion à mes basques, encore moins d'un trouduc qui m'expliquera mon métier. Là je ne reviendrai pas dessus. Sinon tu as ma dém' sur ton bureau.

— Bon, reste calme.

— Je suis calme, j'explique.

— Bon.

Il la connaissait bien. Elle allait aligner les bons arguments, faire de la haute voltige en matière de négociation pour lui faire passer la pilule. Mais ça ne marcherait pas, il resterait sur ses gardes, prêt à déjouer ses manœuvres tacticiennes.

— Bon. J'ai tout le monde sur le dos, le préfet, le ministre, il ne manque plus que le président, je pense que cela ne saurait tarder. Ils ne veulent pas d'une autre affaire Érignac. Tout le monde veut que l'on boucle cette affaire dans les plus brefs délais. Toi aussi.

Elle laissa un temps. Il savait qu'elle voulait lui arracher son approbation. Comme dans un acte commercial, il fallait faire dire rapidement oui trois fois au prospect et son statut de prospect se transformait en celui de client quasiment à coup sûr. Mais là, pas moyen de faire autrement.

— Moi aussi.

— Alors pour cela, le ministre en personne exige absolument quelqu'un pour te seconder. J'ai bataillé, tu peux me croire, j'ai expliqué que tu avais déjà une équipe du tonnerre, des gars qui ne lâchaient pas une affaire et disponibles, des mecs hyper compétents. Tu aurais dit pareil, n'est-ce pas.

— Bien sûr.

— Malgré cela il n'a reculé en rien. Il se l'est joué supérieur hiérarchique, c'est un ordre et autres conneries. J'étais acculée. J'ai compris que je ne pourrais pas le faire revenir sur ce point. Je pense que lui-même avait des ordres. Je ne pouvais négocier que sur une seule chose. Je lui ai dit que de parachuter un flic de Paris à Porto-Vecchio, de l'imposer dans nos services, cela allait, au contraire, aggraver le fonctionnement. La confiance dans les relations professionnelles est primordiale dans une enquête aussi sensible. J'ai donc imposé que ce soit toi qui fasses le choix de la personne qui te secondera. Il a tardé à répondre, il savait que mes arguments étaient justes, les conflits inter services ont des conséquences désastreuses. Il a acquiescé à ma demande.

Falcone réfléchissait à cent à l'heure, il fallait qu'il

garde la main.

— C'est toi qui restes responsable de l'enquête.

— Manquerait plus que le contraire.

— On n'a pas le choix.

Déjà une solution envisageable germait au fond son cerveau.

— OK.

— Qui ?

— Je te dis ça dans une heure.

— Traîne pas.

— Une heure.

# 10. Aglaëe Boulu

Le commandant, assis à son bureau s'octroya quelques instants de réflexion avant de convoquer ses adjoints et commencer une course effrénée qui ne se terminerait que tard dans la nuit. Mais auparavant, il avait un coup de fil à passer. Cette Fabienne avait bien mené sa barque. Ah, il avait été vigilant, il n'avait pas prononcé une seule fois le mot oui, mais il avait acquiescé trois fois et elle avait obtenu le résultat qu'elle avait escompté. Il aurait un greffon sur le dos tout le temps que durerait l'enquête.

Mais il allait transformer cette contrainte en un atout. La personne qu'il allait appeler n'était pas du genre à obéir les yeux fermés à la hiérarchie, pas du tout l'attitude doigt sur la couture du pantalon, plutôt caractère de chien dans un jeu de quilles, sur qui on pouvait compter et qui serait de son côté et puis pas conne, c'est le moins qu'on pouvait dire. Elle pourrait en plus, réellement lui donner un coup de main.

Aglaëe et Karine étaient arrivées trop tôt, le guichet était encore fermé. Quelques quidams attendaient aussi l'ouverture.

— Attends, j'habite Paris depuis toujours et j'ignorais qu'à deux pas de mon quartier il y avait ce cinéma. Bon, faut dire qu'il est en piteux état, dit Karine esquissant un air moqueur.

— Le déclin des cinémas d'art et d'essai est irrémédiable, constata avec amertume Aglaëe.

— Ça n'intéresse plus personne.

— Je ne pense pas, cela dépend du film projeté. Là c'est vrai que ce film est sorti depuis des décennies. Il n'attire pas les foules...

— C'est le moins qu'on puisse dire. D'ailleurs, si tu ne m'avais pas sollicitée, jamais je n'aurais choisi celui-ci.

— Ah, c'est du vrai «arts et essai», c'est du lourd, vieux film, noir et blanc, paraît même que la bobine est d'époque, enfin presque. Elle a été copiée pour être au format actuel, mais le film est tel qu'il se présentait à l'origine, sans remasterisation, pas de nettoyage de l'image ni du bruit. Résultat, bruits parasites, image usée, toute la panoplie de l'ancien. Sans parler de l'histoire qui date de plus d'un siècle.

— Faut-il que tu sois toujours attirée par la Corse pour que tu ailles voir un film pareil. Et surtout que je sois une bonne copine pour te suivre dans une telle galère.

— Galère ! Comme tu y vas ! Tu verras, tu ne seras pas déçue. On a tous lu il y a des lustres *Les Trois Mousquetaires*. Mais d'Alexandre Dumas je ne connaissais *Les Frères corses*.

L'affiche annonçait l'œuvre la plus spectaculaire d'Alexandre Dumas réalisée par Anton Julio Majano, avec Jean Servais et Valérie Lagrange. En premier plan, deux hommes étaient peints arme au poing tandis qu'en arrière-plan sur la partie supérieure de l'affiche des cavaliers tiraient au fusil.

— Ah ! *Les Frères corses*, rien que le nom, je me revois dans ces montagnes, seule avec mon sac à dos, ma tente et mes chaussures.

— C'est tout ?

— Ça ! Avec mon pote Francesco, le commandant,

ça ne risquait pas. Ce n'est pas lui qui se serait allongé à mes côtés dans une minuscule tente, si étroite qu'il faut se tourner en même temps. Des contacts involontaires, fesse contre fesse, ça, il n'aurait jamais voulu subir cette épreuve.

— Tu le regrettes toujours.

— J'adorais le provoquer, cela le perturbait, il ne savait comment se dépêtrer de sa gêne… sinon par un coup de gueule. Sans me raconter d'histoires, je reste persuadée qu'il était attiré par moi.

— Et toi ?

— Je ne m'en cache pas.

— Alors pourquoi ne s'est-il pas déclaré ?

— Il est tellement bloqué.

— Ou alors tu ne t'y es pas prise comme il fallait.

— Que veux-tu dire mademoiselle l'experte ?

— La provocation n'est pas le meilleur moyen…

Les deux femmes entrèrent dans la salle et s'installèrent au milieu d'une rangée, n'ayant que l'embarras du choix. Une dizaine de spectateurs était assise lorsqu'ils furent plongés dans l'obscurité.

Aglaëe ne fut pas déçue par l'ambiance de la projection, grésillement en fond sonore, taches blanches montant sur l'écran telles des bulles de savon. Il ne manquait plus que la fumée des cigarettes dans la salle et l'apparition d'une auréole qui s'étend, brûle et coupe le film, suivie par les exclamations des spectateurs.

Les deux amies se retrouvèrent sur le trottoir, il leur fallut quelques minutes pour reprendre le cours de la vie, comme si elles sortaient d'un sommeil profond. Elles laissèrent un peu de temps à leur esprit pour quitter un monde aux sentiments puissants et destructeurs et basculer dans le flux des relations quotidiennes où l'essentiel est rarement d'actualité.

Aglaëe pinça entre les lèvres un cigarillo importé directement de La Havane. Un petit luxe auquel elle s'adonnait parfois. En l'occurrence, c'était le bon moment : l'intrigue du film, le décor, les souvenirs qu'il lui rappelait.

— Alors, j'ai bien fait de t'entraîner ou as-tu perdu ton temps ?

— Formidable ! C'est vrai, ces vieux films ont d'abord un effet repoussant, sans la couleur, avec un son ringard. Mais une fois qu'on se laisse accaparer par l'atmosphère, on est pris par l'histoire, le jeu, le talent des acteurs et on oublie l'aspect démodé, au contraire, tout est toujours d'actualité. C'est renversant.

— Le drame est poussé à l'extrême.

— Les caractères sont entiers, intransigeants, le sens de l'honneur démesuré.

— Ça correspond à la corse attitude.

— Les sentiments sont exacerbés, mais c'est irréaliste, le père mort qui apparaît pour annoncer à son fils sa propre mort.

— C'était à la mode à l'époque, les histoires de fantômes qui ont un message à transmettre aux vivants, le contact avec l'au-delà.

Aglaëe accompagna sa phrase du signe des guillemets avec les index majeurs collés. Elle avait pris son temps avant d'allumer son cigare. Elle tira sa première goulée avec délectation, retint la fumée et l'expulsa lentement. Karine évita le petit nuage.

— Ce côté de l'histoire m'a plus amusée qu'agacée, reprit Aglaëe, mon côté rationnel s'est endormi, je me suis laissée emporter par l'histoire. Ce qui est prenant, c'est le fond de l'intrigue : l'honneur corse, intransigeant, passionnel, intemporel.

— Un homme qui se bat en duel pour l'honneur d'une dame, ce n'est pas typique de la Corse. Un homme qui venge la mort de son frère non plus.

— C'est vrai, mais je trouve qu'ici cela prend une autre dimension.

— Et l'hospitalité corse, dans cette histoire, elle est incroyable.

— Ah ! ça ce n'est pas une fiction.

Installées devant, qui un café, qui une mousse, les amies commentaient leur film. Aglaëe Boulu décrivait avec nostalgie le décor du film, les hautes montagnes, les chemins escarpés, les forêts de chênes sculptés par les vents, lorsque le rythme enlevé de deux guitares s'échappa de sa poche.

— Excuse-moi...

Elle ouvrit son portable.

— Oui ? … Qui ?... Non ! C'est pas vrai ! … Pourquoi ? ... Oui j'en ai entendu parler comme tout le monde... quand ça ? … c'est si grave ? … c'est tout réfléchi, c'est d'accord... je te rappelle pour te dire quand... À très bientôt.

Elle raccrocha, ahurie. Karine attendait les détails avec avidité.

— Ne dis rien, tu as dit oui à une mission, ça c'est sûr. Laquelle ? Tu vas me le dire, je suis sur le grill, ta réaction est si enthousiaste.

— Ce n'est pas que le monde est petit, il est minuscule, il tient dans la main.

— Viens-en au fait.

— Écoute, on vient de voir un film plutôt en marge du grand public, sur la Corse, je te parle de mon collègue et ami. Et qui m'appelle ?

— Non !

— Si ! Mon pote, mon Francesco Falcone. Il a besoin de moi.

— En Corse ?

— En Corse. Un meurtre.

— Non élucidé ?

— Exactement.

— Et il fait appel à toi.

— Oui.

— Comment ça se fait ? Allez raconte.

— À vrai dire il n'a pas trop le choix. C'est une grosse pointure qui a été assassinée. Le ministre de l'Intérieur en personne s'est rendu sur place. Ils ont peur que l'affaire traîne comme lors d'une précédente, si tu vois ce que je veux dire. Alors le ministre impose à mon ami Francesco un soutien stratégique détaché de la métropole. Bien sûr, ce n'est pas pour plaire au service de police de Porto-Vecchio. Il a pu néanmoins émettre une condition, c'est qu'il choisisse lui-même la personne. Le ministère a été obligé d'accéder à sa demande, s'il voulait son entière collaboration. Alors il a pensé à moi. Il va négocier avec la hiérarchie compétente pour que l'on me détache en mission spéciale.

— Ils vont répondre favorablement à sa demande ?

— Pas qu'un peu, la victime était une personnalité. Elle fait la une des journaux, on ne parle que de ça.

— Ça me dit quelque chose, madame le soutien stratégique.

— Tu m'étonnes, un sénateur !

# 11. Isabelle Quolici

— Réunion les gars !

Par la porte ouverte, son équipe avait entendu l'appel. André Ortis s'assit bien droit, les cheveux alignés comme un défilé militaire. Teter s'appuya contre le chambranle. Martin Pronelli posa le bout de la fesse sur le bureau et prit la parole.

— Chef ! La fille, Annie Donnata, elle est à l'hôpital.

D'un haussement de sourcil, Falcone l'incita à poursuivre.

— J'ai inspecté la tôle de Charles Fratane, l'extra qui arrange ses fins de mois et, comme je te l'avais dit, je n'ai rien trouvé de spécial. Donc, après, je suis parti chez Annie Donnata, je n'ai pas eu à sonner, la porte était déjà ouverte, je dirais plutôt arrachée. Quand je suis arrivé, j'ai vu un mec cagoulé, tout simplement en train d'étrangler la jeune fille. Je lui ai envoyé un neryo tchagui.

— Martin !

— Un coup de pied écrasé, un coup de pied marteau si vous voulez.

Il se leva et se mit en position pour initialiser le mouvement en question.

— Martin, s'il te plaît.

Il regarda autour de lui et se rassit sur le coin du plateau.

— Bref. Le mec s'est retrouvé au sol, mais la seconde qui suivait il était debout, vous vous rendez compte ?

Il les observa à tour de rôle. À l'évidence, son auditoire ne se rendait pas compte.

— Ce qu'il m'a projeté, ce n'était pas un poing, c'était une enclume. Je l'ai évitée de deux dixièmes de millimètre en lui balançant un bandal tchagui qu'il a reçu à cent à l'heure dans les côtes et vous savez comment il a réagi à ce missile ?

Ortis n'attendit pas de réponse, il avait compris que ce public était réfractaire à toute science du combat.

— Il n'a pas bronché ! reprit-il, le gars s'est enfui. J'aurais voulu lui courir après, mais impossible : la petite avait la gueule en sang.

— Description de l'agresseur.

— 1 m 65, guère plus, taillé dans du béton, il ressemble à un obélisque sur pattes. Ça a été vite. Ses yeux sont noirs, je crois. Avec sa cagoule, impossible d'en dire plus.

— Il voulait la tuer ?

— Aucun doute.

— Tu sais pourquoi ?

— Non. Faudra demander à la petite Donnata dès qu'elle sera rétablie.

— Tu as envoyé un agent en faction ?

— Non.

Le visage de Falcone se transforma, il n'en revenait pas d'une telle bévue.

— Quoi ?! Elle subit une tentative…

— Patron, laisse tomber, intervint Ortis avant que les choses n'aillent trop loin…

L'œil de Martin brillait.

— Pas un, deux, j'en ai laissé deux pour surveiller sa chambre. Vu le gabarit de l'agresseur.

Le commandant se frotta les sourcils du pouce et de l'index. Il ne voulait pas commencer la journée par une remise au point qui, sans doute, n'était pas nécessaire.

— OK, c'est tout ?

— C'est tout patron, mais ce gars-là, la prochaine fois que je l'aurai en face de moi, je ne le laisserai pas s'échapper comme ça, vous pouvez me croire.

— Bon les gars, vous avez sûrement vu les infos ce matin : l'intervention de notre ministre. On nous désigne déjà les auteurs du crime, vous voyez le topo.

— On a vu, précisa Pronelli. C'est quoi l'expert en «corsitude» ? On veut nous mettre un pointu dans les pattes ?

— C'était en effet l'idée de départ. Ils nous envoient quelqu'un de Paris, non négociable.

— Vous en faites pas, on le recevra comme il faut, il va vite comprendre comment il est le bienvenu, reprit Martin.

— Pas la peine, Fabienne Léonili a pu quand même obtenir que je sois à l'initiative du choix de la personne, justement pour éviter ce type de réception.

— Ça change quoi ?

— Tout. Je connais quelqu'un. Quelqu'un de bien. J'ai déjà travaillé avec elle.

— Elle, demanda Pronelli ?

— T'emballe pas Martin, ce n'est pas ton genre. J'ai fait sa connaissance sur une enquête dont la solution se trouvait au XVIIIème siècle, une vraie poursuite en machine à remonter le temps.*

— L'histoire de Théodore de Neuhof ? demanda Teter.

— Tu es au courant ?

---

* Voir *Aglaëe Boulu prend le maquis*

— J'ai lu ça quelque part sur la Toile.

— Bref. Tout ça pour vous dire que c'est quelqu'un d'hyper cador, pas de lézard avec elle, elle est réglo.

Ils acquiescèrent, ce n'était pas tous les jours que le patron sortait un compliment, il en était plutôt radin.

Francesco plongea quelques années en arrière. Malgré les conflits qui l'avaient confronté à cette drôle de femme, il gardait un bon souvenir de cette enquête et de leur relation. La première impression n'avait pas été la bonne, loin s'en faut. Un physique hors des sentiers battus qu'elle adorait fréquenter. C'était au cours d'une de ses randonnées qu'il l'avait rencontrée, pas très grande, plutôt large d'épaules, de mollets aussi, heu… et de fesses. Bon, une forte poitrine, pour être complet. Un visage pas anodin du tout, les joues rondes en harmonie avec le corps, un beau nez plutôt fin. Son regard. C'était quelque chose, le reflet de son esprit : ardent, droit, curieux, indiscret, malicieux voire moqueur et sarcastique, même insupportable. Jamais elle ne laissait tomber, que ce soit dans le job, ça OK, mais aussi les questions perso : elle creusait dans l'intime. Elle vous tarabustait, ou plutôt elle *le* tarabustait jusqu'au fond de je ne sais quoi. Chiante quoi. Et puis, jamais savoir si elle plaisantait ou si elle était sérieuse, jamais savoir sur quel pied danser avec elle. Qu'est-ce qu'elle était fatigante, mais fatigante ! Mais difficile de s'en passer. Enfin, un charme qui vous remuait toujours plus chaque jour passé en sa compagnie.

Un cerveau comme une mécanique, rapide, puissant, logique, implacable, des intuitions fulgurantes à la fois Ferrari, horloge suisse et Diesel de *Long-Vehicule* américain. Sortie la première de sa promo. À peine arrivée sur le terrain et déjà elle s'était fait remarquer pour avoir résolu des enquêtes inextricables… Une sacrée bonne femme, la commissaire Aglaëe Boulu.

Il releva la tête, trois paires d'yeux le fixaient. Depuis combien de temps était-il absorbé par ses souvenirs ? Voilà qu'elle commençait à nouveau à lui faire perdre la face, alors qu'elle n'était même pas encore arrivée ! Ça promettait.

— Bon, vous n'allez pas rester plantés là ! Martin, tu vas immédiatement au chevet de Donnata, tu lui fais détailler son agression, tire-lui du nez tout ce qu'elle peut nous dire. Quant à notre piste terroriste, il faut qu'on sache rapidement si elle tient la route ou pas. André, tu retrouves les mecs impliqués dans ces groupuscules, en commençant par le groupe ennemi, l'UPCA. Tu feras la LAC après. Qu'on fasse connaissance avec tout ce joli monde. Martin, tu fais une enquête de proximité : les parents, les amis, les collègues. Teter, tu épluches la liste des invités. Les photos, il faut les exploiter, dans ce type de fête ça ne doit pas manquer. Moi je vais interroger sa veuve. Qui sait : une maîtresse délaissée jalouse ?

— Ça va être difficile d'avoir la liste de toutes les petites culottes en berne, la liste est longue, intervint Martin Pronelli.

— Il faudra voir aussi du côté du portefeuille, la mariée hérite-t-elle ? Je vais mettre la brigade financière sur le coup.

Francesco appuya sur le bouton de l'interphone et fixa la caméra.

— Commandant Falcone.

— Veuillez patienter, je vais m'enquérir auprès de madame.

— Enquérez, enquérez.

Quelques minutes plus tard, un grésillement déclencha l'ouverture de la porte. Le commandant chemina tranquillement en observant le grand parc arboré, sa pelouse, ses massifs entretenus, ses fleurs aux couleurs harmonieuses. Au bout du sentier, il fut accueilli par l'homme de maison.

— Si vous voulez bien me suivre.

Ils contournèrent la maison ; derrière une haie de lauriers roses, l'azur miroitait à la surface d'une piscine. Au-delà, la mer concurrençait l'intensité des bleus. Sur un transat, en maillot deux pièces, l'hôtesse des lieux s'adonnait au bain de soleil.

— Si vous voulez piquer une tête, j'ai un maillot et une serviette éponge à votre disposition.

— Non, je vous remercie madame Terraré.

— Laissez tomber le Terraré, appelez-moi plutôt par mon nom de jeune fille Isabelle Quolici. À quoi bon m'affubler d'un nom qui n'a aucun sens au singulier, déjà à deux ce n'était pas évident de changer de nom. Mais Isabelle tout court fera aussi bien l'affaire. Pour un plongeon, ne vous gênez surtout pas, par cette chaleur.

— Feu Terraré était plus grand que moi, je flotterais dans son maillot.

— Il était grand, c'est vrai, quant à ce qu'il y avait dedans… Je pense que vous y serez même à l'étroit. Les rumeurs embellissent souvent la réalité.

— Si vous permettez, juste les mollets alors.

— Les mollets ou ce que vous voulez.

Falcone s'assit sur le bord de la piscine, ôta ses

bateaux et plongea ses jambes dans l'eau avec délectation.

— À ce que je vois, vous ne portez pas le deuil.

— Si. Il est à la mesure de mon mariage : je porte des lunettes noires.

— Le chagrin ne vous submerge pas.

— Je connaissais mon mari.

— Depuis longtemps ?

— Nous nous connaissions depuis toujours. Nous sortions déjà ensemble à la fac. Nous nous séparions puis nous nous retrouvions après plusieurs années. Un peu comme la chanson.

Elle chantonna l'air du tourbillon de la vie : on s'est connus, on s'est reconnus, on s'est retrouvés, on s'est séparés, chacun pour soit dans le tourbillon de la vie.

— Je ne garantis pas les paroles, l'air c'est ça. Enfin quand je dis comme la chanson, avec l'amour en moins. Cela durait quelques mois, pour recommencer l'année qui suivait ou celle d'après, ou plusieurs. Un jour nous décidâmes de nous marier, ne me demandez pas pourquoi, je ne saurais vous le dire, lui non plus d'ailleurs, s'il le pouvait.

Falcone jouait des orteils dans l'eau fraîche qu'il faisait glisser entre eux.

— L'amour ?

— Vous plaisantez.

— Peut-être que lui vous aimait.

— Commandant, vous êtes un romantique. Mais ne me prenez pas pour une oie blanche. J'étais au courant de ses conquêtes et je savais pertinemment que ce n'était pas le mariage qui le freinerait. Il avait des problèmes au lit. Non seulement il était doté d'un appareil lilliputien, mais il ne parvenait pas fréquemment à le faire dresser vers le firmament et de plus, il s'essoufflait comme un bœuf asthmatique pour parvenir, pas toujours, à crachoter quelques dérisoires postillons. Au lieu de se la jouer humble, d'aborder profil bas, la queue entre les jambes si j'ose, il compensait en faisant défiler le plus de filles dans son lit, même s'il ne faisait pas grand-chose avec, et de plus en plus jeunes encore, juste pour rester dans les limites de la légalité. Alors vous voyez, je ne me faisais aucune illusion, son amour il le plaçait au bout de sa queue, autant dire qu'il était inexistant.

— Vu la considération que vous portez à votre époux, votre mariage me semble encore plus invraisemblable. La sécurité ?

— Non plus, il ne possédait pas plus que moi. Cette maison m'appartient.

— Le pouvoir alors. Femme de sénateur, c'est la classe.

— Cela a sûrement des avantages, je ne saurai jamais lesquels. Mais ne cherchez pas ce qui motive le monde. Lui, voulait régler une situation qui commençait à faire jaser. Afficher le statut d'un homme marié, c'était politiquement plus correct. Moi, j'avance en âge, je ne me voyais pas finir vieille fille à boire de la tisane devant un Julien Lepers. Quoi de mieux qu'un ami d'enfance pour jeter son sac. Avec sa disparition, je me rends compte que je faisais une belle bêtise.

— Elle est réparée maintenant.

— En quelque sorte.

Tout à coup, elle se redressa.

— J'espère, commandant, que vous ne me suspectez pas pour autant !

— À vous entendre, vous êtes la première bénéficiaire de sa disparition.

— Aucunement, je n'avais qu'à dire non au mariage, c'était bien moins compliqué.

Le lieutenant plongea ses mains dans l'eau et les passa sur son front.

— Lui connaissez-vous des ennemis ?

— La politique n'est pas sans risques, mais croyez-vous que nous sommes dans un pays où l'on élimine son ennemi politique, physiquement je veux dire ? Pas d'ennemi déclaré à ma connaissance.

— Et parmi ses maîtresses ?

— Là, il y a pléthore.

— Des noms ?

— Je peux vous en fournir, mais de là à tuer, je suis persuadée que vous faites fausse route.

— La jalousie est une cause importante de mortalité.

— Léopold !... Léopold !

Le domestique se présenta.

— Madame ?

— Mon agenda s'il te plaît.

Il revint rapidement et le tendit à Madame Quolici. Elle feuilleta les pages tout en relevant des noms.

— Elles sont dans votre calepin ?

— Je n'aurais jamais dû noter cette liste, de les voir toutes alignées, ça me met le moral à zéro : pour les plus âgées, ce sont toutes des copines !

Lorsque la liste fut dressée, elle déchira la page.

— Ce sont des amies très chères. Il y en a bien d'autres, mais qui ne comptent pas, juste un coup en passant, je ne les connais pas. Enfin quand je dis un coup, un coup de bluff.

Falcone retira les pieds de l'eau et se leva, les traces de pas sur les dalles s'effaçaient au fur et à mesure qu'il avançait. Il saisit la feuille qu'il lut en diagonale avant de la plier.

— La question qui me taraude, reprit-elle : auraient-elles cessé leurs liaisons maintenant que nous étions mariés ? Lesquelles auraient été assez salopes pour continuer ?

— La question ne se pose plus. Je vous remercie pour la sincérité de vos réponses.

— Revenez quand vous voulez. Et apportez votre maillot la prochaine fois. Léopold vous raccompagne.

Ses chaussures mises, il prit congé, puis il se retourna.

— Ah ! Une dernière question.

Elle le fixa.

— Héritez-vous de ses biens ?

— Je n'en ai aucune idée. Adressez-vous à son notaire.

# *12. Le Mystique III*

*Un lourd nuage noir enveloppa le cul du car lorsqu'il s'ébroua. Quand il se dissipa, il fit place au long corps décharné d'Antoine, abasourdi. Cette grande ville et son agitation, ce bruit, et ces gens, tous ces gens qui marchaient, parlaient, comme le bourdonnement d'une ruche, parfois une exclamation haute et forte, puis le brouhaha à nouveau. Il fit quelques pas peu assurés, il tituba, s'appuya contre un mur, la main à plat contre la brique, bras tendu, tête basse. Il chercha dans sa besace, en retira un mouchoir et s'épongea le front. Une envie de faire demi-tour l'assaillit, rentrer tout de suite se réfugier dans la petite maison cachée derrière le haut mur de l'abbaye, bien à l'abri du monde extérieur. Le calme de son bureau. Redevenir le simple jardinier au service des sœurs Sainte Marie, paisible. Il s'efforça de respirer profondément, les yeux fermés, lentement, régulièrement. La tension diminua, l'enchevêtrement de son cerveau se délia, il reprit possession de son esprit. L'œuvre qu'il devait accomplir l'emplit à nouveau. Il sentit un fluide de feu le parcourir. Il ne pouvait revenir en arrière, ce serait se renier, ce serait renier son Dieu. Il susurra :*

*— «Et Pierre se souvint de la parole de Jésus, qui lui avait dit : Avant que le coq chante, tu me renieras trois fois.» Évangile selon saint Matthieu, verset vingt-six, soixante-quinze.*

*Il ne serait pas Pierre, il résisterait au renoncement. Il serait fidèle quoi qu'il arrive. Il n'était pas seul. Il suivait un plan divin. Il se signa pour remercier le Tout-Puissant de le soutenir lorsqu'il vacillait, de lui rendre des forces lorsqu'il était faible. Il était droit désormais, ne tremblait plus, il reprit sa marche d'un pas sûr et déterminé.*

*La porte cochère claqua derrière lui. Il s'immobilisa, ferma les yeux, se concentra. Il avait trouvé facilement la ruelle étroite grimpant vers le cours Napoléon, à droite l'impasse Vico, puis l'immeuble aux grandes persiennes. Il entama la montée de l'escalier éclairé à chaque palier par une lucarne donnant sur la cour intérieure.*

*Gisèle aimait le samedi. À dix-neuf heures, la boutique de prêt-à-porter fermait ses portes et ce soir elle avait rendez-vous avec Arnaud.*

*Arnaud.*

*Elle l'avait rencontré alors qu'elle se promenait par un après-midi ensoleillé. Ses sandalettes à la main, les vaguelettes venaient mourir en lui léchant les pieds.*

*— Attention ! La vague !*

*Elle s'élança pour éviter le rouleau qui allait l'éclabousser. Dans sa précipitation elle trébucha, mais l'homme qui l'avait alertée la retint avant qu'elle ne se trouvât les fesses dans l'eau, trempée, offrant un piteux tableau aux passants moqueurs.*

*Il n'était pas très beau, le crâne tondu, sans doute pour cacher une calvitie prématurée, un drôle de nez rond, pas bien grand, plutôt rondelet. Mais il possédait un certain charme, la répartie facile, le sourire enjôleur. Vif et amusant.*

*Ils s'étaient revus.*

*Lorsqu'ils avaient rendez-vous, ils se promenaient dans des quartiers qu'ils ne fréquentaient pas et disaient qu'ils étaient mariés. Ainsi ils ne subissaient pas les médisances de vagues connaissances que le mauvais sort ferait rencontrer. Ce jeu leur plaisait aussi, une sorte de répétition de ce que pourrait être leur avenir, qui sait ?*

*— Au revoir madame Alexiane.*

*— À lundi Gisèle, passez un bon dimanche.*

*— Merci, vous aussi.*

*Elle claqua la porte et rentra à pas précipités, elle voulait se rafraîchir et se changer avant son rendez-vous. Elle prit quand même le temps d'entrer dans une boutique de nouveautés dont de nombreux articles venaient de Paris. La propriétaire avait un goût certain, qui se démarquait des vêtements et des bijoux sans surprises des magasins traditionnels. Gisèle ne pouvait passer devant la vitrine sans s'arrêter et y entrer, et parfois en sortir avec un achat entre les mains. Les prix étaient élevés, mais il lui arrivait de craquer de temps en temps.*

*— Bonjour Gisèle... C'est samedi !*

*— Oui Andrée, c'est ma soirée, et aujourd'hui je succombe. Je vais t'acheter ce petit flacon d'extrait de parfum qui me supplie de l'emmener depuis si longtemps.*

*Les deux femmes se retrouvaient toujours avec plaisir. Elles se soutenaient contre l'atmosphère ambiante qui réprouvait leur choix de vivre seules. La gérante du magasin était plus âgée, malgré cela, on n'admettait pas son célibat, cette vie-là n'était pas convenable et en disait long sur des mœurs forcément dissolues.*

*— Tu as raison, ce parfum est divin. Admire cette présentation ! On dirait un chérubin.*

*— Un chérubin ? Moi je dirais plutôt une flamme, celle de l'espoir, de la vie.*

*— De l'amour ?*

*— Arnaud ? Et pourquoi pas ? Celui-là il est... comment dire...*

*— Pas comme les autres ?*

*— Exactement ! Il n'est pas comme les autres, il est attentionné et puis il ne te juge pas, avec lui je ne me demande pas si ce que je fais, ce que je dis, c'est bien ou c'est mal. Arnaud me laisse être comme je suis. Et puis, tu sais quoi ?*

*— Dis-moi.*

*— Il m'a dit qu'il avait quelque chose à m'annoncer. Je me*

*demande ce que c'est.*

*— Tu as une idée ?*

*— Je crois qu'il veut me demander en mariage.*

*Andrée émit un cri de surprise.*

*— Oui, mais si ce n'est pas ça… continua Gisèle.*

*— Tu as peur d'être déçue ?*

*— Oui.*

*— Ce qui veut dire que tu serais d'accord ?*

*— Et comment !*

*— Alors si c'est le bon, ne le laisse pas s'en aller.*

*— Je vais suivre ton conseil. Tu es une vraie mère pour moi.*

*— Dis donc, je ne suis pas si vieille.*

*— Ce n'est pas ce que j'ai dit... Combien je te dois ?*

*— Rien.*

*— Quoi ? Tu es folle.*

*— Non, vraiment, j'ai envie de te l'offrir.*

*— Mais...*

*— Tais-toi, tu es mon amie, j'ai le droit de te faire un cadeau. Disons que c'est pour tes fiançailles.*

*— Oh, Andrée, je t'embrasse et je ne sais pas quoi te dire. Merci.*

*— Allez, va t'en.*

*Arrivée devant la lourde porte, Gisèle reprit son souffle avant d'ouvrir et d'aborder l'escalier. À partir du quatrième étage, les fenêtres se transformaient en œils-de-bœuf, filtrant une lumière ternie sur un palier étroit. Lorsqu'elle fut au niveau précédant le sien, une porte s'ouvrit soudain. Gisèle poussa un cri. Une dame âgée, toute menue dans sa blouse à imprimés, la rassura.*

*— Ah ! vous m'avez fait peur Madame Lansede.*

*— Oh, je suis désolée. Je voulais juste vous demander si demain vous voudriez manger les petits biscuits à la châtaigne que j'ai bichonnés pour vous.*

*— Avec plaisir Madame Lansede, mais pas trop tôt, je veux dormir demain matin.*

*— Bien sûr Gisèle, en fin de matinée ça vous ira ?*

*— Dans ce cas d'accord, vous êtes un amour.*

*— Oh, c'est vous Gisèle qui êtes un amour de perdre votre temps avec une vieille comme moi.*

*— Ne dites pas ça ! Ça me fait plaisir à moi aussi et j'aimerais avoir votre santé quand j'aurai votre âge. À demain Madame Lansede.*

*— À demain et bonne soirée Gisèle.*

*À l'étage supérieur, Gisèle chercha sa clé dans son sac à main, récente acquisition en skaï blanc bordé d'une ligne noire. Elle ferma la porte derrière elle, posa son sac sur le guéridon de l'entrée, suspendit sa veste au portemanteau. Les mains encore sur le col du vêtement, elle interrompit son geste et tourna la tête vers la salle de séjour. Pourquoi était-elle inquiète tout à coup ? Quelque chose l'intriguait, elle ne savait pas quoi… L'odeur ! Elle ne reconnaissait pas l'odeur familière de son studio. Il y en avait une autre qui s'immisçait, intruse, sournoise, acide, vulgaire. Gisèle se sentit enveloppée, comme assaillie par une créature hostile. Elle était pétrifiée. Elle tendit le bras vers la porte. Elle voulait s'échapper de ce lieu qui lui était devenu étranger. Sa main enserra la poignée. Mais elle se raisonna, que lui prenait-il soudain de paniquer sans aucune justification ? Peut-être quelque relent qui se serait infiltré sous la porte... Elle l'aurait senti dans le couloir. Alors par une fenêtre mal fermée... Comment allait-elle expliquer qu'elle se serait enfuie de son propre appartement à cause d'une odeur de transpiration. De la sueur ! Sa tension, un instant apaisée, atteignit un pic qui lui fit battre les tempes. Il y avait une présence. Elle était terrorisée. Un craquement confirma ses craintes. Elle voulut tirer la porte, mais une main la bloqua, elle avait trop hésité. Elle n'avait pas suivi son instinct qui la poussait à se sauver lorsqu'il en était encore temps. On lui enserra la gorge et l'entraîna dans la pièce principale.*

*— Venez à moi pécheresse. Remerciez l'ange purificateur qui vous sauve de la débauche, de la luxure et du stupre. Car le Tout Puissant a dit : «Tu ne commettras pas le péché de la chair».*

*La jeune femme se débattit, entailla la joue de son agresseur qui lâcha son étreinte. Gisèle avala l'air avec avidité.*

*— Sortez d'ici !*

*Son cri était inaudible. Ses pleurs vains. Elle se sentait impuissante. L'homme la retenait par la taille, elle se rendait compte que sa résistance était inutile.*

*— Je sais qui tu es, tu n'es qu'une prostituée.*

*— Quoi ?*

*Sa voix s'érailla. C'était un fou. Que pouvait-elle faire contre un fou ? Ses paupières s'écarquillèrent lorsqu'elle ressentit une douleur fulgurante transpercer son ventre. Elle baissa son regard et vit la lame s'enfoncer dans son abdomen. Son corps s'amollit, se coula sur le carrelage. Gisèle voyait sa vie s'échapper de sa chair. Elle tendit la main comme pour la rattraper, mais elle n'était déjà plus là. Alors elle reposa son bras et dit adieu à l'avenir qu'elle avait esquissé.*

— Lieutenant, dit l'agent, n'importe qui avec un vieux clou rouillé pourrait forcer cette serrure.

Le lieutenant Landarieux acquiesça d'un signe de tête. La vieille dame du dessous lui avait expliqué que la jeune femme devait sortir la veille au soir, qu'elle était pressée et qu'elle ne pouvait pas s'attarder. Il était aisé d'en déduire qu'elle n'attendait personne. Son assassin s'était introduit par effraction, ou alors, elle avait ouvert à une connaissance. Un amoureux éconduit ? D'autre part il n'y avait pratiquement rien à voler dans le studio. Quelques billets demeuraient dans son porte-monnaie. Il retourna dans la chambre.

*Un policier dessinait le contour du cadavre à la craie. C'était un joli brin de fille. La poignée du couteau traçait une légère courbe. Ils ne retireraient rien du stylet : le bois et la forme, étaient très communs.*

*— Vous allez enquêter auprès de ses relations. Avait-elle un amant, plusieurs ? Une jolie femme peut susciter des passions.*

*— Allez, emmenez-la !*

*Il se devait d'assister ses adjoints, les aider à la soulever et la déposer sur la civière, malgré la mare noirâtre qui s'étalait sous elle. A tout le moins il pouvait les diriger. Le lieutenant Landarieux avait beau faire ce métier depuis une bonne paire de décennies, il ne supportait toujours pas la vue du sang. Ce n'étaient pas les occasions de se familiariser qui manquaient, mais rien à faire. Une bonne analyse lui aurait sans doute appris quelle sombre histoire il avait probablement vécue enfant, ou quel cauchemar plus prégnant que les autres l'avait marqué. Aurait-elle pour autant effacé cette répugnance pour ce liquide visqueux, traître à la chair qu'il irrigue dès lors qu'il devenait visible. Il n'avait de toute façon ni le temps ni l'argent pour s'y adonner. Ni surtout l'envie.*

*— Attendez !*

*Il s'accroupit et examina la main droite, les ongles dissimulaient un autre rouge que celui du vernis, le rouge du sang coagulé.*

*— Elle s'est débattue. Le meurtrier doit avoir une belle balafre au visage ou au bras, va savoir...*

*Les cloches essaimaient leurs lugubres notes. Le cortège formait un petit groupe épars, des inconnus les uns pour les autres. Pas de famille, ni de groupes d'amis, juste quelques personnes que Gisèle avait crochetées par-ci par-là, au travail, dans son voisinage, et qu'elle avait séduites par sa gentillesse, sa vivacité entraînante, sa beauté avenante qu'elle ignorait. Ils se recueillirent devant la sépulture. Ils se passèrent le goupillon. Un homme s'avança et déposa un écrin sur le cercueil. Il n'était pas très grand, son dos voûté accentuait cette impression. Lorsque les dernières paroles furent prononcées, le groupe se dispersa.*

*— Arnaud ?*

*L'homme se retourna. Une femme mûre s'excusa.*

*— Je suis Andrée, une amie... Je vais être indiscrète...*

*L'homme ne l'en dissuada pas. Il reprit sa marche, tête basse.*

*— Le jour de votre rendez-vous, elle m'avait confié que vous vouliez lui annoncer quelque chose.*

*Il acquiesça. Elle poursuivit :*

*— Sur le cercueil, c'est une bague de fiançailles...*

*— Je ne saurai jamais si elle aurait consenti à ma demande.*

*— Elle m'avait dit que c'était ce qu'elle espérait, et qu'elle n'allait pas vous laisser glisser entre ses doigts.*

*Il s'arrêta, la fixa pour la première fois droit dans les yeux. Elle comprit ce que voulait dire Gisèle en parlant de lui, de son beau regard, franc, profond, ouvert. Andrée reprit.*

*— Je lui avais offert le parfum qu'elle avait choisi en prévision de fiançailles.*

*Une lueur brilla au fond de ses yeux.*

*— Merci.*

*Elle le laissa s'éloigner sur les graviers de l'allée centrale.*

*La vieille dame franchit le portail du cimetière. Elle hésitait, désemparée, sur la direction à prendre.*

*— Voulez-vous que je vous raccompagne ? Je suis Alexiane, Gisèle travaillait pour moi. Je pense que vous êtes Madame Lansede, sa voisine du dessous.*

*— Elle était si gentille. Vous comprenez pourquoi ça lui est arrivé. Pourquoi elle ?*

*— Elle ne méritait pas ça.*

*— Elle aimait mes biscuits.*

*— Faut dire qu'ils sont bons vos biscuits.*

*— Vous en avez goûté ?*

*— Quand vous en faisiez, elle en ramenait au magasin.*

*— Ceux que nous devions manger sont toujours dans leur boîte. Comme s'ils l'attendaient... Vous voudriez les partager avec moi ?*

*— Je crois que cela lui aurait fait plaisir.*

# 13 L'arrivée en Corse

L'antique train s'essoufflait à l'assaut des cols, arrivait haletant à leur sommet, avant de les dévaler en rugissant à tombeau ouvert, puis il dominait à nouveau les précipices, se jouant des virages. Les habitués n'étaient plus impressionnés depuis longtemps par l'exploit quotidien de ce reptile, à tel point que la porte du dernier wagon, restée ouverte, amplifiant les criaillements de la ferraille, les laissait indifférents. Ce combat de David contre un Goliath blasé, avait tout pour plaire à Aglaëe. Le contrôleur était passé lors d'un arrêt précédent juste après le démarrage :

— Je ferme, avait-il précisé, sinon après on dira qu'on ne fait pas attention à la sécurité !

Plusieurs gares plus tard, la porte était à nouveau ouverte. L'arrêt à Fort de Piascolo dura plus longtemps que prévu, quelques voyageurs descendirent et en profitèrent pour griller une cigarette. Aglaëe mit le pied sur le quai et interpella le chef de gare pour connaître la cause de cette attente.

— Il n'y a qu'une voie, on attend de croiser l'autre train.

— Il a du retard ?

— Il a un ennui. Il a heurté une vache qui était sur la voie. Il faut le temps de déblayer, signaler au propriétaire.

— Ça arrive souvent ?

— Ça arrive, vache ou cochon. Faudra faire gaffe. Ils en ont signalé une autre qui traînait sur la voie.

Plus tard, le train tant attendu s'immobilisa le long du quai. L'employé de la SCCF, Société Corse de Chemin de Fer, siffla, mettant en branle la locomotive. Aglaëe s'approcha de la cabine de pilotage qui ne possédait pas de cloison. Le conducteur et le contrôleur étaient crispés. Lorsque le train pénétra dans le tunnel, ils scrutaient la pénombre. Tout à coup, le convoi ralentit brusquement. Une vache déambulait au milieu des rails, affolée par la présence de la machine. Cette dernière émit un sifflement qui résonna dans la voûte. L'animal détala, la queue courbée en l'air. Le contrôleur en rogne se tourna vers Aglaëe.

— Pas de photo hein !

— Pas de problème, répondit-elle instantanément pour le rassurer.

Elle ne voulait pas d'ennuis avec la population locale, à l'irritation facile envers le touriste trop curieux. Les roulants étaient toujours dans la crainte d'une mauvaise publicité, surtout celle qui portait atteinte à la sécurité.

À la sortie du tunnel, la vache bifurqua et grimpa dans le champ rejoindre au grand galop ses congénères qu'elle n'aurait jamais dû quitter.

Pour avoir vécu ce moment peu ordinaire, Aglaëe se réjouit d'avoir choisi ce trajet plutôt compliqué pour rejoindre Porto-Vecchio. Elle avait négocié de raccourcir ses vacances à condition qu'on lui laisse deux jours. Elle aurait pu prendre directement l'avion de Paris, atterrir et saluer son collègue moins de deux heures plus tard. Mais non, elle avait opté pour un plus long voyage. Le bateau pour traverser la Méditerranée, départ au ralenti où l'on voit Marseille s'échapper en silence, le port, l'immense visage de Zidane, le château d'If. Puis cet espace temps, où aucun impératif ne mobilise la pensée qui vagabonde, d'une vague à l'autre. Le regard reste happé par cette flèche d'écume en direction de la côte que le passager laisse derrière lui, avec tout ce qui s'y rattache. Accoudée au bastingage de cette montagne flottante, Aglaëe prenait le temps. Elle pensait que voyager, ce n'était pas se retrouver à l'autre bout du monde, ce qui comptait c'était le chemin, prendre le temps du trajet. Les heures qui s'écoulaient le long de ce passage du continent à l'île, dépoussiéraient le cerveau.

Les remparts de Calvi se dressèrent, le monstre marin aborda les quais de sa hauteur démesurée, où s'activaient les dockers, amarres en main.

Ces rites accomplis, Aglaëe se sentait neuve, comme prête pour un nouveau départ, un avenir fait de promesses. Et puis ce train épique où, dès le deuxième arrêt, les voyageurs descendaient directement sur le sable avec la plage pour quai. Verrait-on cela en métropole, un TGV qui, toutes portes ouvertes s'arrêterait pour laisser place à une vache... Magnifique ! Lorsque le train arriva à Vizzavone le guichet était fermé, le chef de gare était à son restaurant attenant à la gare. Aglaëe s'adressa à lui pour planter la tente dans le camping dont il s'occupait. Elle avait décidé d'atteindre Conca en parcourant les cinq dernières étapes du GR 20, le Chemin de Grande Randonnée qui traverse la Corse en longeant les crêtes des montagnes du Nord au Sud.

Le GR20 et sa légende ! Le plus ardu des chemins de grandes randonnées de toute l'Europe, dit-on. Lui grimper sur l'échine sur un tiers de son parcours, se confronter à ses épreuves, y laisser la trace de ses pas, sa sueur et son sang. Juste une partie, c'est déjà ça, même sans son étape mythique du Cirque de la Solitude, ce sera quand même porter un instant l'étoffe de ces héros qui le parcourent, les pieds plantés dans ses cailloux, le dos ployé sous le lourd chargement et la tête dans les nuages. Aglaëe était transportée par l'ambiance du lieu.

Après avoir plié sa tente dès l'aube, elle allongeait le pas depuis plus d'une heure sur un large chemin forestier, lorsqu'une pancarte indiqua un minuscule sentier qui attaquait la pente de front. La vraie ascension commençait véritablement, une belle montée, directe, dure, à peine atténuée par de petits lacets, pas loin de sept cents mètres de dénivelé à avaler sans paliers. Une petite pause pour se ravitailler au jaillissement d'une source cachée sous un rocher, puis Aglaëe Boulu grimpa avec constance jusqu'au col de Bocca Palmente. Le souffle court, la chemise trempée, elle était heureuse, les articulations avaient tenu, les muscles supporté l'effort. Elle s'accorda un moment de récupération. Elle but avec délectation l'eau savoureuse et fraîche qui lui redonna l'énergie nécessaire pour avaler la descente de l'autre versant. Elle suivit les courbes de niveau. Aglaëe se sentait dans son élément, à la fois excitée par cette aventure solitaire, et sereine parmi ces paysages de montagnes tranquilles, dans l'air frais des hauteurs.

Elle ressentait les mêmes sensations que sur certaines enquêtes où les apparences sont des illusions, les faits des simulacres et les conclusions éphémères. Elle éprouvait cette exaltation lorsqu'elle envoyait tout balader pour diriger les recherches sur d'autres voies et la sensation de puissance tranquille lorsqu'il faut persister, envers et contre tout, envers et contre tous.

La machine était lancée, ses cuisses réagissaient aux inégalités du terrain, son souffle était régulier, l'effort constant n'était pas pénible, elle se sentait puissante, indestructible, et cependant si minuscule.

Lorsque la date de sa mission fut fixée, elle avait décidé de prendre le temps, pour vivre ce moment hors de tout contexte professionnel, en marge de la civilisation, vivre au milieu d'une nature semblable à ce qu'elle était il y a des milliers d'années. Sans les apports de la société, autres que ce qu'elle portait sur le dos. Même son portable était inutile, pas de réseau, de toute façon la batterie était déchargée. Il ne fallait pas compter sur les gîtes, ceux-ci consommaient uniquement l'électricité qu'ils produisaient par le solaire. Ils avaient juste de quoi faire chauffer les plats pour les randonneurs en quête de réconfort.

Elle avait prévu d'accomplir ces cinq étapes en deux jours, un défi dont elle se savait capable.

Les ombres s'allongeaient, dessinant sur l'herbe la silhouette des crêtes. Aglaëe avait atteint le premier gîte. Lorsque l'ombre recouvrit la tente, la température baissa instantanément, l'humidité l'enveloppa. À l'aide de son petit camping-gaz à cartouche supra léger, elle fit chauffer une soupe en poudre dont elle se délecta. Elle consomma quelques tranches de saucisson avec une boule de pain de campagne, puis un fromage de chèvre à la pâte très dure ; elle finit par une compote en sachet. Sans plus tarder, après s'être changée, elle s'enfila dans son sac de couchage, prit le temps de visualiser les monts autour d'elle, avec pour seule protection un quart de millimètre de toile la séparant du ciel noir. Elle plongea dans un sommeil profond.

Après deux jours de marche sans histoires, juste une chute sans conséquence pour avoir été trop confiante, portant alors moins d'attention là où le pied se posait, celui-ci heurta une pierre ; entraînée par le poids du sac, elle se trouva à rouler sur le sol. Elle retint la leçon et se concentra à nouveau sur les aspérités du terrain.

Elle parvint à son but : Conca. À la sortie du chemin, une pancarte félicitait les randonneurs pour avoir atteint le terme du GR20, après quinze étapes et quelque cent soixante-quinze kilomètres. Ce n'était pas son cas, mais elle était heureuse de l'approche qu'elle avait entreprise. Elle se sentait en phase avec cette île. Une navette l'amena jusqu'à Porto-Vecchio.

Elle s'accouda à l'accueil de l'Hôtel de Porto. Un jeune homme en costume-cravate la reçut en se donnant un air très sérieux pour compenser un visage juvénile.

— Désolé madame, mais nous sommes complets.

— Est-ce que vous n'avez pas...

— Non, pas une seule chambre, les randonneurs vont généralement à l'auberge de jeunesse, il y a toujours une place qui se libère.

— Je vous disais, si vous ne m'interrompiez pas, que j'avais réservé au nom du commissaire Boulu.

— Attendez... en effet... commissaire Aglaëe Boulu...

— C'est moi.

— Je suis désolé, je ne savais pas... Je vous prenais pour une randonneuse, pas un policier...

— Ça n'est pas incompatible.

— Non, mais mon patron m'a dit de ne pas perdre mon temps avec les randonneurs qui n'avaient pas réservé et là je n'en attendais plus...

Le réceptionniste, déstabilisé, alignait des fiches publicitaires pour se donner une contenance. Son air sérieux avait fait place à un autre plutôt penaud, piteux.

— Alors ma chambre…

— Bien sûr ! Vous avez la chambre dix-sept, tenez voilà la carte. C'est au premier, à droite au fond du couloir, avec vue sur le petit jardin. C'est très tranquille. Voulez-vous que je porte votre sac... Non. Si vous avez besoin de quoi que ce soit, faites le « neuf ». À plus tard madame la commissaire. Heu... je suis encore désolé...

Lorsque la commissaire disparut, le jeune homme s'assit sur le tabouret, encore accablé par cet imprévu. Il s'épongea le front, desserra son col de chemise et commença à reprendre son souffle lorsque le téléphone sonna. Il se leva d'un bond, agrippa le combiné.

— Hôtel de Porto bonjour !

Son air grave s'afficha à nouveau.

Aglaëe apprécia la douche et le confort moelleux de la chambre. Le lendemain, le jeune homme salua l'objet de sa nuit blanche et le servit tout en lançant des regards furtifs. Ce matin, sa tenue correspondait mieux à l'idée qu'il se faisait d'une commissaire de police. Cette femme aux yeux noirs, les joues rondes, de taille moyenne et aux fortes proportions, dégageait une sensualité qui le troublait. Il attribuait cette gêne à la bévue de la veille. Il n'imaginait pas un instant que ses sens soient perturbés par une femme flic, au physique dépassant allègrement les canons dictés par les magazines de mode. Après son café au lait dans lequel elle avait trempé son croissant, il lui servit un café noir. C'est alors qu'entra le commandant

Falcone.

— Tu es incorrigible, tout le monde se demandait où tu étais passée.

— Bonjour Francesco.

— Bonjour Aglaëe.

— Assieds-toi. Nous avions rendez-vous ce matin, je suis là.

— Il a fallu que tu renoues avec nos montagnes.

— On ne peut rien te cacher… Un café s'il vous plaît !

— Dis, tu n'as pas changé, fit Francesco.

— Merci. Toi oui.

— J'ai vieilli ? Merci, ça fait plaisir.

— Non pas, tu me sembles plus... mûr.

— C'est un compliment ?

— Toujours pas marié ?

— Comment tu le sais ?

— Tu m'as appelée. Tu ne peux te passer de moi.

— J'ai quand même résisté trois ans.

— Ça a été dur ?

— Atroce.

— Normal, c'est l'effet que je fais.

— Écoute, j'ai vraiment besoin de toi.

— Dans quel cadre ?

# 14. Aglaëe et Francesco

La photo de l'homme au cou de bovidé atterrit sur la planche transversale du milieu du canot. Falcone commenta :

— Voilà Gaspard Lotti, on le recherche depuis trois jours. Cet homme avait des relations privilégiées avec le sénateur Paul Terraré.

Le commandant posa la photo de ce dernier à côté de la précédente. Il reprit.

— Ils étaient membres actifs du LAC. Le sénateur a quitté le LAC pour fonder un autre groupuscule indépendantiste : l'UPCA. Lotti ne le lui a jamais pardonné, il lui a voué une rancune et une haine tenaces, accompagnées de menaces de mort. Depuis, les fusils ont été dirigés les uns contre les autres, plutôt que contre l'administration ou les représentants de la loi. Était-ce plus de l'intimidation qu'une réelle volonté de tuer ? On peut se le demander, car on ne dénombre aucun homicide avant celui du sénateur. Nous avons interrogé plusieurs affidés des deux groupes, ils sont aussi bavards qu'un pot de saindoux. Impossible de leur faire dire quoi que ce soit, ils ne reconnaissent personne, à peine leurs parents. Quant à leur adresse, à les écouter, ou ne pas les entendre, c'est tout juste s'ils ont entendu parler de la Corse. Depuis que je t'ai eue au téléphone, il y a trois jours, on n'a guère avancé.

— L'enquête de proximité ?

— Toujours les mêmes commentaires, un drôle de bonhomme ce Terraré : un réseau bien tissé, des passe-droits qui lui donnent des appuis pour grimper tous les échelons politiques.

— Sénateur à vingt-huit ans, c'est pas mal. Ce genre de procédés fabrique des envieux, exacerbe les rancuniers et provoque les jaloux, remarqua Aglaëe.

— Bien sûr, de là à tuer.

— Lorsque les intérêts ou les pertes atteignent des niveaux prohibitifs, on emploie les grands moyens.

— C'est vrai, mais pour l'instant on n'a rien en vue. On continue de chercher.

— La liste des invités ?

— On l'épluche, on a aussi toute une série de photos qu'on détaille au pixel près.

— Son épouse ?

— Une veuve joyeuse et qui ne s'en cache pas. Il lui a légué la moitié de ses biens, ce qui ne représente pas grand chose en comparaison à ce qu'elle possède elle-même.

— Des maîtresses ?

— À la tonne, comme s'il faisait un concours. On les interroge les unes après les autres, mais je ne me fais pas d'illusions de ce côté. Apparemment il était clair, il annonçait la couleur, elles savaient qu'elles étaient un certain nombre sur la liste.

— Ça ne les dérangeait pas.

— À l'évidence non ; espéraient-elles être l'élue, trouvaient-elles quelques avantages à sortir avec un homme d'importance, peu importe.

— Un bon coup.

— Même pas, d'après son épouse, il fatiguait de la nouille avant même d'avoir commencé. Elle était du genre souple et molle donnant plutôt la direction des chaussettes que celle de l'étoile du nord. Non, c'était plus apparat et fantasme qu'action et investigation. Plusieurs maîtresses ont confirmé.

Le commandant posa une autre photo.

— Annie Donnata, une serveuse embauchée pour l'occasion, lors de la réception des épousailles. Elle a été tabassée probablement par l'auteur du meurtre. Si mon adjoint Martin Pronelli n'était pas intervenu in extremis, à l'heure actuelle elle serait morte. Elle s'en est tirée avec une rangée de points de suture sur le cuir chevelu, des traces de phalanges en guise de collier et des brumes obscures à la place du cerveau.

— A-t-elle révélé quelque chose ?

— Absolument rien.

— Et Pronelli ?

— Non plus, l'agresseur était cagoulé, pas d'empreintes, rien si ce n'est que le gars était costaud comme un roc et si c'est Martin qui dit ça, c'est que ce doit être un sacré morceau.

Aglaëe détacha son regard des photos alignées, pour le lancer vers les rives et, encore plus loin, vers les montagnes. Elle était assise sur la banquette du fond, en vis-à-vis de Falcone. Le clapotis qui accompagnait le doux ondoiement de l'embarcation prêtait à la rêverie. Le soleil de la matinée amorçait l'escalade en température, apportant juste la chaleur idéale, incitant les corps à se détendre et s'abandonner à une douce nonchalance. Les minutes s'écoulaient, à l'écoute de ces deux marins d'eau douce, sans tic-tac ni engrenages, elles désiraient les laisser dans cet état d'engourdissement, protectrices, à l'écart de la trépidante vie humaine. Mais une grue cendrée fut moins bienveillante, elle lança son craquètement, prévenant les malotrus qu'ils avaient investi son territoire et qu'ils n'étaient pas les bienvenus, qu'ils étaient attendus dans leurs affaires d'humains et qu'il fallait déguerpir sans traîner. Aglaëe ferma cette parenthèse :

— Bravo Francesco.

— Oui ?

— Ce que tu peux être inventif ! Ce que tu ne vas pas chercher, pour la seule et unique intention de me revoir. Tu as passé trois années sans me voir et bien sûr, c'est le maximum que tu pouvais endurer. Je sais, je produis cet effet. Alors tu as élaboré ce plan machiavélique auprès des instances administratives, pour que je sois mutée sur cette affaire. Félicitations, à moi aussi cela me fait très plaisir de te retrouver. Je pensais, j'espérais te revoir aussi, mais jamais je n'aurais imaginé un tel scénario. Mais dis-moi, si tu m'avais invitée pendant des vacances, tout simplement, j'aurais accepté tu sais. Tu en doutais ? Il te fallait un prétexte professionnel ?

— Moi aussi je te retrouve bien là Aglaëe, telle que tu étais. Tu n'as pas changé, toujours dans la provocation, à me pousser dans mes retranchements. Mais ça ne marche plus, moi, par contre, j'ai changé.

— Ce débriefing sur un canot au milieu de ce lac en est une démonstration. Il y a quelques années, cela se serait déroulé dans un bureau austère, impersonnel.

— C'est ma barque, ma coquille de noix : la pêche, c'est un peu ta randonnée à toi. Elle me permet de me retrouver, de réfléchir différemment, avec plus de recul. Tu es partante pour cette mission ?

— Je ne saurais rien te refuser mon Francesco. Mais ce que je veux dire aussi, c'est que tu n'as pas vraiment besoin de moi. Sur les différentes pistes que tu as initialisées, même si elles ne donnent rien actuellement, je n'ai rien à rajouter, je n'aurais pas mieux opéré.

Francesco hocha du chef, non pas pour approuver, il était plutôt dubitatif, il savait trop bien de quoi était capable son amie lorsque son cerveau était en fusion. Il vit au loin deux colverts, ailes étendues, planer jusqu'à fleur d'eau sans troubler la surface. Il retrouvait avec soulagement les échanges qu'ils entretenaient, comme s'ils s'étaient quittés la veille. Où se terminaient les conversations professionnelles, où commençaient les causeries personnelles qu'elle pimentait d'allusions ambiguës et d'humour provocateur. Quelle femme était tapie derrière ses subtilités de langage et ses blagues parfois douteuses ? Comme cette enquête, autant de possibles que de directions du centre d'une toile d'araignée, mais quel est le bon chemin, quel est le mobile incontestable, planqué derrière tous ces faux-semblants, ces parcours croisés ?

— C'est toujours la vie, dit Aglaëe.

Il s'interrompit au milieu de ses pensées égarées, surpris.

— J'observais ton visage, tes expressions, ils reflétaient les étages de tes pensées, reprit-elle. Ta tête qui opinait approuvait le fait qu'il suffit que tu demandes pour que j'accède, mais à quoi ? La commissure de tes paupières qui se ride marquant un certain amusement du double sens de ma réponse : professionnel, sentimental ? Le froncement des sourcils : le job qui revient au grand galop. Le vrai du faux, les masques et l'authentique, que l'on parle du travail ou de l'humain, je te dis : «C'est toujours la vie.»

C'était bien elle ça, une hyper sensibilité doublée d'une logique implacable, et elle lit mes pensées comme dans un livre ouvert, se dit-il. Il prit les rames et tira énergiquement en cadence, la barque glissa en silence vers la berge.

# 15. Paolo

Fabienne Léonili était debout à la fenêtre de son bureau, sa vision naviguait au-dessus des faîtes des toitures. Elle pensait à sa fille qu'elle n'aurait jamais. Cela lui faisait du bien de la faire vivre dans sa ville, la faire évoluer parmi les amis de son âge, la confronter aux soucis des ados. En ce moment même, elle la voyait sortir de son lycée, discuter avec sa meilleure amie, rire de la gaucherie de certains garçons, se moquer d'un professeur, critiquer les vêtements des filles excentriques ou ringardes. Ces échappées avaient une fin. Elle en émergeait toujours avec un flou dans l'âme, puis se ressaisissait, et reprenait le cours de sa vie. Et sa vie se réduisait à la vie professionnelle. Elle retourna vers son bureau et pianota sur son Iphone.

— Francesco ? … Paris me mitraille en tirs groupés, ils exigent des résultats rapides. Il me faut des précisions. Ils n'en veulent plus des «on exploite toutes les pistes probables», alors dis-moi, où en es-tu ?

Falcone était adossé au fond de son fauteuil, il scrutait le mur où les photos se multipliaient.

— On exploite toutes les pistes probables.

— Ton humour me donne des rides, Francesco.

— Tant mieux si je te déride. Que veux-tu que je te dise, je ne vais pas inventer des coupables pour faire plaisir aux bureaucrates.

— Donne-moi de quoi les faire patienter.

— On continue d'interroger les maîtresses délaissées. Rien pour l'instant, à suivre. Le personnel du traiteur n'a rien remarqué. Quant à Terraré, on étudie les transferts de ses différents comptes : on n'a rien trouvé de particulier. On continue d'exploiter toutes les pistes, d'approfondir son quotidien, mais actuellement on n'a rien de sérieux.

Elle alluma une cigarette et souffla un nuage de dépit.

— Alors quoi, rien, pas de suspect, aucune révélation ? Tu me déçois Francesco.

Il fit un signe de tête à Aglaëe Boulu pour la mettre dans la connivence alors qu'elle écoutait les répliques et en déduisait les questionnements de l'interlocutrice.

— Mais ça va changer, maintenant qu'On m'a envoyé une Spécialiste de la Question Corse.

— Ah, tu ne vas pas commencer avec ça Francesco ! Elle est arrivée ?

— Oui, je suis allé l'accueillir ce matin.

— Patron !

La tête de Teter dépassa de la porte. Falcone fit patienter la procureure.

— Attends une seconde. Oui ?

— Il y a un nom sans visage.

— C'est-à-dire ?

— Les photos qu'on a récupérées chez le photographe professionnel, on a fini de toutes les détailler. On est arrivés à mettre tous les noms sur chaque visage. Il nous reste un seul nom dont on n'a pas trouvé de photo. Un certain monsieur Paolo.

— OK, c'est bon ça, s'il n'a pas été photographié c'est qu'il se cachait, ce n'est pas possible autrement. Ils ont été littéralement mitraillés. Alors il doit être quelque part, il n'a pas pu toutes les éviter. Tu recommences, tu auscultes chaque pixel de toutes les photos, mais tu le trouves. Ce n'est pas l'homme invisible.

— Mais chef, il y a des centaines de photos.

— Et alors ?

— Heu, rien.

— Le nom aussi, s'il a été invité sous le nom de Paolo, c'est qu'il existe. Quoi que, s'il se cache, c'est que ce nom n'est peut-être pas forcément le sien. Enfin, cherche quand même.

Teter s'éclipsa, le commandant reprit la communication.

— Tu es là ?

— Non je prends ma douche ! Je t'écoute.

— Nous avons un invité surprise.

— Oui, j'ai entendu, Paolo.

— Alors tu pourras leur donner cet os à ronger, tu dis que nous sommes sur la piste d'un homme qui s'est infiltré parmi les invités à la réception du mariage.

— Bon, je vais faire avec.

Aglaëe précisa.

— Qu'elle taise le nom.

— Attends ! Ne dis pas le nom, sinon on risque de le voir dans les journaux avant la fin de la journée.

Ils raccrochèrent.

— Me voilà tranquille jusqu'à la prochaine fois.

— Dis-moi, la petite qui s'est fait agresser, tu m'as dit qu'elle n'a donné aucun détail sur son agresseur ?

— Donnata ? Elle ne se souvient de rien de spécial.

— J'aimerais la voir.

— Bien sûr, elle est à l'hôpital.

— Encore ?

— Oui, les médecins surveillent son traumatisme crânien.

Elle récupère vite.

— Je voudrais quelques minutes de votre attention.

Ses trois gars levèrent la tête comme un seul homme. Quand le patron avait quelque chose à leur annoncer, il attaquait directement dans le vif du sujet, ou il les appelait dans son bureau. Cette introduction pourtant minimaliste, c'était déjà beaucoup pour lui. Quand ils le virent pénétrer dans l'open space avec une femme à ses côtés, ils comprirent aussitôt.

— J'aimerais vous présenter…

— Commissaire Boulu, Aglaëe Boulu, coupa Teter. Sortie majore de sa promotion, la promo César qui a pourtant abrité de grosses têtes. A pour habitude de ne classer aucune affaire sans la résoudre, la plus complexe soit-elle. Malgré son jeune âge, que ma galanterie naturelle ne saurait dévoiler, elle pourrait être commissaire divisionnaire, tremplin vers les plus hautes fonctions, mais cela l'éloignerait du terrain et c'est le terrain qui la passionne. Un cerveau à la mécanique redoutable accouplé à un intuitif surdimensionné, mélangez le tout et vous obtenez une machine à débusquer les coupables infaillible.

— Mais…

Francesco était désorienté, il s'attendait à une rencontre plutôt froide, au mieux polie et réservée, mais la somme de ces qualités, qu'il n'avait d'ailleurs jamais exprimées, ainsi exposées, c'était pour le moins inattendu. Bien sûr venant de Teter, inutile de demander d'où il tenait ses informations.

— Comment tu sais tout ça ? ne put-il cependant s'empêcher de demander.

Teter leva un pouce en direction de son épaule derrière laquelle étaient situés les écrans.

— On dit tout ça de moi sur Internet, dit Aglaëe, tout aussi surprise.

— Et plus encore. Mais les détracteurs sont aussi prolixes : sous une politesse apparente se cache un caractère de hyène à qui on aurait subtilisé sa charogne, ne respecte aucune institution, un humour à ne faire rire que les mouettes, préfère arpenter les montagnes que plonger dans les dossiers qui lui sont confiés. Bon j'arrête là, ça doit sortir du panier des jaloux aigris.

— Je tiens juste à compléter que c'est une amie et que j'ai une entière confiance en ses qualités professionnelles. Je vais donc terminer les présentations par celles de mes adjoints...

— Teter, intervint Aglaëe en lui serrant la main, lui c'est l'araignée au centre de la Toile, la moindre vibration dont il est à la recherche, il la détecte, fonce dessus, l'intercepte et s'en sert pour continuer à tisser sa toile. Aucune information ne lui résiste. André Ortis, continua-t-elle, le plus grand trousseau mental de passes que l'on puisse imaginer. Il a toutes les clés pour faire sauter les blindages qu'un suspect érige pour cacher la vérité, aucune serrure ne lui résiste, un tête à tête redoutable quand on est coupable.

Elle lui lâcha la main pour prendre celle de Martin.

— Martin Pronelli, un chevalier de la table ronde qui a remplacé l'épée par ses avant-bras, ses poings et ses pieds, résultat : quand il ne porte pas d'armes, c'est là qu'il est le plus armé, le plus dangereux. Bon, je n'ai pas cliqué sur la flèche qui indiquait les moins, c'est sans doute le même panier de crabes avariés. Je suis heureuse de faire votre connaissance.

— Bon, c'est pas tout ça mais au boulot maintenant les gars, conclut le commandant, un peu dépité d'avoir été évincé, mais rassuré par la cordialité de cet accueil.

Après s'être présentée aux plantons, Aglaë Boulu frappa au quarante-sept. N'ayant pas de réponse, elle poussa la porte. Elle vit une jolie jeune fille à la chevelure de feu, assise sur le bord du lit. Elle avait les yeux dans le vague, ne s'était même pas aperçue de son entrée.

— Je vous dérange ?

Elle émergea de sa torpeur.

— Qu'est-ce qu'il y a ?

— Je suis Aglaëe Boulu, je fais partie de la police. J'étais venue pour voir comment vous alliez et vous poser quelques questions.

— Vous voyez, je vais bien puisque je sors. J'ai enfin la permission de me tirer de cette tôle. Ce n'est pas en faisant hostellerie qu'ils vont combler le trou de la sécu.

— Pourquoi vous ont-ils gardée ?

— Traumatisme crânien.

— Le coup de la porte ?

— C'est ce que je croyais, mais non, c'est quand je suis tombée. Ma tête n'a pas supporté la rencontre avec le carrelage.

— Je suis heureuse que vous ayez récupéré, Annie.

— Pourquoi ? Vous n'êtes pas ma mère.

— C'est elle que vous attendez ?

— Ça ne risque pas, elle n'est même pas venue me voir.

— Elle habite loin ?

— À deux rues. Il y a longtemps qu'elle m'a laissée

tomber.

— Quand elle se rendra compte que sa fille…

— Vous ne la connaissez pas. Elle a décidé que j'étais indigne d'elle, je n'ai pas continué mes études, on s'engueulait tous les jours. Alors je me suis barrée. Je fais des petits boulots, des extras à droite, à gauche. J'ai fait des tentatives pour lui montrer que je me débrouillais, mais non elle s'en fout complètement, je ne suis pas prof agrégée, docteur es n'importe quoi ni bardée de diplômes, alors je ne suis rien.

Aglaëe s'était assise à ses côtés. Cette fille ne devait pas se confier souvent, elle voyait sur son visage une certaine fierté qu'elle n'arrivait plus à contrôler.

— Avec le temps, elle reviendra sur sa position, tôt ou tard elle réalisera qu'elle finira par perdre sa fille pour des raisons superficielles.

— Superficielles ? Mais pour elle il n'y a que cela qui compte. Quand elle reçoit, les invités ne sont pas des amis mais des bac+50, c'est le seul critère de choix !

Elle avait presque crié. Puis elle finit dans un souffle :

— Vous ne croyez pas que si elle devait changer d'avis, c'était maintenant, quand j'avais vraiment besoin d'elle.

— Quelqu'un vient vous chercher ? Un ami, un frère ?

— Ma sœur est au Canada, je vais prendre le bus.

— Je peux vous ramener si vous voulez.

Donnata dévisagea pour la première fois son interlocutrice.

— C'est vous qui allez être mon garde du corps ?

— Pas du tout.

Elle se leva, prit son sac où pendaient quelques

pompons de couleur. Ses affaires le gonflaient comme une outre bien pleine.

— Allons-y, dit-elle.

Dans la voiture, c'est Donnata qui prit les devants.

— Votre playboy bodybuildé m'a déjà posé toutes les questions.

— Martin Pronelli ?

— Vous voyez aussitôt de qui je parle quand je parle de playboy.

— Il vous plaît.

— Pas vous ?

— Le problème ne se pose pas, c'est un collègue.

— À d'autres.

— Depuis qu'il vous a questionnée, rien ne vous est revenu en mémoire ? Vous êtes l'unique personne à avoir rencontré l'homme qui a sans doute assassiné le sénateur.

— Vous pouvez finir votre phrase.

— OK : et qui soit encore en vie.

— Voilà. Vous oubliez Martin, c'est lui qui l'a vu en dernier.

— Je sais. Ça a été très rapide, il l'a d'abord vu de dos, le temps d'esquiver un coup et l'autre a décampé. À vous, il vous a parlé.

— Eh bien, moi, ça a duré trop longtemps ! Non, j'ai tout dit à Martin. Bien sûr, ce mec m'a parlé derrière sa cagoule. Il m'a posé en gros les mêmes questions que vos collègues : si j'avais vu quelque chose de spécial pendant le mariage. Il disait que j'avais des choses à révéler aux flics. Il voulait savoir quoi.

— D'où tient-il que vous aviez des choses à nous dire… En tout cas, il voulait contrôler s'il n'avait rien laissé derrière lui. S'il avait débarqué avec l'intention de vous tuer, il l'aurait fait dès le départ. Qu'est-ce qui a dérapé puisque vous n'aviez rien vu ?

— J'aurais peut-être dû m'écraser, faire la soumise apeurée. C'est plus fort que moi, quand on m'agresse je ne supporte pas, ça me met en rogne et je cogne. Je m'en fous de ce qui peut arriver, jusqu'alors cela m'avait plutôt réussi.

— Putain de merde, tu as raison ! J'aurais agi comme toi, rien que d'y penser, j'aurais voulu être là pour te défendre, pour lui foutre sur la gueule à cet enfoiré !

Une fois encore, Donnata dévisagea cette singulière fliquette.

— C'est ce qu'a fort bien fait Martin.

— Comment était sa voix ?

— C'est un Corse, il n'y a pas de doute. Son accent est à couper au couteau.

— Eh bien tu vois, c'est déjà ça.

Elles arrivèrent chez elle.

— La porte n'a pas été réparée ! Ce proprio est rapiat comme ce n'est pas possible, s'il attend d'être remboursé avant de réparer, je peux dormir sous les ponts.

— Attends, je vais arranger ça…

Elle sortit son portable.

— Allo, Falcone ? Tu peux trouver le propriétaire d'Annie Donnata et le sommer de faire réparer sa porte… Non, toujours pas, menace-le de mise en danger d'autrui… Oui, à plus tard.

Elle raccrocha.

— Où vas-tu aller en attendant ?

— Je vais voir. Je sais me débrouiller seule.

— Je n'en doute pas Annie, mais je veux savoir où,

c'est encore trop tôt pour te laisser seule… Tu ne crois pas que c'est le moment d'aller voir ta mère ?

— Je vais aller chez Charles.

— Charles Fratane ?

— Oui, il ne demande que ça.

— Bon, comme tu voudras. Pendant que tu prépares tes affaires, j'appelle un policier pour te protéger le temps que ça se tasse.

La commissaire poussa la porte du commandant Falcone, son bureau était inoccupé. Elle entra dans l'open space et l'aperçut avec ses hommes penchés devant un écran.

— Alors, la questionna-t-il sans détourner les yeux de l'écran ?

— Je l'ai accompagnée chez Charles Fratane où elle sera sous surveillance.

— Elle pourra rentrer chez elle demain, sa porte sera en état.

Teter était en train d'expliquer comment il avait procédé.

— C'est simple, j'ai utilisé le logiciel Eigenface, programme de reconnaissance faciale, amélioré avec le concours de l'IRCGN, l'institut de recherche criminelle de la gendarmerie nationale. J'ai enregistré tous les visages identifiés et après, j'ai lancé une recherche complémentaire, c'est-à-dire de ceux qui étaient inconnus. Le programme a donc exploré toutes les photos, laissant de côté les têtes qu'il avait reconnues et mettant en évidence celles qu'il n'identifiait pas. Résultat : une trentaine de photos. Pour la plupart d'entre elles, c'est la qualité de la photo qui est en cause, un visage flou ou incomplet suffit pour les sélectionner. Celles-ci éliminées, il ne reste que deux photos. Regardez.

Teter était dans son élément, tout en expliquant il promenait le curseur et cliquait sans arrêt, faisant apparaître et disparaître des cadres, montrant des personnages systématiquement un verre à la main, souriant, s'exposant, discourant, se pavanant, puis ceux au visage indéfini. Enfin il afficha deux photos. En premier plan de l'une, un couple montrait une ligne de dents éblouissantes à l'objectif.

— Ils ne ressemblent pas à des gens qui cherchent à se dissimuler.

— C'est ce que je me suis dit, j'ai confirmé en lançant l'identification sur ces deux individus. Monsieur et Madame Recci, le mari est responsable de gestion des quais sur la côte sud-est, de Solenzara au cap de Feno. Si chaque port gère ses embarcadères, c'est lui qui supervise l'ensemble que recouvre cette partie de la côte. C'est vous dire le pouvoir du bonhomme, vu la demande de location à l'année ou juste pour quelques nuitées, des bateaux en villégiature.

— Donc inintéressant, pour ce qui nous concerne. Alors pourquoi cette photo a-t-elle été sélectionnée ?

— Voilà une bonne question. Ce qui est analysé à partir de pixels n'est pas forcément visible à l'œil. Il faut faire appel à un autre logiciel. En fait, ce n'est pas ceux-là qui ont été repérés, mais celui derrière.

Teter traça un cadre en arrière-plan de la photo, il sélectionna ainsi une silhouette trop floue pour être remarquée. Il l'introduisit dans un nouveau cadre.

— Là-dedans j'ai fait mouliner ce programme et le personnage au fond est apparu, résultat :

En effet, un visage reconstitué s'afficha, comme pris en gros plan.

— Nom de dieu.

— C'est ce que je me suis dit. Voyez la deuxième photo.

Celle-ci avait dû être prise par erreur car personne n'était présent, un bout de bras avec la main enserrant un verre de champagne en premier plan et au fond un homme en contre-jour. Il fit les mêmes gestes et un visage, pris de trois quarts, s'étala sur l'écran. Le même. Teter lança l'impression des deux photos. Elles passèrent de main en main. Puis Falcone les scotcha autour de celle qui trônait sur le pan de mur.

— Voici donc notre mystérieux monsieur Paolo, dit-il…

— …qui n'est autre que Gaspard Lotti ! compléta la commissaire.

— Beau boulot Teter.

— Comment se fait-il qu'il ait pu entrer sous ce nom d'emprunt ?

— Aucune idée, il faudra comprendre pourquoi.

— L'avez-vous déjà interrogé ?

— André, tu en es où avec les activistes ?

— J'en ai vu quelques-uns. Évidemment j'explique que c'est une enquête de routine, que c'est simplement pour mieux connaître le sénateur Terraré. Rien à faire, il faudrait un pied de biche pour leur ouvrir la bouche. Ils disent le minimum, ils n'ont plus vu Paul Terraré depuis des années qu'à la télé. Bien sûr, quand je leur demande où ils étaient ce fameux dimanche, j'ai beau dire que c'est la procédure, ils prennent la mouche. Ils ne voient pas en quoi cette question peut m'aider à mieux connaître le sénateur. Pour l'instant je n'ai absolument rien.

— Gaspard Lotti ?

— Quant à lui, pas moyen de le contacter. Il est dans les montagnes avec ses chèvres, m'explique-t-on, pour ceux qui daignent me répondre. Savoir quand il descendra, c'est pour tout le monde une grande inconnue.

— Il a une famille ? demanda Aglaëe Boulu.

— Célibataire endurci, aucune attache, d'après ce qu'on sait de lui, c'est un solitaire, berger de métier, sa vie sociale se limite à son activité à l'UPCA, agrémentée de bonnes cuites quelques soirs, ponctuées parfois de castagnes.

— Il faut absolument mettre la main dessus.

— J'ai fait savoir à ses collègues que j'aimerais aussi l'interroger, reprit André Ortis, que ce serait mieux pour tout le monde si je pouvais le rencontrer gentiment, sans passer par un avis de recherche.

— On n'en est plus là. Maintenant que l'on sait qu'il était présent, sous un faux nom, à la réception du sénateur, on lance un avis de recherche immédiatement conclut Falcone.

— On sait l'efficacité de cette procédure dans nos montagnes…

— Je sais mais c'est le minimum à faire. Et puis on ne sait jamais, officiellement il n'est pas accusé de quoi que ce soit, il doit juste être vu dans le cadre d'une enquête de «voisinage».

# 16. Gaspard Lotti

— Vérifie ton arme, on va à la pêche au gros !

La commissaire Boulu et le commandant Falcone s'étaient précipités hors de son bureau, pour prévenir Pronelli.

— J'arrive patron !

Il ouvrit son tiroir, prit son Sig Sauer qu'il glissa dans son holster et jeta sa veste sur son épaule.

Dans la voiture banalisée, Falcone donna les détails de l'intervention.

— André a reçu un appel anonyme l'informant que monsieur Gaspard Lotti descendait dans la vallée.

— Il n'a pas que des amis, commenta Aglaëe Boulu.

— Sans doute.

— Il est parti en planque et il vient de l'apercevoir à son domicile.

— Stop !

Les pneus agrippèrent l'asphalte. Le doigt sur l'écran GPS, la commissaire indiqua la ligne jaune qui serpentait sur le plan.

— Ça doit correspondre au chemin de traverse que l'on vient de dépasser.

Ils reculèrent, la voiture s'engagea, secouée par les nids de poule et les pierres saillantes. Le sentier s'infléchit pour grimper à l'assaut de la colline.

— Arrête-toi là, intima Boulu, nous ne sommes plus loin, on continue à pied.

Ils sortirent de la voiture, poussèrent les portières sans bruit, jetèrent un coup d'œil panoramique.

— Belle vue, exprima Aglaëe.

La vallée et son village à flanc de coteau revêtaient un aspect paisible. Au-delà, la montagne de Cagna exhibait une forêt luxuriante.

— On domine ici. Le village là-bas c'est Bilzes. Là, je te connais un vieux, il te confectionne un saucisson, je te dis pas le goût. Je vous en procurerai un si ça vous dit…

Martin fut interrompu par son chef.

— Quand la visite guidée sera terminée, on pourra peut-être y aller.

Ils entamèrent le sentier bordé d'arbres chétifs et débouchèrent trente minutes plus tard sur une prairie d'herbes jaunies. Plus haut se dressait une petite habitation de pierres grises. À cette lisière, Ortis les attendait.

— Vous voilà. Il est chez lui, c'est la maison que vous voyez là, plus haut. Comme vous voyez, il n'est pas trop gêné par les voisins.

— Allons-y, ordonna le commandant.

Ils arrivèrent rapidement devant la façade. Falcone toqua. La porte s'ouvrit immédiatement. Chacun se fit la réflexion qu'ils étaient attendus malgré leur discrétion.

— Quoi ?

L'homme leur parut encore plus rustique que sur les photos. Il dégageait une force primaire, animale.

— Police, vous êtes bien Gaspard Lotti.

— Hm.

— Nous aimerions vous poser quelques questions.

Il prit le temps de détailler la carte que lui présentait Falcone.

— Pourquoi ?

— Au sujet du décès du sénateur.

— Je ne savais pas que la police enquêtait pour un infarctus.

— Cela fait un moment que l'on a déterminé que c'était un meurtre. Vous ne le saviez pas, c'est dans tous les médias.

— Télé ou radio, d'où je viens on n'en trouve pas.

— Et d'où venez-vous ?

— Pas loin de la pointe d'Ovace.

— On peut entrer ? intervint la commissaire.

L'homme les dévisagea l'un après l'autre pour montrer que c'était lui qui décidait, puis il écarta le battant. Le salon était composé d'un fauteuil confortable, un pouf bas et un canapé rudimentaire. Il s'adjugea le fauteuil et désigna le canapé aux policiers. Trois d'entre eux s'y assirent, Pronelli resta debout à côté.

— Vous êtes bien nombreux pour poser quelques questions à un campagnard. La police s'ennuie ?

Falcone ignora ce sarcasme.

— Étiez-vous invité au mariage de monsieur Paul Terraré ?

Gaspard essaya de décrypter cette question apparemment simple, il choisit de dire la vérité.

— Oui.

— Comment se fait-il que votre nom ne figure pas sur la liste des invités ?

— Je ne sais pas.

— Vous vous cachiez ?

— Quoi ?

— On ne vous voit pas beaucoup sur les photos.

— Vous me trouvez photogénique ?

La tête légèrement inclinée en avant, les yeux montant sur un front toujours prêt à distribuer des coups de boule : si on voulait tirer un gros plan, on utiliserait un zoom. Aglaëe prit le relais.

— Connaissez-vous monsieur Paolo ?

Il prit encore le temps de jauger ce que les flics savaient.

— C'est moi.

— Pourquoi ce nom ?

— C'est mon nom à l'UPCA.

— C'est surprenant que le sénateur vous invite.

— Pourquoi ?

— Vous n'étiez pas les meilleurs amis du monde.

Gaspard ne commenta pas.

— Vous ne répondez pas ?

— C'était une question ?

— Je vais être plus précise : comment se fait-il qu'un homme invite son principal ennemi à son mariage ?

— Qui vous a dit que nous étions ennemis ?

— Arrêtez de répondre par des questions, on perdra moins de temps. Depuis qu'il a fondé l'UPCA, vous ne le portez pas dans votre cœur.

— Vieille histoire, la preuve, il m'a invité, de plus il n'appartient plus à l'UPCA.

— Et vous, vous agissez toujours pour le LAC ?

— Ce n'est pas interdit.

Falcone reprit la main.

— Gaspard Lotti, avez-vous empoisonné le sénateur Paul Terraré ?

L'homme ne put conserver la distance indifférente qu'il avait adoptée jusqu'alors. Son corps se tendit comme un animal prêt à bondir, à broyer les os de sa victime. Il se contint, ses mains se dénouèrent.

— Il a été empoisonné ?

Il se leva, regarda par la fenêtre, fit quelques pas vers les étagères sur lesquelles étaient exposées quelques photos de montagnes, comme si c'était la seule chose qui pouvait lui procurer une once de sérénité.

— Je répète ma question…

— Je ne suis pas sourd ! Bien sûr que non. Pour quelle raison ?

— C'est à vous de me le dire.

— Il n'y en a pas.

— Vous avez juré de le tuer, plusieurs témoins ont entendu cette menace.

— Un coup de gueule qui remonte à des années. Sinon je n'aurais pas attendu si longtemps.

— Vous êtes-vous approché de la table du sénateur ?

— Non, j'étais attablé à l'opposé.

— Vous n'avez rien remarqué.

— Vous n'avez vraiment rien à vous mettre sous la dent. Ne comptez pas sur moi. Maintenant on s'est tout dit.

Il ouvrit la porte et leur indiqua la sortie.

Les policiers se levèrent.

— Une dernière question.

Martin Pronelli planta ses yeux dans ceux de Lotti.

— Connaissez-vous Annie Donnata ?

— Non, je devrais ?

Martin détailla l'anatomie de l'homme.

— On se reverra.

— Restez dans le coin, nous vous recontacterons pour les besoins de l'enquête.

Lorsque les policiers descendirent la colline, l'homme

cueillit une tige d'une graminée qui se balançait près de l'ouverture, la coinça entre les dents tout en les suivant de ses petits yeux noirs et glacés. La descente se fit rapidement, en silence, chacun plongé dans ses réflexions. Les quatre portières claquèrent.

— Si je comprends bien, vous avez trouvé préférable de ne pas l'emmener, dit André Ortis.

— Le mettre en examen ne servirait à rien, il ne dirait rien.

— En tête-à-tête entre quatre murs, même les plus endurcis peuvent craquer.

— Lui n'en serait pas à son premier interrogatoire, il est rodé, conclut Falcone.

Le silence se rétablit, chacun essayant de décoder les non-dits, les gestes et attitudes de ce singulier individu.

— Martin, tu lui as demandé s'il connaissait la petite Annie. Dis-nous ce qui te trotte dans la tête, proposa Ortis.

— En effet, si c'est lui qui a tué le sénateur, c'est lui qui l'a agressée.

— CQFD.

— Le peu que j'ai pu entrevoir chez elle, cet affrontement n'a pas duré plus de quinze secondes, ce gabarit ressemble à celui que nous venons de rencontrer. Si je devais désigner une personne qui s'approche le plus de mon agresseur, ce serait lui et nul autre.

Le silence revint encore, puis :

— Quelque chose me chagrine, confia la commissaire.

D'un battement de paupières, Falcone l'invita à poursuivre.

— L'empoisonnement, cela ne lui ressemble pas, c'est trop soft. Je le vois plutôt balancer un coup de batte de baseball sur un crâne, faire exploser une voiture, mais le poison… Je ne comprends pas.

— Tu penses que ce n'est pas lui ? Il est peut-être lié au meurtre de loin.

— Je n'ai pas dit que ce ne pouvait être lui, c'est le mode qui m'interpelle. En tout cas on n'en tirera rien, c'est mégalithe.

— Sûr !

Aglaëe Boulu était installée au bureau de son ami. Elle avait vidé les sachets transparents de leur contenu et les manipulait avec des gants de latex. La pièce était dans la pénombre, seule la lampe de bureau éclairait les divers objets. Elle avait l'impression que cette disposition de l'éclairage favorisait sa concentration. Elle avait mis de côté des clés, une boîte de bonbons à la menthe. Elle ouvrit le portefeuille, examina les cartes bancaires, détailla les cartes de fidélité, sortit plusieurs billets de cinquante euros, des tickets de caisse. Le dernier sachet emprisonnait une grosse montre, elle la prit au creux de la main, la maintint sous l'ampoule. C'était une montre à gousset, lourde, elle devait être en argent, sur le dos étaient ciselées des circonvolutions florales, les mêmes motifs agrémentaient le couvercle. Elle l'ouvrit. Les aiguilles aussi présentaient quelques arrondis en harmonie avec la décoration surannée. Par prudence elle nota l'heure indiquée avant de faire jouer le remontoir, l'horlogerie se mit à fonctionner, un tic-tac discret et velouté.

— Tu restes dans la pénombre ? dit Falcone en pénétrant dans le bureau. Tu m'avais demandé les affaires que Terraré portait sur lui au moment de sa mort... Tu as trouvé quelque chose d'intéressant ?

— Rien que de très classique, cartes de fidélité diverses, et autres tickets…

— Je t'avais dit, je n'avais rien observé de particulier.

— Sauf ceci.

Il s'approcha et s'inclina pour examiner l'objet qu'elle tenait sous le jet de lumière.

— Oui, je me rappelle l'avoir vue, c'est une montre ancienne.

— En effet.

— Et alors ?

— Qu'est-ce qu'elle faisait dans sa poche ?

— Je ne sais pas, pour avoir l'heure sans doute.

— C'est le style du bonhomme, les antiquités ?

— Aucune idée.

— Faudra s'en assurer, je ne me l'imaginais pas comme ça.

— À vrai dire moi non plus.

— Il faut prospecter auprès de son entourage.

— À commencer par sa veuve. Je vais l'appeler.

— Á cette heure ?

— On verra bien.

Francesco composa le numéro. Le téléphone ne sonna pas longtemps.

— Allo, ici le commandant Falcone. Je ne vous dérange pas ?

— Bien entendu vous ne me dérangez pas. Imaginez, j'ai fini une bouteille de Romanée Conti, je laisse filer le temps devant un film en noir et blanc sur Arte et je n'aperçois toujours pas les brumes du sommeil m'envelopper. Alors votre coup de téléphone est au contraire le bienvenu.

— Le chagrin serait-il parvenu à vous atteindre ?

— Ne soyez pas sarcastique et ne me prenez pas pour quelqu'un d'insensible. Nous n'étions certes pas unis par un amour fou, mais nous avions une certaine estime l'un pour l'autre. La question qui me tenaille est : qui lui en voulait au point de l'assassiner ? Pourquoi, Francesco ? Vous voulez bien que je vous appelle Francesco ?

— Bien sûr.

— Il n'était pas un ange en politique, mais quand même, pour quelle raison l'a-t-on éliminé ? Vous m'appelez pour me donner une amorce de réponse ?

— Pas encore, mais peut-être pourriez-vous nous aider.

— Je ne demande que ça.

— Parmi les affaires qu'il portait sur lui, il y en a une qui nous pose problème. Nous avons trouvé dans ses poches une montre à gousset.

— Un montre à gousset ?

— Oui, vous savez ce type de montres que l'on mettait dans une poche et relié par une chaîne. Bon, il n'y avait pas la chaîne, juste cette montre dont on ouvre le couvercle pour lire l'heure. Ça vous dit quelque chose ?

— Vous m'étonnez. Paul possédait une Rolex, c'est un symbole de réussite comme conduire une grosse voiture. Et ça, il aimait afficher ce type d'objets qui le hissait au rang des parvenus.

— Et chez lui, collectionnait-il cette sorte d'antiquités ?

— Deux fois non. Il n'était pas un collectionneur et ce que vous appelez antiquités, pour lui c'étaient des vieilleries. Seule la valeur des choses l'intéressait, valeur marchande bien entendu.

— On la lui aurait offerte ? Un cadeau de mariage ?

— Possible, mais les cadeaux étaient déposés sur une

table et ils devaient être ouverts après le banquet.

— Voulait-il vous l'offrir ?

— Une montre ? Ce n'est pas très romantique, ni même délicat, à mon âge, de souligner le temps qui passe, cela n'aurait pas été très élégant.

— Bon, je ne vais pas vous déranger plus longtemps. Nous allons chercher la provenance de cet objet.

— Vous me direz. Je suis intriguée.

— Oui, dès que nous aurons des précisions, je vous le ferai savoir. Maintenant je vais vous laisser dormir.

— Vous croyez que je vais trouver le sommeil après cette conversation ?

— Je sais que c'est facile à dire : essayez de vous débarrasser de ces questionnements.

— Oui, c'est facile à dire.

— Je vous souhaite quand même une bonne nuit madame Quolici.

— Commandant, je vous ai déjà dit de m'appeler Isabelle. Vous tenez à me vexer ?

— Alors, bonne nuit Isabelle.

— Merci, vous aussi.

Il raccrocha. Remit la montre dans la main d'Aglaëe et retira le gant qu'il avait enfilé.

— Elle est jolie ?

— Pourquoi cette question ?

— Pour rien, tu l'appelles Isabelle.

— C'est ce qu'elle souhaitait.

— Ah ! Si elle le souhaitait, en effet…

— Ne va pas t'imaginer.

— Je n'imagine rien, je constate.

— Mais ! Tu me fais une scène ou quoi ?

— Pas du tout, je veux juste que l'enquête ne dérape

pas. Pas de relation particulière avec un témoin.

— Tu me connais.

— Justement. Je connais la puissance de frappe de ton charme.

— Tu me surestimes.

— Décidément tu n'as pas changé. Ce que je n'ai toujours pas découvert chez toi, c'est si tu joues les innocents ou si tu l'es vraiment.

— Tant mieux. Un peu de mystère…

— Non, s'il te plaît, pas le rôle du beau ténébreux, épargne-moi ça… Bon, allez, je vais aller me coucher, la journée ne sera pas de tout repos demain.

Elle rangea la montre dans son sac, remit l'ensemble dans le tiroir qu'elle ferma à clé.

— On le laisse là, demanda Falcone ?

— Oui, on rapatriera tout ça demain.

— Le prélèvement d'empreintes a déjà été effectué sur cette fichue montre, mais je demanderai demain s'il a été complet.

— Tu veux que je t'accompagne à ton hôtel ?

— Non, laisse tomber, cela t'obligera à venir me chercher demain matin, je prends la voiture.

— Alors à demain.

— À demain Francesco.

Chacun prit le volant, l'une faisait le point de la journée : un indépendantiste apparenté à l'homme de Neandertal, une montre d'un autre siècle, la récolte était bien maigre. L'autre en était arrivé à une conclusion similaire. Tandis qu'Aglaëe prenait la clé de sa chambre, Francesco introduisit la sienne dans la serrure de sa maison. Ils jetèrent leur veste sur le fauteuil. Je me déshabillerai tout à l'heure se dit-elle en se jetant sur le lit, mais elle s'endormit aussitôt. Quant au commandant, il savait qu'en s'affalant sur le matelas, il ne se relèverait pas avant que le réveil ne le lui impose.

# 17. Ducati Monster

Lorsque le commandant pénétra dans l'open space, Boulu avait fait circuler un sachet de croissants. Elle était parvenue à en sauver un pour Francesco de l'appétit vorace de Teter, qui les enfilait les uns après les autres. Le commandant était passé aux aurores, avait pris les objets pour ramener lui-même la montre au laboratoire et insister pour que l'analyse soit la plus approfondie possible.

— Bonjour patron, Aglaëe m'a dit pour la montre, informa Teter.

— Tu l'appelles Aglaëe !

— Ben, c'est son prénom.

— Je lui ai donné mon aval, dit Boulu. Un problème ?

— Non non.

— Bon, reprit Teter. Presque toutes les bijouteries vendent ce type de montre, ce qui fait, si on suppose qu'elle a été achetée dans une bijouterie corse, exactement 2847 points de vente.

— On peut commencer par les environs, dit Falcone.

— Oui patron.

— Où sont André et Martin ?

— Hier, dans son enquête de proximité, on a donné un nom à André. Alors sitôt arrivé, il est reparti avec Martin pour questionner l'individu, expliqua Boulu.

— Comment ça donné un nom ?

— Quelqu'un qui serait au courant d'un différend avec le sénateur, mais je n'en sais pas plus.

L'homme enfourcha la Ducati Monster, il resserra les boucles de ses gants. Le casque coulissa autour de son crâne, il sentit le contact doux du velours des coussinets sur ses oreilles et ses joues. Il appuya sur la commande fixée au mur. La porte du garage s'enroula, la lumière prit peu à peu le pas sur l'obscurité. Il replia la béquille, pressa le démarreur, les cylindres répondirent instantanément à l'appel. Il actionna la poignée, les pistons rugirent dans un cliquetis caractéristique de la distribution par cascades de pignons, prêts à faire bondir les cent-soixante-huit kilos d'acier, de fibre de carbone et de titane. L'homme abaissa sa visière, enclencha la première, l'engin se mut dans un pétillement velouté, il fut douché par le flot lumineux, le rouge de la calandre au cadre épuré éclata sous les rayons, atténué par le noir du cuir de la combinaison. Tandis que la porte se refermait derrière lui, l'homme poussa l'accélérateur, les 796 cm3 donnèrent toute leur puissance, dans un déferlement de décibels, le motard et sa monture furent en quelques secondes un petit point au bout de la rue.

Falcone entendit le téléphone sonner dans bureau. Il s'y précipita.

— Oui ?

Il reconnut instantanément la voix de la procureure.

— Tu en es où Francesco, mon téléphone est en surchauffe, les appels de Paris sont incessants. Il leur faut absolument un suspect, une piste.

— Un suspect, c'est beaucoup dire, une piste aussi d'ailleurs, disons qu'une chose ou deux nous titillent.

— Te titillent, tu crois qu'ils vont se contenter d'un «titillage» ?

— Attends un peu, on m'appelle sur mon portable.
— Ça ne peut pas attendre ?
— Je le saurai après.
— OK, je patiente.

Fabienne Léonili posa le combiné et s'alluma une cigarette. Elle était chez elle, il lui arrivait parfois d'y rester travailler, avec la certitude de ne pas être dérangée et ainsi de se concentrer sur l'urgence du moment, de clore un dossier qui s'éternisait. Elle reprit son téléphone, s'assit dans son fauteuil, le pivota vers la baie qui donnait sur son jardin. Elle avait réussi, avec l'aide de son jardinier, à l'agrémenter uniquement de plantes sauvages des montagnes, aucune fleur formatée vendue par toutes les grandes chaînes de fleuristes du nord au sud du continent. Elle avait composé un jardin original, parsemé de Véroniques, Orchis, Ancolies, Bérides, Silènes, dont les couleurs donnaient des tonalités de bleus, roses, pourpres et tachetées de blancs.

L'homme faisait corps avec son engin, les douces trépidations lui donnaient l'impression qu'il était lui-même à l'origine de cette force. Il était le monstre de métal, de puissance et de vitesse. Le feu plus loin passait à l'orange, instinctivement il poussa la manette à fond, mais aussitôt il décida que ce n'était pas le moment. Il freina : les étriers, des Brembo très volumineux, serrèrent les disques tels des mâchoires géantes. Dans la décélération les pots pétaradèrent en crachant des flammes, comme pour marquer leur désapprobation. Il s'arrêta au feu, comme un bon motard respectueux du code de la route. Il ne fallait surtout pas se faire appréhender pour cause de mauvaise conduite. Seule une vieille dame traversa la route, elle fit un petit signe de la tête pour remercier ce pilote qui faisait attention aux anciens. C'était si rare à notre époque, les jeunes ne respectaient plus rien, elle fut déçue qu'il ne lui rende pas son salut. Elle ne discerna que les bandes jaunes arrondies qui se reflétaient sur la visière, avec au milieu un drôle de petit personnage qui bougeait à petits pas saccadés. Elle atteignit le trottoir quand le feu passa au vert. À part cette vioque le quartier était désert, s'il avait su il aurait déboulé à fond la caisse, mais il était fier d'avoir été prudent, pas de vague, son objectif valait quelques sacrifices. Il démarra en trombe.

— Fabienne, je suis avec Aglaëe Boulu, je nous mets sur haut-parleur.

— Ah ! Ça y est monsieur est disponible ? Alors qu'est-ce qui te titille ?

— On a trouvé une montre à gousset dans la poche de la veste de marié du sénateur.

— C'est tout ?! Cela en dit un long sur l'étendue du désert des résultats de tes investigations !

— Personne ne l'a jamais vu avec une telle montre, de plus il n'était pas un adepte des vieilleries, comme il le disait lui-même.

— Et donc ?

— Possible qu'elle provienne de l'assassin.

Un blanc passa sur la ligne.

— Ne me demande pas pourquoi.

— Pourquoi ?

— Aucune idée.

— Nous voilà bien avancés. Bravo. Et ton monsieur Paolo, tu as découvert qui il est ?

— Oui.

— C'est qui ?

— Peu importe, nous l'avons interrogé et…

— Comment ça peu importe, quelqu'un qui évite les photographes, entre sous un faux nom ! Donne-moi son nom !

— Je ne veux pas voir son nom affiché dans les unes des journaux avant d'en savoir plus sur son implication dans le meurtre de Terraré et ce qui est sûr, c'est que ce n'est pas en prison qu'on le fera parler.

— OK, OK je comprends, ce nom ne sera pas divulgué.

— Tu es sûre, le meilleur moyen pour qu'il ne le soit pas, c'est de ne pas le connaître.

— Tu me fais confiance Francesco.

Il hésita.

— C'est toi qui ne me fais pas confiance on dirait.

— Ne noie pas le poisson, qu'est-ce qui te fait dire ça ?

— Le coup de téléphone que je viens de recevoir c'est celui d'Ortis, il vient d'interroger quelqu'un qui lui a donné des infos sur Terraré…

— Eh bien vas-y, je te trouve bizarre tout à coup.

— Apparemment, tu as eu maille à partir avec le sénateur au sujet d'une paillote. Tu voulais le mettre en examen : il aurait commandité l'explosion de cette cabane à frites et débit de boissons installée dans une petite crique, pas loin du golfe de Santa Giulia.

— Ce n'est pas un secret. C'était le lieutenant Poujouila qui était sur l'enquête. Il avait la conviction que Terraré était l'instigateur de cet incident. Poujouila était remonté jusqu'à un homme de main, il avait réussi à le convoquer avec discrétion dans mon bureau pour le faire parler en échange de son impunité.

— Bien sûr, il a tout nié. Tu n'avais aucune preuve.

— Détrompe-toi, il a tout avoué avec arrogance, nous avons tenu parole, il n'a pas été poursuivi. Mais il savait ce qu'il faisait, car tu avais raison sur le second point : nous n'avions aucune preuve, sa parole ne suffisait pas et celui qu'il accusait était aussi pour lui un gage de protection. Le sénateur Terraré, en niant, le protégeait par conséquent. Comme cet acte allait plutôt dans le sens des nouvelles directives du continent, c'est-à-dire la suppression des constructions illégales, Terraré se sentait intouchable. Les faits lui ont donné raison, le soir même j'avais une injonction de tout laisser tomber, je me suis exécutée puisque mon dossier était vide.

Le motard prit la D659 qui contournait Porto-Vecchio et balança la purée, l'accélération augmenta dans les mêmes proportions que sa pulsation cardiaque. Il prit un coup de pied au cul, le guidon lui arracha les bras, le pilote ne savait pas que les pignons de 15 avaient été remplacés par des 14, favorisant l'accélération, déjà folle, au détriment de la vitesse de pointe. C'était trop le pied de piloter une bête pareille, il était le roi du monde. Il fit mugir le moteur, un Desmo Due muni de deux silencieux Termigoni qui crachaient des décibels rauques, un lion en colère. L'aiguille entamait le rouge dans les grandes profondeurs, le shifter s'alluma, les 9500 tours/minute allaient être atteints, il fallait passer à la vitesse suivante, le voyant rouge disparut, l'aiguille du compte-tours retourna dans le vert avant d'aussitôt se précipiter dans la zone rouge. La Ducati dépassa toutes les tortues qui broutaient le macadam, la tenue de route était exceptionnelle. Le tableau de bord digital indiqua les 216 km/h, mais il atteignit trop tôt le prochain rond-point, il devait quitter le Bol d'Or pour regagner le troupeau de moutons. À regret il laissa tomber le plaisir de la conduite pour se concentrer sur son objectif.

— Qui tenait cette paillote ? demanda Falcone.

— Attends un peu…

La procureure chercha un nom au fond de sa mémoire.

— Serge… oui c'est ça, Serge Rangini.

— Serge Rangini. Inconnu au bataillon.

— Il a été blessé lors de la destruction du bar. Il a perdu l'usage de ses jambes je crois. Mais lui n'était que le gérant. Je me rappelle maintenant, le proprio c'était Gaspard Lotti.

— Gaspard Lotti ?

— Oui, confirma la procureure.

— Houaw ! Tu sais quoi ?

— Je t'écoute.

— Tiens-toi bien : Gaspard Lotti, c'est notre monsieur Paolo.

— Houaw !

Le motard prit plusieurs ruelles, franchit quelques croisements, longea un mur, monta sur le trottoir, roula sur quelques mètres et stoppa. Il inclina la moto sur sa béquille, éteignit le moteur et descendit. Il marcha le long du mur de briques jusqu'au bout du trottoir, tourna et continua jusqu'à un poteau électrique. Il regarda autour de lui, la rue était déserte. Il escalada le poteau, enjamba l'espace qui le séparait du faîte du mur. Il inspecta l'autre côté. Un joli jardin. Personne. Il se coula contre les briques, étendit les bras, ouvrit les mains. Ses bottes atteignirent le sol meuble, ses jambes ployèrent. Il resta ainsi, une main à terre, guettant alentour, rien, silence. Il se releva, la maison bourgeoise se dessinait derrière un massif. Il courut jusqu'à la porte à deux battants, baissa la clenche, elle n'était pas verrouillée.

— Là, on a un mobile costaud, conclut Falcone.

— C'était il y a combien de temps, intervint Aglaëe Boulu ?

— Que je me souvienne, c'était en... 2007 ou 8 par là, répondit Fabienne.

— Il y a deux, trois ans. Une vengeance si tardive, vous trouvez ça plausible ?

— Lui et son gérant devaient lui en vouloir à mort, ainsi qu'à la justice puisqu'elle n'a rien fait, argumenta Francesco.

— Mais c'est une vielle histoire. Pourquoi aurait-il attendu si longtemps ?

— Il n'y a pas de vieilles histoires. Il n'y a que des moments propices. Ou pas.

La procureure les interrompit.

— Attendez, j'ai entendu un bruit.

L'homme entrouvrit la porte, le hall donnait sur un escalier en face et trois portes. Une voix parvenait de celle du fond à droite. Il poussa la porte, mais celle-ci grinça. Il s'immobilisa, la voix s'était tue. La conversation était-elle terminée ou avait-il été repéré, son questionnement à peine formulé, la porte s'ouvrit. La procureure apparut son portable toujours à l'oreille, elle dévisagea l'intrus, stupéfaite, mais ne perçut qu'une silhouette sombre recouverte d'un casque.

— Que faites-vous chez moi ? cria-t-elle.

L'homme fit un pas. Devant cette présence menaçante, elle n'attendit pas de réponse, elle retourna dans la pièce et claqua le battant. L'homme s'y projeta, mais elle avait eu le temps de tourner la clé.

— Francesco, il y a un homme dans ma maison, viens vite je t'en supplie, il est casqué, je t'en prie viens ! Viens !

— J'arrive ! J'arrive ! Calme-toi, est-il armé ?

— Je ne sais pas.

Dès le premier cri de Fabienne, Falcone et Boulu s'étaient précipités, rejoints par Teter. Ils s'engouffrèrent dans leur voiture, Falcone était au volant et conduisait à folle allure, évitant les voitures aux croisements, ignorant les feux rouges, la sirène hurlant.

— C'est Aglaëe Boulu, nous arrivons. Avez-vous une arme ?

— Non !

— Un couteau, quelque chose ?

— Non, pas dans mon bureau.

— Un coupe-papier ?

— Oui, j'en ai un. La porte ! Elle va céder !

Elle saisit le coupe-papier, une lame d'acier fixée sur une poignée couleur blanc lait. L'homme donnait des coups sur la porte qui jouait de plus en plus.

— Êtes-vous à l'étage ?

— Non, je suis dans mon bureau.

— Passez par la fenêtre, vite.

— Oui. Vous êtes où ? Dépêchez-vous, je vous en supplie !

— Nous sommes rue du commandant l'Herminier !

Gagnez du temps ! Fuyez !

L'homme tapait du pied avec frénésie, il soufflait, sa visière se couvrait de buée. Il balança un dernier coup rageur, la porte céda. Fabienne était passée par la baie vitrée. De la terrasse, elle entendit la porte craquer.

— Il s'approche, Aglaëe ! Je vous en prie, sauvez-moi.

— Oui, nous arrivons. Où êtes-vous ?

— Dans le jardin.

— Courez ! Courez !

Elle s'était débarrassée de ses chaussures à talons et continuait sa course pieds nus sur le gazon. Elle atteignit le petit sous-bois qui était entretenu au fond du jardin. Elle se cramponnait à son portable comme à une bouée. Mais l'homme se rapprochait.

— Il me rattrape, je ne veux pas mourir.

— Vous n'allez pas mourir. Décrivez-le-moi, il n'aura aucune raison de vous éliminer.

— Je ne vois rien, il a un casque.

— Sa taille ?

— Il est…

L'homme plongea, attrapa Léonili à la taille, ils roulèrent dans les feuilles et les branchages. Son téléphone valdingua dans l'humus. Aglaëe entendit un hurlement d'effroi.

— Fabienne ! Fabienne ! cria-t-elle.

L'agresseur s'assit sur elle, un genou sur le sternum.

— Que voulez-vous ? demanda Fabienne.

Il empoigna une branche de bois qu'il appliqua contre sa gorge. Elle n'eut pas la possibilité de lui demander pourquoi il voulait la tuer, sa question s'étrangla dans son larynx. Très vite l'oxygène vint à lui manquer.

Le téléphone était aphone, il était maintenant inutile

d'insister, Aglaëe gardait cependant son mobile à l'oreille tout en décrochant le micro de bord. Elle ordonna de faire venir une ambulance de toute urgence, précisa l'adresse, le nom et la fonction de la personne. Ils seraient là dans le quart d'heure.

Fabienne Léonili s'aperçut qu'elle avait encore le coupe-papier en main, ce constat aiguillonna sa conscience. Elle ne voulait plus s'endormir, ce n'était pas le moment, plus tard peut-être, on verrait, pour l'instant il fallait s'éveiller, rester dans la réalité. Elle se concentra, serra ses phalanges autour de la poignée d'ivoire. La lame traça un arc de cercle dans l'air jusqu'à l'épaule de son assaillant.

— Fonce, fonce Francesco, j'ai entendu un cri, ce n'est pas Fabienne, il est arrivé quelque chose à son agresseur, on a une chance de la sauver !

La voiture coupait les virages comme si elle était le seul engin dans toute la ville, le caoutchouc couinait sur les griffes du revêtement. La sirène et les éclairs bleutés étaient censés déblayer la route.

L'homme examina avec étonnement ce couteau planté dans son épaule. C'était plus la surprise que la douleur qui lui avait provoqué ce cri. Le cuir de la combinaison l'avait protégé, son épaule était à peine entaillée. Il arracha l'arme et la plongea dans le cou de la femme.

Fabienne Léonili était agenouillée auprès de Julie, un filet de sang s'échappait de la commissure des lèvres de sa fille.

— Julie ! Qu'est-ce que tu as ? Julie ! Réponds-moi !

Sa fille ouvrit les paupières sur des yeux éperdus.

— Qu'est-ce qu'il y a maman ? Où suis-je ? J'étais avec des amis et maintenant… Qu'est-ce que je fais ici ? Oh j'ai mal !

Elle ferma les yeux. Fabienne lui souleva la tête, la posa sur ses genoux. Elle lui caressa le front.

— Ma chérie ! Qu'est-ce qui se passe ? Regarde-moi, ne t'endors pas ! Julie ! Julie !

Elle l'embrassa, appliqua sa joue contre la sienne. Elle ferma les yeux elle aussi…

— Maman ! Maman !

Fabienne rouvrit les yeux. C'était elle maintenant qui était étendue et sa fille assise à ses côtés.

— Oh, ma fille ! Tu es là, tu vas bien. Je préfère. C'est moi qui meurs. Oh, que je suis soulagée ! Tout va bien. Je t'aime ma fille.

L'homme retira l'arme, il ne fallait pas qu'il laisse le coupe-papier souillé de son propre sang. Avant de partir il avait encore une dernière chose à faire. Il retira un objet de sa poche qu'il remplaça par le coupe-papier.

De l'autre côté de l'enceinte, la voiture freina, fumant des quatre pneus. Les trois policiers surgirent hors du véhicule et poussèrent le portail.

— Elle doit être dans le parc ! cria la commissaire.

Ils se précipitèrent vers le jardin.

— Par là !

Ils se dirigèrent vers le sous-bois. Francesco distança ses coéquipiers, rapidement il aperçut la procureure.

— Elle est là !

Il s'agenouilla, appliqua deux doigts sur le cou de la femme. Il n'y avait plus rien à faire. Il fut rejoint par la commissaire. Tous les deux l'observèrent, stupéfaits.

— Mais ! Qu'est-ce qu'il lui a fait ?

Une branche craqua, l'homme s'enfuyait parmi les arbres. Falcone reprit sa course, la rage démultipliait son énergie, il évitait les troncs tandis que les branchages le fouettaient, la distance qui le séparait du fuyard diminuait. Le commandant sortit son arme.

— Police ! Arrêtez ou je tire !

L'homme s'approchait du mur. Falcone tira en l'air. Le fuyard ne se laissa pas impressionner, il parvint au mur de l'enclos où une souche avait été sciée à un mètre du sol. Il s'en servit de tremplin pour s'agripper au faîte et s'y hissa. Falcone fut aussi prompt, il bondit sur le tronc et lui agrippa le pied. Le meurtrier secoua sa jambe comme pour se dégager d'une merde scotchée à la semelle.

— Vous êtes en état d'arrestation !

Aglaëe les avait rejoints, elle s'était arrêtée lorsqu'ils furent visibles, à une trentaine de mètres, essoufflée, elle pointa son arme. L'homme se retourna, la visière de son casque se dirigea vers la commissaire puis sur Falcone. Il lui balança son autre jambe, le bout ferré de sa botte frappa la joue du commandant qui sentit la douleur irradier du sommet de son crâne jusqu'à l'épaule. Il tomba sur le tapis de feuilles, paralysé. Boulu tira sur le côté, l'impact éclata une brique à quelques centimètres de l'homme. Celui-ci franchit les tuilettes qui recouvraient la palissade. Aglaëe courut et à son tour, prit son élan, sauta sur la souche et grimpa sur le mur. De là, elle vit l'homme sur une moto rouge accélérer, prendre le croisement. Elle ajusta et fit feu, la balle brisa le phare arrière de l'engin qui disparut. Boulu redescendit et rejoignit Falcone.

— Comment ça va ?

Pas de réponse. Falcone émergeait doucement, la note suraiguë de la lame d'une scie qui découpe une feuille de métal finit de lui traverser le crâne. Elle fut remplacée par les sons assourdis de l'environnement. Il fermait et ouvrait les yeux péniblement, les écarquillait pour que la lumière ne soit pas seulement ce petit point, là-bas au loin. Il se leva avec lenteur, stationna sur les genoux en se frottant le cou.

— Putain la dérouillée ! Aide-moi.

C'est ce qu'il voulait exprimer, mais il n'entendit pas le son de sa voix. Était-il devenu sourd ?

— Attends un peu avant de te lever, suggéra Boulu.

Bon, il avait entendu très très loin le conseil de sa collègue. C'était mieux. Son cerveau n'avait pas encore pris le contrôle de toutes les manettes de commande. Elle lui prit le coude et le soutint. Il se mit sur pied, attendit que les lumières s'éteignent dans un bruit d'éclatement de bulles géantes.

— C'était une locomotive ? Une sertisseuse ?

Là il avait entendu sa propre voix.

— Juste une botte de motard.

— Ah ? C'était Ironman ?

— Tu peux marcher ?

— Ça va aller.

Il fit quelques pas avec l'aide de la commissaire, il n'avait pas remarqué que l'herbe pouvait ondoyer comme la houle lorsque la mer déclare un fort coefficient de marée. Il s'arrêta, juste le temps d'acquérir le pied marin. Ils repartirent, son pas s'affirma peu à peu. Ils retrouvèrent le corps de Fabienne Léonili. Teter maintenait la pression sur la jugulaire afin de stopper l'hémorragie mais cela était vain, son cœur ne battait plus.

— Qu'est-ce qu'il lui a fait ? dit Falcone

— C'est un malade ! exprima Teter.

Ils ne trouvaient aucune explication à ce qu'ils voyaient.

— Il était en train de lui raser le crâne, bon dieu, reprit Boulu !

Un chemin nu de la largeur de trois doigts, s'enfonçait dans la chevelure foisonnante de la procureure.

— En partie précisa-t-elle, il n'a pas eu le temps d'achever sa tâche. On l'a dérangé.

— Mais pourquoi ? Je ne comprends pas ! C'est un fou !

— Si on le savait, on saurait sûrement qui est le meurtrier.

La sirène de l'ambulance retentissait au loin. Lorsque les ambulanciers eurent déposé le corps de la femme dans le compartiment, le médecin s'occupa du visage de Falcone. Il présentait une dissymétrie qui d'habitude faisait rire dans les miroirs déformants. Mais là non. Quand le docteur le palpa, il était plutôt grave. La pommette de sa joue gauche n'avait rien à envier aux excroissances d'Elephant Man. L'œil au-dessus était une pastèque après le passage d'une colonie d'asticots.

— Je ne crois pas qu'il y ait fracture, il faudra confirmer par radiographie. En attendant, prenez ce comprimé, ça vous soulagera. Je vous en prescris et puis aussi de quoi dormir, sinon vous ne fermerez pas l'œil de la nuit… enfin, l'autre…

# 18. Capitaine Gram

— Un sénateur et maintenant une procureure et l'assassin court toujours ! Vous voulez qu'on élimine tous les hauts représentants de la république sur cette île, avant de bouger le petit doigt ?!

— Mais monsieur le Ministre, je vous confirme que je vais le mettre en examen, je précise seulement que pour l'instant nous n'avons aucune preuve.

— Commissaire Aglaëe Boulu ! Voilà ce que vous allez faire : vous arrêtez Gaspard Lotti, vous le faites avouer et vous trouverez les preuves ! On a le mobile, tout le désigne. Il y a plus d'un témoin qui l'a entendu menacer de mort Terraré. La procureure représente la haute autorité qui a éliminé son commerce et est responsable de l'invalidité de son gérant.

— Mais, au contraire, elle voulait le défendre.

— Ça, il ne le sait pas. C'est un fou dangereux, on le suit depuis longtemps au Service central de renseignement territorial. L'état dans lequel il a mis cette pauvre Fabienne Léonili en est la preuve. J'exige que Lotti soit mis en examen immédiatement et sous les verrous avant la fin de la journée. Vous lui ferez cracher le morceau.

— Connaissant l'individu, j'ai des doutes.

— Un commissaire n'a pas de doutes, il est bardé de certitudes, c'est ce qui fait avancer ses troupes. Le public ne comprendrait pas que rien ne bouge, d'ailleurs le président non plus. Sans parler des médias, j'imagine leur une, l'incompétence de la police…

Il baissa le ton et reprit d'une voix froide.

— Alors voilà ce qu'il va se passer, vous procédez à l'arrestation de Gaspard Lotti dès que j'ai raccroché. Je prends l'avion immédiatement et quand j'arrive, l'assassin est sous les verrous.

— Je vous répète que telle est mon intention. Le problème sera de lui faire cracher le morceau.

— Ah ! Ça c'est votre boulot ! Faites comme je vous dis, il n'est pas question que je me déplace pour rien. C'est clair ?

Il raccrocha.

Le convoi filait en silence à vive allure, dans la première voiture Falcone et Boulu ouvraient le chemin, suivis de Pronelli et Ortis, dans la troisième, un officier en treillis bleu observait le paysage, tandis que le chauffeur se concentrait sur la conduite. Derrière eux, deux minicars. La voiture de tête stoppa à l'embranchement du petit chemin de terre. Les autres véhicules firent de même. Chacun descendit tandis que les hommes en cagoule sautaient des minicars, arme au poing.

Le capitaine Gram, cheveux ras, visage sec, yeux d'un bleu délavé, bouche pincée, rejoignit l'équipe de Falcone. S'il troquait son uniforme contre un complet veston, on devinerait néanmoins qu'il était officier, homme de commandement, inapte aux compromissions, habitué à être obéi sur le champ, efficace en terrain hostile. Méprisant envers tout ce qui n'était pas du domaine de l'armée. Les rares fois où il exprimait ses pensées, celles-ci tournaient autour d'une même rhétorique : il existait deux sortes d'hommes, les combattants et les planqués, mais il fallait parfois côtoyer ces derniers. Son visage exprimait alors cette révulsion dont il avait gardé un rictus en permanence : le menton contracté, relevant la lèvre inférieure et abaissant les commissures. Cela lui donnait un air supérieur, voire de dégoût, envers ceux à qui il s'adressait ; son port de tête, légèrement incliné vers l'avant donnait l'impression que s'il ne se retenait pas, il enverrait son front éclater le nez de son interlocuteur. C'est pourquoi ses ordres étaient promptement appliqués et que souvent, on suivait ses conseils sans trop discuter.

Falcone expliqua la topographie au capitaine de l'unité d'élite.

— D'ici, il faut impérativement continuer à pied. Quand nous sommes venus l'interroger, nous avions pris la voiture, il nous avait repérés. Nous allons grimper à l'abri des arbres qui bordent le sentier. Au bout on traverse le petit bosquet, quand on arrivera à la lisière, vous la longerez en vous déployant en arc de cercle…

— OK ! Là, vous nous laisserez la main et je m'occupe de tout. D'après le plan, la bergerie se trouve juste au-dessus, au sommet d'une prairie qui grimpe sévèrement. Il faudra donc faire vite car nous serons à découvert.

— Non, ce n'est pas comme cela que nous procèderons. Vous restez prêts à intervenir, il ne faut surtout pas qu'il vous repère. Moi, je vais l'interpeller avec mes hommes, je veux connaître sa réaction, voir si certaines informations sont négociables.

— Pas question ! Cet homme est dangereux, il ne faut pas y aller avec des pincettes. Je me déploie avec mes hommes, nous prenons d'assaut la cible, cela ne fera pas un pli. Il faut jouer la surprise.

— Justement, si vous voulez le surprendre, cela ne

marchera pas ainsi, il vous verra dès que vous aurez fait un pas hors de ces fourrés.

Le commandant plissa des yeux, cela faisait deux fois que cet homme le contredisait. La tension avait grimpé en flèche, la veine qui descendait de son front vers la tempe battait à rompre, un regard de glace fusilla Falcone. Ce n'était plus l'heure des ronds de jambe.

— Vous allez faire comme je vous dis ! intima Gram.

— C'est vous qui… essaya de répliquer Falcone

— Vous allez obéir à mes ordres ! Sur le terrain c'est moi qui commande, tout commandant que vous soyez !

— Vous, vous obéissez ! intervint Boulu. Vous êtes mis à disposition du commandant Falcone et de moi-même et vous allez obéir à vos supérieurs ! Et maintenant, nous avons perdu assez de temps.

Une femme ! Une femme qui lui parle comme ça ! Un homme ça ne passait pas, mais une femme ! Toute galonnée qu'elle soit. Putain, avec tout ce qu'il a pu accomplir. Il faut subir ça !

— Vous prendrez toute la responsabilité de la fuite de cet individu !

Le capitaine Gram fit demi-tour et mit ses hommes en formation. Falcone et Boulu échangèrent un regard soucieux.

— Allons-y, conclut la commissaire.

La progression se fit en silence, Falcone et Aglaëe en tête, suivis de leurs hommes, du capitaine Gram et son commando. La marche était soutenue, ce qui surprit Gram, une femme, de plus un peu corpulente, il aurait parié que ses hommes et lui-même l'auraient laissée sur place. Il avait prévu de prétexter sa lenteur pour reprendre l'initiative des opérations. Il ignorait qu'elle était une adepte de la grande randonnée, des huit, douze heures de marche et parfois beaucoup plus, avec, dans ce cas des dénivelés d'un ou deux milliers de mètres dans une journée avec quelques douze kilos sur le dos, il ne pouvait savoir que, pour elle c'était une jouissance. Il se résigna à suivre le commandement.

Ils aboutirent dans le petit bois qu'ils traversèrent. Falcone fit signe à l'officier de poster ses hommes tout le long de la lisière. Le commandant n'acquiesça pas, mais il s'adressa à ses hommes d'un coup de menton, indiqua de l'index les endroits où ils devaient s'embusquer. Pendant qu'ils se déployaient, Boulu, Falcone, Ortis et Martin s'engagèrent sur le chemin qui menait à la bâtisse. Ils l'atteignirent promptement, frappèrent à la porte. Ils patientèrent et toquèrent à nouveau. Des bruits de pas traversèrent le battant. La porte s'ouvrit sur Gaspard, vêtu d'un simple maillot, un pantalon souple tombant sur des pieds nus. Aglaëe se fit la réflexion que cette fois-ci, ils n'étaient pas attendus.

— Encore vous !

— Il y a du nouveau. On peut entrer, dit Falcone ?

L'homme, d'un mouvement circulaire, examina l'horizon au-delà des épaules des policiers.

— Entrez !

Sur le pas de la porte, il prit le temps d'observer encore l'horizon, il se retourna et ferma derrière lui.

— Qu'est-ce qu'il y a encore ?

— C'est au sujet de l'assassinat de la procureure Fabienne Léonili.

— En quoi cela me concerne ?

— Vous êtes placé en garde à vue pour le meurtre du

sénateur Paul Terraré et de la procureure Fabienne Léonili.

L'homme resta de marbre, il planta ses yeux dans ceux de chacun. Derrière ce visage froid, son cerveau calculait ses chances, jaugeait les possibilités qui s'offraient à lui, il les évaluait avec vélocité. Devait-il se laisser menotter et se soumettre aux aléas de la justice… cela lui avait pas mal réussi jusqu'à présent… ou les mettre à terre et s'enfuir dans le maquis… laisser s'écouler du temps jusqu'à ce que d'autres options se présentent…

— Vous pensez m'arrêter à vous trois ?

Apparemment Boulu ne comptait pas pour lui. La tension monta d'un cran. L'homme n'avait pas l'intention de se laisser emmener. Chacun était sur ses gardes.

— Vous ne savez pas compter ou alors vous m'avez oublié, ironisa Martin Pronelli.

— Êtes-vous l'auteur de ces crimes, demanda Aglaëe Boulu ?

— Ça ne sert à rien de vous répondre puisque vous en êtes convaincus.

— De toute façon il serait inutile de résister, argua Falcone.

— Vous croyez que ce sont les guignols dans la forêt qui m'arrêteront ?

Les policiers ne purent dissimuler leur étonnement. Les atouts de cet homme, qu'ils étaient pourtant loin de sous-estimer, étaient surprenants. Les hommes de la Force Appuis Opérationnelle du GIGN étaient inégalables en matière de dissimulation, en ville comme en forêt. Ils savaient se confondre parfaitement avec le milieu dans lequel ils évoluaient. Et lui, en trois secondes il discernait la présence de ces hommes à plusieurs centaines de mètres ! Quels indices prenait-il en compte, l'agitation de certaines feuilles, l'envol d'oiseaux ? La nature devait être un prolongement de lui-même. Il la connaissait avec plus de profondeur que ses propres pensées. Peut-être ressentait-il le moindre de ses frémissements comme si elle était son épiderme. Aglaëe ne put analyser plus avant ses réflexions, ce n'était ni le moment ni le lieu.

— Allez, rendez-vous sans faire d'histoires, dit le commandant Falcone, en portant la main vers la crosse de son Parabellum.

Avant qu'il n'ait pu l'atteindre, le berger saisit le lourd fauteuil dont il fit un arraché-épaulé-jeté sur le policier en l'espace d'un battement d'aile de mouche.

— Toi je te rétablis ta symétrie faciale, précisa-t-il.

En effet, Falcone n'eut que le temps de lever le bras pour atténuer le choc, mais l'épaule et la partie droite du visage encaissèrent de plein fouet le projectile. Il s'étala sans connaissance. Avant que le siège n'atteigne sa cible, Pronelli fit faire un 180° à son pied qui impacta à une vitesse vertigineuse le ventre de l'interpellé, entre les abdominaux et le plexus, le seul point sensible dans la région ventrale d'un homme bardé de muscles. Mais il fut sidéré : son pied s'enfonça de quelques millimètres et fut bloqué par une barrière de béton. L'homme reprit sa respiration puis catapulta son poing qui aboutit sur les pectoraux de Pronelli. Ce fut l'agresseur qui cette fois-ci marqua une nanoseconde de surprise, son adversaire recula à peine, alors que son crochet du droit envoyait systématiquement au tapis celui qui avait le malheur de le recevoir. Il attrapa le pied de lampe, dont la base était en granite et menaça les policiers.

— Ne bougez plus si vous voulez éviter que ce caillou ne s'incruste dans vos crânes.

Mais Aglaëe Boulu le pointait de son arme.

— Cessez tout de suite le combat ou je tire et je vous jure que je le ferai sans hésiter, vu l'état dans lequel vous avez mis mon collègue, cela me ferait un plaisir fou.

Les yeux de Lotti se troublèrent un instant, il était coincé entre ce canon fixé sur lui et ce mec qu'il avait d'abord pris pour un bodybuilder gonflé à l'hélium, ce qui apparemment n'était pas le cas, loin s'en fallait. Il n'avait jamais rencontré un adversaire de cette sorte et n'avait pas loisir d'évaluer s'il lui était supérieur. Il jeta le luminaire sur le danger imminent : Aglaëe Boulu. Mais elle s'attendait à une telle réaction et esquiva la lampe. Gaspard s'élança vers Martin Pronelli avec l'intention de lui assener un swing. Celui-ci l'évita en s'arquant, l'homme continua sa course vers la porte arrière, qu'il comptait atteindre pour prendre la fuite. Mais Pronelli fit un pas chassé suivi d'un Dolyeu Tuyeu Tchagui, coup de pied sauté avec élan, jambe tendue, pied haut, qui l'atteignit à la nuque. Lotti fut déséquilibré dans son élan, son front cogna la porte de plein fouet, la clenche se déchaussa. Il fut expulsé de la maison et s'écrasa dans la poussière. Pronelli le suivit et s'immobilisa.

— Alors, vous pensez toujours que vous pouvez vous en sortir sans les professionnels ?

Le capitaine Gram et plusieurs de ses hommes pointaient leur fusil d'assaut sur l'homme à terre.

— Qu'est-ce que vous faites là ?

— Vous croyiez qu'on allait rester à vous attendre. Heureusement qu'on était là, sinon il vous échappait, et moi j'ai horreur des échecs.

— Vous ne pensez pas plutôt qu'il a une position de vaincu là ?

— Il ne vous aurait pas attendus.

Gram affichait un air dédaigneux que Pronelli ne supportait pas. Il fit un pas vers lui. Les deux hommes s'affrontèrent, leurs prunelles étaient des kalachnikovs, entre eux l'espace était traversé d'arcs électriques.

— Lieutenant venez me donner un coup de main, s'il vous plaît, le commandant revient à lui, dit la commissaire qui était apparue sur le pas de porte.

— J'arrive commissaire, il n'y a plus rien ici qui vaille la peine qu'on se salisse, répondit-il en gardant les yeux rivés sur son antagoniste.

Gaspard s'était relevé et Ortis lui avait passé les menottes tout en prononçant les phrases de circonstance.

— J'ai donné au commandant Falcone toute la logistique disponible pour que cette enquête soit diligentée dans les meilleurs délais. Ces crimes contre les plus hautes personnalités de l'État ne pouvaient rester impunis. Je me félicite de cette réussite exemplaire qui, je pense, fera école. Un homme a été arrêté aujourd'hui, cet homme, monsieur Gaspard Lotti, est connu des services de police. Il a été inculpé à maintes reprises pour actes de terrorisme, puis relâché faute de preuves. Mais aujourd'hui, son implication dans le meurtre du sénateur Paul Terraré et de la procureure Fabienne Léonili ne fait aucun doute. Sa tentative de fuite lors de son interpellation montre la justesse des éléments qui ont mené à ladite arrestation. En effet, cet homme rustre s'est jeté littéralement contre le commandant Falcone et le lieutenant Pronelli. Jusqu'où serait-il allé sans l'intervention du capitaine Gram et de son unité d'élite… Lotti sera jugé et condamné avec toute la sévérité que méritent ses actes, qui n'ont pour but que de mettre en péril la démocratie et la république sur cette île qui, je le sais, ne demande qu'à vivre en paix et en harmonie avec la beauté qu'offre cette nature vantée par Paul Silvani.

Ce nom, il l'avait trouvé dans un article quelconque, ce n'est pas parce qu'il n'avait rien lu de cet auteur corse que cela allait l'empêcher de le citer. Les gens du cru et les intellectuels apprécieraient…

— Mesdames Messieurs les journalistes, je vous remercie de votre attention.

— Monsieur le Ministre, avez-vous des preuves de la culpabilité de Monsieur Lotti ?

— Je vous en prie, laissons maintenant la justice prendre le relais.

— Monsieur le Ministre, le présumé a-t-il avoué ?

— Est-on sûr qu'il ne sortira pas de prison faute de preuves, comme auparavant ?

Le ministre, sous les flashs et les questions, disparut de la majestueuse salle de cérémonie, hors de portée des objectifs et des micros. Parvenu dans le bureau du maire d'Ajaccio, il fulminait.

— Quelle bande de cons ces journalistes, ils n'en n'ont jamais assez ! On n'aurait aucun suspect, ils feraient de grands titres sur l'incapacité de la police. On trouve un coupable en un temps éclair et ils le déclareraient innocent. Je te les enverrais se faire foutre tous autant qu'ils sont ! Et avec leur torchon bourré dans l'cul !

— Monsieur le Ministre.

— Quoi encore !

Aglaëe Boulu savait que le moment n'était pas

propice, mais elle n'avait pas le choix d'attendre que la colère du politicien ne tombe. Dans peu de temps, il serait dans l'avion qui le ramènerait à Paris.

— Voilà, j'ai la conviction que cette arrestation ne sonne pas le glas de ce dossier.

— Vous, écoutez-moi, je viens de nommer un nouveau procureur. Dès demain il sera là. Je vous laisse encore sur cette affaire. Vous lui demanderez ce que vous voulez, il l'acceptera. OK ? Alors surtout fichez-moi la paix avec ce dossier de merde. Je me suis bien fait comprendre ?

# 19. Barque

Le crépuscule pointait le bout de son nez, là-bas, à l'horizon, mais pour autant la chaleur était encore bien présente enveloppant chaque mouvement d'un manchon épais, plus calorifique qu'une couverture électrique. La sueur dégoulinait sur les peaux les plus aguerries. Les yeux ne parvenaient pas encore à se reposer. La lumière dardait des flèches incessantes. Elles atteignaient leur cible à tous les coups, traversaient les pupilles dissimulées derrière les paupières plissées. Celles qui s'étaient égarées rebondissaient sur la surface de l'eau et repartaient avec une vigueur renouvelée, vrillant les quelques cellules encore épargnées, cachées derrière la rétine.

La barque n'était pas éloignée du rivage, Francesco avait récupéré mais il préférait conserver l'énergie qu'il recommençait à emmagasiner.

— Quel con ce Gram, et le ministre qui prétend que c'est lui qui a arrêté Lotti, ça me fout hors de moi !

Falcone fulminait, d'autant plus qu'il n'avait pu affronter le commandant au terme de la capture de Gaspard Lotti. Aglaëe brûla l'extrémité de son cigarillo et inspira la première bouffée, la plus voluptueuse, qu'elle retint avant de la rejeter et la laisser s'éparpiller au ralenti dans l'air lourd. Puis elle fixa le visage du commandant.

— Ça a vite désenflé, quelques rougeurs c'est tout, tu vas recouvrer rapidement figure humaine.

— Mouais… Un bulldozer ce mec. Content qu'il soit au trou.

— Tu trouves ?

— Ben, oui… pas toi ?

Aglaëe regardait la pointe grésiller, le filet gris clair s'élever quelques centimètres au-dessus de son cigare avant de disparaître.

— Tu as entendu ce que nous a dit Martin ? dit Falcone. Jamais il n'a rencontré un combattant pareil. Deux fois de suite en quelques jours, ce n'est pas une coïncidence. Pour lui il n'y a aucun doute : l'agresseur de Donnata et l'homme que l'on a arrêté hier sont une seule et même personne. Conclusion : le meurtrier recherché est bien Gaspard Lotti. Vas-y, dis-moi ce qui cloche dans ce raisonnement !

La commissaire continuait de tirer sur son cigare comme si elle était seule dans cette barque, exit cette mer et ces montagnes. La voix de Francesco s'invitait dans les entremêlements de ses cogitations.

— Et je ne parle même pas du fait qu'il ait cherché à s'enfuir, reprit-il. Il a agressé des flics, sachant que, en plus, il y avait l'unité d'intervention du GIGN. Il avait plus à perdre à se faire arrêter et essayer de prouver son innocence qu'à s'enfuir après avoir tabassé le plus grand nombre de flics.

L'homme était sur des charbons ardents, le mutisme de sa partenaire commençait à le faire bouillir, il avait été plus que patient, il allait déborder, il se connaissait. Si elle n'était pas d'accord, et il savait que c'était le cas, elle n'avait qu'à le dire au lieu de le laisser ramer. Il ouvrit la bouche pour la tancer lorsqu'enfin elle lui répondit.

— Tu sais aussi bien que moi que la fuite n'est pas une preuve de culpabilité.

— Quelqu'un qui n'a rien à se reprocher ne cherche pas à s'échapper.

— On a affaire ici à un activiste qui réfute toute autorité venant du continent et même toute autorité tout court. La confrontation violente est inscrite dans ses gènes. Mais le problème n'est pas là.

— Où est le problème ?

Cela commençait à lui courir sur le haricot, menu, menu ! Il se retrouvait reporté trois années en arrière, pris dans une convergence d'évidences et elle, *la* Aglaëe Boulu avec son air de ne pas y toucher, avec son regard en dedans qu'on verrait presque les milliers d'engrenages cliqueter à l'intérieur. Tout remettre en question alors que, merde ! il reste encore des zones d'ombre, mais le principal est fait : on a le criminel sous les verrous ! Ce n'est pas parce que l'on n'a pas toutes les preuves qu'il faut tout remettre en question. Les preuves et les aveux il faut chercher et on les aura. Point final !

— Nous avons deux meurtres sur les bras et un seul individu sous les verrous précisa la commissaire.

— Qui te dit que ce n'est pas le même ?

— Qui te dit que c'est le même ?

— Le mobile est le même, Gaspard Lotti a entrepris de se venger : il élimine le sénateur qui est à l'origine de l'explosion de sa paillote, puis il tue la procureure qui représente la machine judiciaire qui n'a pas su le défendre.

— Quelques semaines, voire quelques mois après la pulvérisation de la paillote, ce serait envisageable, mais trois ans après, je n'y crois pas.

— Pour justement ne pas être inculpé. Une question : est-ce que tu penses que Lotti est l'auteur de l'assassinat de Paul Terraré ?

— D'après le témoignage de Pronelli, c'est tout à fait envisageable.

— Alors faut être logique, si tu le crois coupable pour le premier meurtre pourquoi pas le deuxième ?

— C'est la question qui me questionne.

— C'est la question qui me questionne ! Bravo ! C'est la question qui me questionne ! Ah elle est forte celle-là ! Et tu veux que je me contente de cette réponse ?

— Sois sarcastique, ça m'aide beaucoup.

— C'est toi qui l'es !

Ils se turent. Le silence les enveloppa. Falcone éleva la rame au-dessus de l'eau, il contempla les gouttes tomber. Les rebonds sur la surface l'absorbaient. Il prit une grande aspiration et souffla longuement.

— Tu sais quoi, dit-il ?

— Quoi ?

— Fais comme tu l'entends, je te suis.

Aglaëe le considéra, surprise.

— Je ne comprends pas…

— Fais comme tu veux, je te suis répéta-t-il.

— Tu n'arrêtes pas de me dire que tu n'es pas du tout, mais du tout d'accord et tout d'un coup tu dis OK.

— C'est à peu près ça.

— Qu'est-ce qui te prend ?

— Je me retrouve projeté trois années en arrière. Tu étais seule à penser différemment. Tu bataillais seule contre tous. Contre moi. Jusqu'à ce que je me rende compte que je me fourvoyais et que c'était toi qui avais raison en suivant cette piste démente de Théodore de Neuhoff. Je ne veux pas être aussi con que la dernière fois. On n'a pas de temps à perdre. Je ne vais pas résister, je te fais d'emblée confiance. Tu pilotes, je te suis.

— Les enquêtes se suivent mais ne se ressemblent pas. Et puis, je peux me tromper.

— Toi, tu es toujours la même.

Aglaëe jeta le mégot sur l'eau, elle écouta le grésillement furtif.

— Si c'est moi qui pilote, tu prends les rames, ce n'est pas une soi-disant gueule cassée qui empêche de ramer !

Il prit les rames, une lueur au fond des yeux, il retrouvait leur connivence, le duo se reformait dans une confiance renouvelée. Il tira énergiquement, la barque glissa en silence vers la berge. Falcone sauta sur le ponton brinquebalant, il noua l'aussière à un anneau rouillé et tendit la main à la passagère.

— Je crois que je ne suis pas près de reprendre ma petite embarcation avant longtemps. Tu as une idée par où commencer ?

— Il faut étendre les recherches, éplucher tous les dossiers qui sont passés entre les mains de Fabienne Léonili. Découvrir absolument toutes ses relations.

— OK patronne.

— Dis-moi, comment se fait-il qu'une femme comme elle, intelligente, jolie, ne soit pas mariée. Elle a des enfants ?

— Célibataire sans enfant. Un jour elle m'a confié que, plus jeune, elle était tombée enceinte et que cela était arrivé au mauvais moment, très mauvais pour sa carrière. Elle se devait d'être disponible, entièrement. Son ambition était de devenir procureure, depuis l'enfance et, à l'aube de sa nomination, voilà qu'elle tombe enceinte d'un homme qu'elle n'aime pas. La décision qu'elle prit alors fut horrible car elle tenait absolument à avoir un enfant, une fille, mais pas maintenant, pas à ce moment-là. Tous les efforts qu'elle avait fournis seraient réduits à néant, elle ne retrouverait jamais l'occasion, une femme à ce poste, c'était très peu courant à l'époque et le machisme ambiant trouverait une bonne raison pour l'évincer. La mort dans l'âme elle se fit avorter. Elle s'est immergée dans son activité professionnelle avec toute la fougue dont elle était capable pour oublier et ne pas se laisser envahir par le remords. D'ailleurs sa compétence était remarquée et elle était destinée à des fonctions supérieures. Mais ces temps-ci elle avait parfois des absences, des rêveries… Le regret sans doute.

— C'était il y a longtemps ?

— Seize, dix-sept ans.

— Elle a dû se sentir bien seule parfois… Des parents ?

— Aucune idée, elle ne me les a jamais évoqués.

— Elle ne te les a jamais évoqués... Que veux-tu dire ? Dans quelles circonstances ?

— Tu m'emmerdes, il y a prescription.

— C'est-à-dire.

— Je ne sais pas moi, c'était il y a bien deux ans… Ça n'a pas duré.

Ils se retrouvaient dans la R16 de Francesco. Il sentait les yeux de sa voisine rivés sur lui.

— Francesco… Francesco… À peine j'étais partie… Quand le chat n'est pas là…

— Je t'ai dit que c'était il y a longtemps.

— Je te connais, tu es très susceptible sur ce sujet.

— Aglaëe, elle est morte.

— Excuse-moi, désolée.

Boulu réalisa qu'il n'y avait pas suffisamment d'eau coulée sous les ponts pour que cela le rende insensible à sa disparition.

— Direction Quasquara, on va faire connaissance

avec Serge Rangini le gérant. Après on investit le bureau de Fabienne Léonili, faut savoir sur quoi elle travaillait.

— Ça marche.

Soulagé de passer à autre chose, le commandant Falcone accéléra. Son portable sonna. Il le porta à son oreille et le reposa violemment.

— On a affaire à un psychopathe ! Moissier a trouvé une pièce d'argent dans la bouche de Fabienne.

— Quoi ?!

— Le tueur a introduit une pièce ancienne dans la bouche de Fabienne… Tu imagines ?

— Qu'est-ce que c'est que cette histoire ? Il essaie de la tondre et lui introduit une pièce dans la bouche. Qu'est-ce que cela signifie ?

— Comment savoir…

— Il faudra voir cette pièce, la dater avec précision, voir d'où elle provient. Il y a un message, forcément.

# 20. Paillote

Les montagnes bordaient les vallées de leur couverture bleutée, le ciel lâchait prise face à ces prémices de la nuit imminente et se teintait d'or et vermeil. Le village de Quasquara était juché à flanc de montagne, étendu sur une boucle de lacet, un répit de la route avant qu'elle n'entame une autre série de virages jusqu'au sommet. À la sortie, une fontaine avait été aménagée au siècle dernier, de chaque côté des bancs en pierre étaient fichés en arc de cercle. La coutume réunissait les gens du village en fin de journée. Profitant des belles fins de soirées, ils remplissaient leur jatte, s'asseyaient et palabraient, entourés des enfants qui couraient autour d'eux, avant que la télé n'envahisse le temps.

Les pneus de Francesco crissaient à chaque virage.

— Je ne comprends pas, je pourrais me faire doubler par un boiteux borgne et mes pneus couinent comme des porcs qu'on transforme en boudin.

— Tu n'aurais pas fait de l'escalade avec ta tire ? demanda Aglaëe.

— Non pourquoi ? Ce n'est pas un 4X4, je ne fais pas du tout-terrain avec.

— Je pense que c'est une question d'équilibrage.

— Tu as un Bac Pro mécanique auto ?

— J'ai eu le même problème, moi j'avais surestimé ma voiture, j'avais gravi un sentier, j'ai raclé un rocher. Après, dès que j'abordais un virage, même à deux à l'heure mes pneus piaillaient, comme si je faisais la course. Comme je prenais toujours la même route, un jour à la sortie d'un village, un car de la gendarmerie m'attendait au tournant. Ils avaient été alertés par un quidam qui accusait un automobiliste de rouler à folle allure. Mais quand ils m'ont vu arriver au milieu de tout ce bruit, ils m'ont arrêtée tout gênés et m'ont conseillé de faire rééquilibrer mon châssis.

— Maintenant que tu m'en parles, il y a quelque temps j'ai descendu un trottoir qui faisait bien un demi-mètre. Ma voiture a basculé, j'ai contrôlé mais je n'ai rien vu alors je suis reparti.

— Cherche pas plus loin, c'est ça.

— En tout cas on ne passe pas inaperçus. Les gens se retournent sur notre passage.

— Tant mieux, arrête-toi.

Elle s'adressa à un curieux.

— Bonjour, pourriez-vous nous indiquer où habite monsieur Serge Rangini, s'il vous plaît.

Le vieil homme scruta la passagère, il sembla rassuré.

— Nous avons son adresse, Piazza de San-Petru mais le GPS ne localise pas la maison.

— La technique ne résout pas tout.

— On essaie de nous le faire croire, mais ça se saurait.

— Garez la voiture ici. Et vous voyez l'église, il faut la longer à pied. Derrière il y a une cour et au fond une petite maison, c'est un ancien presbytère, c'est là qu'il habite.

Ils arrêtèrent leur voiture sur la placette devant l'église qu'ils contournèrent. En effet, une maisonnette était posée à l'extrémité du surplomb dominant la route. Ils n'avaient pas traversé la moitié de la cour qu'ils furent interpellés.

— Qui vient polluer mon espace ? On ne vient pas chez moi sans y être invité.

— Nous sommes désolés de vous déranger, mais on aimerait vous poser quelques questions.

— Rentrez chez vous, je vous dis. Vous n'êtes pas les bienvenus.

Ils avaient avancé de quelques pas et distinguaient un homme assis derrière des rideaux écartés.

— Vous êtes monsieur Serge Rangini.

— Je ne veux pas de flics dans ma demeure.

— Nous venons au sujet de votre ancien patron.

— Gaspard était mon patron, il est toujours mon ami. Qu'est-ce que vous lui voulez à Gaspard. Vous l'avez mis en prison ! Qu'est-ce que vous pouvez faire de pire ?

— Il ne tient qu'à vous de l'aider.

— Et comment ?

— C'est pour cela que nous sommes venus, si on peut entrer.

— Ne bougez pas.

Le rideau balaya le carreau, l'homme disparut. La porte s'ouvrit. La voix franchit le pas de porte.

— Venez !

Les deux policiers pénétrèrent dans une petite cuisine. Un homme était assis au fond, sur un fauteuil roulant, près d'une porte, comme s'il s'adressait à des pestiférés.

— Merci de nous recevoir, je suis…

— Commandant Falcone, je sais, et la femme qui c'est ?

— Commissaire Boulu, elle est détachée pour cette enquête.

— Vous n'y arrivez pas tout seul ?

— Plus on est de cerveaux plus on est efficace.

— Vous appelez efficace, enfermer des innocents ?

— Justement, à propos de votre ami, nous voulons parler avec vous du mobile, intervint Boulu.

— Il n'a pas de mobile, c'est pour ça que ce n'est pas lui le coupable.

— Racontez-nous ce qu'il s'est passé il y a trois ans.

— C'est une honte. Et on dit que nous les Corses on utilise la force de la poudre pour faire taire nos ennemis ! Non seulement c'est faux mais ce sont les représentants de la loi qui se permettent de faire exploser les établissements des honnêtes tenanciers de petits restaurants. On travaille comme des forçats pour joindre les deux bouts et des flics réduisent en poussière notre outil de travail, notre vie. J'ai voulu porter plainte, mais le procureur de la république a jugé ma plainte non recevable. Vous vous rendez compte !

— Vous êtes toujours en colère.

— Je n'oublie jamais rien moi, monsieur !

— Vous y étiez lorsque cela est arrivé ?

— Rapport à mon fauteuil… Non, je n'étais pas là, sinon ils ne s'en seraient pas sortis comme ça, vous pouvez me croire ! C'est arrivé la nuit, je dormais chez moi cette nuit-là, le jeudi j'allais toujours à la ville, à Porticcio, pour le ravitaillement. J'en profitais pour rester en famille, sinon les autres nuits, je dormais sur place, je rentrais aussi le dimanche dans la nuit, je fermais le lundi. Ceux qui ont posé les explosifs connaissaient mes habitudes. J'ai été réveillé vers cinq heures du matin, des amis avaient vu ma cabane en feu. J'y suis allé aussitôt. Et ce que j'ai vu, ce que j'ai vu, ça n'a pas de nom, toute ma vie était étalée sur la plage, rien n'était récupérable, ma vie était comme ma paillote, en lambeaux, madame. Je suis rentré à l'intérieur, quand je dis à l'intérieur… à l'intérieur de rien du tout : des murs, il n'en restait que quelques pans ! Je déplaçais quelques morceaux de meubles, je manipulais les appareils de la cuisine pour rien… comme ça… ils étaient tout tordus…disloqués… Tout à coup j'ai entendu un bruit et puis plus rien, je me suis réveillé dans une chambre d'hôpital, une poutre m'était tombée dessus et m'a pété une vertèbre. Je n'ai plus l'usage de mes jambes, le toubib m'a dit que j'avais de la chance, miraculeusement tout le reste fonctionne. Faudrait en plus que je dise merci.

— Comme vous dites, vous n'avez rien oublié.

— Nous y voilà, les accusations commencent. Non je n'ai pas envoyé Gaspard me venger puisque je ne peux le faire vu mon état. Oh oui j'y ai pensé, c'est d'ailleurs ce qui m'a nourri, j'ai d'abord mis toute mon énergie dans la rééducation. Je voulais faire mentir les docteurs, je voulais marcher à nouveau uniquement pour rendre la monnaie de la pièce à ces terroristes de l'État et leurs commanditaires. Non, la nature n'a pas fait de miracle. Mon patron qui est comme un frère s'est proposé, c'est vrai. Je n'ai pas hésité, je le lui ai interdit. L'État lui fait assez d'ennuis comme ça. Je n'ai pas voulu qu'il fasse quoi que ce soit pour moi, il serait en prison. J'étais son employé, mais c'st moi l'ancien, en dehors du travail il a pour devoir de m'obéir. Alors ce n'est pas trois ans après qu'il prendrait l'initiative d'éliminer les responsables de ma déchéance.

— Même pas à votre insu ? demanda Falcone.

— Vous m'écoutez ou pas, je vous dis que vous faites fausse piste. Gaspard n'a rien à voir avec ces meurtres. Vous croyez qu'il vous aurait attendus s'il avait commis ces meurtres ? Il serait dans le maquis plus en sûreté que s'il était protégé par une armée de gardes du corps. Le mieux que vous ayez à faire, c'est de le libérer et de chercher le vrai coupable.

— Donc d'après vous Gaspard Lotti n'est pas l'auteur du meurtre du sénateur Paul Terraré ni de celui de la procureure Fabienne Léonili.

— C'est ce que je vous dis depuis le début.

— Si ce n'est pas lui, qui d'après vous ?

— Vous êtes fous ou quoi ? Vous me posez la question à moi ! C'est votre boulot et si j'avais une idée vous croyez que je vous le dirais ?!

— Pour innocenter Lotti.

— Il n'y a pas de balance chez les Rangini. Sortez d'ici plutôt que de m'insulter !

— Nous allons partir acquiesça la commissaire, juste une dernière question.

Elle s'approcha de Serge Rangini, sortit un objet de sa poche et le mit sous son nez.

— Cet objet, ça vous dit quelque chose ?

— Ben, c'est une montre.

— Une montre ancienne.

— Je vois bien. Et alors ?

— Vous avez déjà vu votre ami avec ?

— Jamais.

Elle ouvrit le boîtier.

— Ah… maintenant… il y a bien quelque chose…

— Je vous écoute.

— Ben, elle n'est pas à l'heure.

La nuit était parvenue à ses fins, elle enveloppait le monde de sa cape à paillettes. Falcone roulait posément.

— Alors ? finit par dire le conducteur.

— Il a l'air sincère.

— Tu trouves.

— Mais lorsqu'un acte semble justifié, les mensonges qui le protègent passent toujours mieux.

— Ouais… Tu avais emporté la montre…

— Puisqu'on interrogeait le présumé commanditaire des meurtres, et que le meurtrier a, de notre point de vue, déposé la montre dans la poche du sénateur, il serait susceptible de la reconnaître.

— Logique... Il s'est bien foutu de notre gueule.

— Oui… Manière de nous signifier qu'il n'avait plus rien à nous dire.

Au milieu des hauts sapins la Renault 16 troublait le silence de son cri plaintif.

# *21. Le Mystique IV*

*La famille se tenait debout autour de la table : le chef de famille, à sa droite sa femme, en face leurs deux fils. Ils récitaient le bénédicité, remerciaient Dieu de leur donner leur pain de chaque jour et à ceux qui n'en ont pas, s'ils le méritent, ajoutait le père.*

*— Amen !*

*Ils exécutèrent le signe de croix, s'assirent. Yolande alla chercher la marmite à la cuisine. Elle servit son mari, les enfants. Moïse prit sa fourchette qu'il plongea dans son assiette. Sa mère le retint d'une légère pression sur le bras. Il interrompit son geste, épia son père, celui-ci ne réagit pas. L'homme goûta le sauté de porc, fit un signe de tête, il prit la boule de pain, la rompit et distribua les parts. L'on mangea en silence.*

*Abel lançait des regards dérobés en direction de son père. Il lui brûlait de le questionner au sujet de l'école, pourquoi n'y allaient-ils pas ? Pourquoi ne sortaient-ils jamais ? Pourquoi n'avaient-ils pas d'amis ? Mais la dernière fois qu'il avait parlé à table, il avait été renvoyé dans sa chambre sans manger jusqu'au lendemain. Et lorsqu'il avait abordé le sujet, celui-ci lui avait expliqué que les enfants n'avaient à connaître que les paroles de Dieu et qu'ici, ils avaient tout loisir de les apprendre. Quant à la société, elle était pervertie, elle n'était qu'un agrégat de péchés mortels, vols, meurtres et sodomies, des Babylone qui s'effondreraient à l'heure de l'Apocalypse. Au-delà de ces murs, c'était le règne de Satan. La mère distribua une pomme à chacun. Le repas se termina comme il avait commencé, dans un silence de mort.*

*— Femme !*

*Yolande s'éveilla de ses songes, heureusement elle était à l'évier,*

*Antoine ne s'était pas aperçu de son absence. Elle baissa les yeux.*

*— Je vais partir plusieurs jours. Il ne faudra ouvrir à personne. Tu as de quoi tenir jusqu'à mon retour.*

*C'était nouveau ces absences. La première fois, elle fut paniquée de se retrouver seule. Le rythme de ses jours était scandé par les allées et venues de son mari, martelé par les prières de la journée, des Mâtines à l'Angélus et aux Vêpres. Mais rapidement, lors de son premier départ, elle découvrit qu'une atmosphère étrange s'installait dans la maison. Elle se rendit compte que sa vie était régentée par l'unique crainte de mal faire, chaque acte devait être maîtrisé, étudié, contenu, car tout ce qu'elle faisait était contrôlé par le maître de maison, la moindre incartade aux règles était immédiatement suivie d'une réprimande cinglante. Une épée de Damoclès était tenue par l'homme qui vivait avec elle. Il était intransigeant avec elle autant qu'il l'avait été avec ses enfants. Il ne la battait pas, comme le propre père de Yolande avait battu sa mère. Non, ce n'était pas la peine. Il ne criait pas. Son timbre de voix était si glacé, son regard si lourd de menace rentrée, que cela valait tous les coups de la terre. Quand il en avait terminé, quand il retournait à l'entretien du jardin, l'air gardait une épaisseur oppressante, l'esprit conservait une empreinte marquée au fer rouge et qui ne se dissipait pas.*

*Ça c'était avant.*

*C'était difficilement supportable, mais la résignation de Yolande était sans bornes. Cependant, depuis plusieurs mois, six ? dix ? Antoine avait franchi un palier déterminant, pour une raison qu'elle avait oubliée, mais qui était insignifiante ou qui n'avait jamais existé. Il l'avait appelée, elle, et l'avait fait entrer dans son bureau. Lui avait signalé qu'elle avait péché et qu'elle méritait une correction. Il l'avait sommée de lever sa robe, de baisser son dessous, d'appuyer ses mains sur le rebord du fauteuil. Elle s'était exécutée, fébrile, humiliée, impuissante. Il l'avait fouettée avec son ceinturon. Puis il lui avait dit de sortir, de ne plus recommencer et d'expier par la prière. De ne plus recommencer, recommencer quoi ? Lorsqu'elle entra dans la cuisine, elle pensa à ses garçons qui avaient subi ces corrections toute leur enfance. Cela recommença.*

*Ça c'était avant.*

*Un jour, il ne s'était pas passé une heure après qu'elle eut subi le fouet, qu'il la rappela encore une fois. En entrant dans le bureau elle le perçut plus dément que jamais. Il lui fit relever sa jupe encore une fois, baisser à nouveau sa culotte, il la fouetta deux trois fois en silence, puis, elle le sentit derrière elle. Il se frottait à elle. Il la pénétra dans un endroit incongru et qui brûlait. Il s'agita et acheva. Il reprit son ceinturon et la fouetta plus violemment encore. Ces séances recommencèrent souvent. Le fouet n'était rien, elle serrait les dents, enfonçait ses ongles dans le bois du dossier. Elle priait en silence pour que ses fils n'aient eu qu'à subir le fouet.*

*Aussi, lorsqu'il partait pour deux ou trois jours, elle restait à siroter ces moments insoupçonnés de paix. La journée s'écoulait, apaisante, comme un baume sur une brûlure. À l'annonce de son départ elle sut contenir la manifestation de son plaisir à venir, comme elle savait depuis l'enfance renfermer les émotions de son âme.*

*Un doute tenaillait Antoine. Aujourd'hui il allait tuer un enfant. Il devait accomplir cet acte, Dieu le lui ordonnait. Sans cela, jamais cette idée même ne l'aurait effleuré. Fallait-il contester un ordre de Dieu ? Un enfant, l'innocence incarnée, comment Dieu pouvait-il exiger un tel acte ? Mais il se souvint de ses fils qui avaient fui le foyer familial sans un mot, aucune explication. Antoine était revenu un soir et ses deux fils étaient partis. Sans aucune raison. Il n'avait rien fait pour les rechercher. S'ils voulaient jouer aux fils prodigues, ils reviendraient, sinon qu'ils soient bannis. Qu'étaient-ils devenus ? Des parias sans doute. L'innocence attribuée à l'enfance ne serait-elle pas un précepte infondé de ces nouveaux curés aux théories fumeuses qui se veulent modernes ? Si on les laissait faire il n'y aurait plus d'éducation, ils tutoieraient Dieu. Il faut faire confiance à Notre Seigneur. Isaac n'allait-il pas égorger son propre fils pour Lui obéir ? Il se leva de table. Dans le vestibule il prit sa cape, enfila sa besace.*

*— Si tu as besoin, tu pourras cueillir des légumes du jardin.*

*Sa femme opina.*

*L'homme franchit le pas de la porte, ferma à double tour et mit la clé dans sa poche. Yolande possédait un double, elle pouvait accéder au jardin, mais il verrouillait la porte pour le principe. Elle l'entendit descendre l'escalier. La porte de fer grinça. Il la verrouilla, cette clef était unique, l'espace autorisé se limitait à ces murs et c'était bien ainsi. Les pas s'étouffaient.*

*— Il est parti, dit-elle à voix haute comme pour concrétiser ce fait.*

*Elle s'assit sur la chaise de la cuisine et se souvint du jour où Antoine s'était absenté pour acheter de jeunes pousses d'arbres.*

*Abel et Moïse s'étaient mis droits en face d'elle, ils n'avaient pas seize ans, en paraissaient dix de plus. Leurs traits avaient la dureté du roc.*

*— Nous aussi dirent-ils.*

*— Vous aussi ?*

*— On part.*

*— Où ?*

*— On part, c'est tout.*

*Ils avaient préparé leur baluchon, allèrent le chercher dans leur chambre. Et partirent. Ils ne l'embrassèrent pas. Elle ne les revit jamais.*

*— Toto !*

*L'enfant était assis bien droit sur la dalle de pierre. Le perron dominait la ruelle qui descendait vers la fontaine. Les cubes empilés formaient un château fort. Le donjon, au milieu, dominait les quatre tours du rempart. Pour les créneaux, il posait avec régularité des morceaux de sucre que le seigneur Montfort de Valmon avait prélevés aux manants qui n'avaient pas encore versé leur dîme. Ce mot, il venait juste de l'apprendre à l'école. Il était enfin au cours élémentaire, où, en histoire, pendant deux mois entiers il s'immergeait avec délectation dans la période du Moyen-Âge. Mâchicoulis, heaumes, meurtrières, les duels, les chevaliers en lice, les damoiselles, les serfs, la dîme, le chevalier Arthur, Bayard sans peur et sans reproche, on pouvait dire aussi Bayard sans beurre et sans brioche. Chaque mot évoquait un combat pour la vie ou pour l'honneur, le choc d'une épée sur l'armure, l'huile bouillante versée sur l'échelle des assaillants.*

*— Toto !*

*Sucre après sucre, la silhouette se crénelait, devenait une muraille infranchissable, si l'armée rebelle n'attaquait pas avec des catapultes ou des béliers.*

*— Tu viens quand je t'appelle !*

*— Qu'est-ce qui y'a maman ?*

*— Viens je te dis !*

*Il considéra sa fortification avec fierté.*

*— Montfort de Valmon le valeureux revient de suite.*

*Il entra dans la cuisine où Georginette donnait un biberon à un bébé aux joues de Bouddha. Un filet de lait coulait de la commissure des lèvres. Elle ôta la tétine, le nourrisson s'endormait déjà.*

*— Allons, allons, on fait d'abord son gros rototo, dit-elle en lui tapotant le dos.*

*Lorsque celui-ci retentit, elle le félicita.*

*— Toto, je vais sur la place, j'ai des courses à faire. Tu surveilles Jean Ba, il a terminé son biberon, je le change, il va*

*dormir comme un bébé qu'il est. D'accord ?*

*— Oui maman.*

*L'enfant retourna sur le perron, il ouvrit la bouche de stupéfaction. Ses créneaux avaient disparu, deux bébés caniches nains étaient en train de les avaler. Il donna des coups de pied dans le vide, les chiots bondirent en jappant hors de portée des souliers, prêts à jouer.*

*— Manants ! Bandits ! Le seigneur Montfort de Valmon saura se venger de votre outrecuidance.*

*Outrecuidance, génial ce mot !*

*Le cabas à la main, Georginette enjamba son fils affairé à la reconstruction de son édifice.*

*— Je m'en vais, tu rentres et tu fermes la porte.*

*Elle descendit les marches et se retrouva à sa hauteur.*

*— Qu'est-ce que j'ai dit, Toto !*

*Il releva la tête.*

*— Je te dis de rentrer et de fermer la porte. Tu vas jouer à l'intérieur. Tu continueras après, je n'en ai pas pour longtemps.*

*— D'accord maman.*

*L'enfant se leva et rentra tandis que sa mère s'éloignait. Mais les deux chiots s'approchèrent des créneaux. Avant de fermer la porte, l'enfant se jeta sur les envahisseurs. Puis il s'installa devant le château et commença à installer les figurines, soldats, chevaliers, chevaux et canons.*

*— Je vous avais prévenus que je reviendrais et je n'ai qu'une parole, je défendrai le fort contre l'invasion de l'armée ennemie et de ses dragons que j'ai déjà chassés.*

*— Il ne faut pas jouer tout seul dans la rue. Elle ne t'a pas dit ça ta maman ?*

*Le garçon vit l'homme au bas de l'escalier l'observer avec un sourire qu'il ne comprenait pas. Lorsque celui-ci mit un pied sur la première marche, l'enfant sentit la menace, il se précipita à l'intérieur de la maison et poussa la porte de toutes ses forces. Elle ne claqua pas, un bout de chaussure dépassa du chambranle. Il disparut au fond du couloir. Antoine entra, referma la porte derrière lui et la verrouilla.*

*— N'aie pas peur garçon… je n'ai rien contre toi...*

*Ses pas étaient feutrés sur le carrelage. Il jeta un coup d'œil dans la cuisine sur la gauche. Elle était vide. Il reprit sa progression, poussa une autre porte sur la droite. Il s'arrêta. Il venait de découvrir le berceau.*

*L'enfant courut jusqu'à la chambre de ses parents, il était paniqué. Il ouvrit la grande armoire, s'y infiltra et tira la porte sans bruit. C'était une bonne cachette, il le savait, cela lui arrivait parfois de s'y blottir lorsqu'il jouait à cache-cache avec le copain qu'il inventait et il ne le trouvait jamais. Il fallait juste faire attention à ne pas toucher le fusil qui était appuyé dans le coin, derrière les vêtements suspendus. Une fois il l'avait fait tomber, heureusement personne ne l'avait entendu, sinon qu'est-ce qu'il aurait pris. Mais là ce n'était pas pareil, il fallait vraiment faire attention. Qui c'était ce monsieur avec cet air cruel ? Qu'est-ce qu'il voulait ? C'était un méchant, un vrai méchant, ça se voyait rien qu'à ses yeux, rien qu'en regardant ils faisaient mal jusqu'à l'intérieur des os. L'enfant avait déjà reçu des coups de ceinture, une ou deux fois et il savait pourquoi, il l'avait mérité, à chaque fois il avait fait une grosse, une très grosse bêtise. Mais là, le méchant il venait pour faire très mal, il faisait déjà plus mal avec ses yeux que la ceinture, alors s'il nous attrapait qu'est-ce que ça serait... nous attrapait... nous, nous... et bébé... bébé... non, pas bébé...*

*— Qui est-ce que je vois là ? Te voilà mon petit. Ton âme ne sera pas souillée par le péché, elle sera vierge comme la blanche colombe et grâce à moi, elle ira au paradis.*

*Le nourrisson considéra le visage blafard aux cernes sombres, puis lui décocha un sourire radieux. Il allongeait les doigts pour toucher les traits rouges sur le visage. Il babillait, ne contenant pas le bonheur de découvrir un nouveau compagnon de jeu.*

*L'homme attrapa un oreiller et l'appliqua sur le visage de l'enfant. Les jambes potelées commencèrent à s'agiter, ses petits bras bougèrent dans tous les sens, des cris minuscules parvenaient à peine à franchir l'épaisseur des plumes d'oie.*

— *Alors Georginette, le petit, il pousse ? s'enquit Louise, le panier sous le bras.*

— *S'il pousse ? Alors là pour pousser, il pousse. C'est qu'il se nourrit.*

— *Ah ça, c'est ce qu'il faut.*

— *C'est vrai, je lui donne ce qu'il demande, alors il profite.*

— *Il a raison. Et ton fils il n'est pas jaloux ?*

— *Et pourquoi il serait jaloux ? Je suis la nounou du petiot, pas sa mère.*

— *Justement, il t'avait pour lui tout seul et la venue de ce petit pensionnaire...*

— *Non, il a l'air de comprendre. De toute façon tout ce qui l'intéresse ces temps-ci c'est la chevalerie. Et puis il est sage comme tout mon grand. Et puis il a huit ans, il peut comprendre. Quand je lui ai expliqué que la mère ne pouvait pas élever son petit, il a tout de suite dit qu'il s'en occuperait aussi.*

— *On dit qu'elle l'a abandonné et qu'elle est partie aux Amériques.*

— *Non, c'est des rumeurs. Moi je sais. Elle veut faire un brin de vie avant de l'élever, et surtout, elle veut lui trouver un père. C'est ça la vérité.*

— *C'est quand même pas très joli joli.*

— *Enfin, je ne dis pas de mal de la mère devant les enfants.*

*Ça ne se fait pas.*

*— Bon, c'est pas tout ça mesdames, mais il faudrait me dire ce que vous voulez que je vous serve, interrompit l'épicier lorsqu'il eut fini de ficeler son gigot.*

*Il était le seul épicier sur les hauts de Porto-Vecchio. Sa boutique réunissait toutes les habitantes qui se donnaient des rendez-vous implicites, selon leurs ententes.*

*— Eh Didier, c'est nous qui t'attendons. Allez, sers-moi une motte de beurre salé, du sucre que mon soldat m'en consomme beaucoup et une boîte de lessive.*

*—Tenez madame Georginette. Un pâté ?*

*— Tu crois que je t'attends pour manger du pâté ? Ce n'est pas que le tien n'est pas bon, mais le mien il est meilleur.*

*— Tu ne peux pas le dire si tu ne l'as pas goûté. Madame Louise il n'est pas bon mon pâté ?*

*— Très bon.*

*— Ah vous voyez !*

*— Mais celui de Georginette est meilleur.*

*— Et voilà, les femmes se soutiennent !*

*— Dépêche-toi, faut quand même pas que je laisse les petits tout seuls trop longtemps.*

*— Tenez, ça fera sept cinquante.*

*— Tu me mets tout ça sur la note, je n'ai pas le temps. À jeudi Didier, le revoir Louise.*

*— Au revoir Georginette.*

*— À jeudi Georginette et la prochaine fois prends le temps de me payer. Moi non plus je n'ai pas le temps de servir gratis.*

*— Arrête Didier que tu vas me faire pleurer !*

*Elle remonta la route les bras chargés. Lorsqu'elle vit les chiens terminer le château, elle siffla entre ses dents pour les chasser. Elle appuya sur la clenche, la porte ne céda pas, ce qui l'intrigua. Elle exigeait que la maison soit fermée mais pas à clé. Elle appela son fils plusieurs fois. Colla l'oreille à la porte, aucun son ne lui parvenait. Elle secoua la poignée frénétiquement…*

*Les membres du nourrisson ne remuaient plus que lentement, puis s'allongèrent mollement. Le tueur fut attiré par un cliquetis. Il se retourna et vit le petit garçon sur le pas de la porte, un fusil à deux canons pointé sur lui.*

*— Ah te voilà toi, où étais-tu passé ? Tu vois ce petit, c'est un innocent agneau qui n'a pas encore été avili par la bassesse des hommes… Que fais-tu avec cette arme, tu es brave, c'est bien, il faut avoir le courage d'affronter ses peurs… Tu as peur de moi. Il ne faut pas, je suis le rédempteur. Alors il ne faut pas t'inquiéter, il ira directement au paradis, je lui ai donné l'extrême onction.*

*L'homme avait lâché l'oreiller sur le corps pétrifié, tout en parlant il s'approchait lentement du garçon. Le fusil était lourd dans les mains de l'enfant, il tremblait, il était en pleurs, marmonnait des mots qu'Antoine ne comprenait pas.*

*— Je suis le seigneur Montfort de Valmon, je suis le seigneur Montfort de Valmon...*

*— Calme-toi petit, je suis ton ami, ton sauveur, tu verras, tu seras heureux, tu vas emprunter le chemin qui conduit au bonheur...*

*Il allongea le bras, arracha l'arme des mains de l'enfant et lui balança la crosse sur le crâne. Le petit corps fut projeté sur le mur et glissa le long de la paroi, inerte. L'homme fit pivoter l'arme et mit l'enfant en joue. Tout à coup le nourrisson ouvrit grand les yeux, avala une grande goulée d'air et hurla. Le tueur se retourna.*

*— Tu es encore là toi ?*

*Il posa le fusil contre le berceau et reprit l'oreiller pour mener à terme sa tâche interrompue.*

*— Laissez venir à moi les petits enfants.*

*Les cris étouffés s'affaiblirent et se turent.*

*Dehors Georginette tapait frénétiquement sur la porte. Elle avait entendu des bruits et son bébé pleurer puis se taire et crier à nouveau. Elle criait le nom de son petit garçon. Tout à coup elle entendit éclater un coup de fusil. Son sang se glaça, le cri qu'elle poussa déchira l'air. On accourut à ses côtés.*

*La détonation résonnait encore dans la chambre. Antoine écarquilla les yeux, incrédule, abaissa son regard et découvrit stupéfait la tache de sang se répandre sur son poitrail. Il tourna la tête, là à terre, crosse sur le plancher, les doigts du garçon étaient recourbés sur la gâchette, les larmes coulaient sur ses joues.*

*— Je suis le seigneur Montfort de Valmon, je défends le château contre les ennemis du roi.*

*Antoine glissa le long du lit. Rendit son dernier souffle.*

*La porte d'entrée pivota violemment. Georginette et les voisins s'engouffrèrent. L'enfant fut soulevé dans les airs tandis que, à moitié inconscient, il répétait sans cesse sa litanie, «Je défends le château contre l'ennemi du roi». Pendant qu'il était évacué, les cris désespérés de sa maman lui transperçaient le cerveau.*

*Toto ne revit plus jamais sa mère, mais ses cris de désespoir tourmenteraient la profondeur de ses nuits sans sommeil.*

*— On déshabille Paul pour habiller Jean, c'est toujours la même chose.*

*Le lieutenant Castelano était furieux, il avait été appelé d'urgence dans une circonscription qui n'était pas la sienne. Résultat : deux heures de route qui n'en finissaient plus. Son adjoint roulait avec application, concentré sur les circonvolutions de la route. Pour donner plus de piquant au trajet, il les négociait à vive allure, choisissant la meilleure trajectoire.*

*— Toujours des moyens insuffisants en hommes comme en équipement. Mais là c'est le pompon.*

*Deux lieutenants en vacances sur le continent ou ailleurs mais sûrement pas sur l'île, ce serait le meilleur moyen d'être réquisitionné en pleine sieste au soleil, un autre alité, accident du travail. Tu parles d'un accident du travail, il a raté une marche en descendant de chez lui. Quelle gloire ! Ah, on n'était pas dans l'Arme fatale ! Et un départ à la retraite non remplacé. Voilà le travail, résultat c'était Bibi qu'on venait chercher toutes affaires cessantes pour constater les premiers éléments sur les lieux d'un double crime très particulier, s'il avait bien compris le topo. La voiture freina brusquement devant un trottoir où des barrières formaient un barrage, sur lesquelles s'appuyaient des curieux. Les portières claquèrent. Le lieutenant salua avec hargne les policiers en place. Dans la chambre, l'homme en costume noir était assis adossé au berceau, la tête inclinée sur la poitrine, un fusil à ses côtés, les vêtements maculés de sang.*

*— C'est l'œuvre d'un gamin ?*

*Un agent un carnet en main lui répondit en le consultant.*

*— Oui, il était très confus, il disait qu'il était un chevalier et qu'il défendait son château contre les ennemis ou quelque chose comme ça. Ce qui est sûr c'est que cet individu était là pour les tuer. Il était en train d'étouffer le nourrisson lorsqu'il a reçu les chevrotines.*

*— Mais qui c'est ce mec ?*

*— On ne sait rien sur lui. Il ne possède aucun papier, on ne sait pas d'où il sort.*

*— Vous arrangerez sa gueule pour une photo et vous l'enverrez dans les commissariats. D'où viennent ces griffures sur le visage ? La mère de l'enfant le connaît ?*

*— On ne l'a pas interrogée, elle est en état de choc. Elle a été hospitalisée, elle est sous sédatif. Il faudra attendre son réveil, qu'elle se rétablisse.*

*— Et le bébé ?*

*— Lorsqu'il a été emmené en ambulance, il n'y avait plus aucun espoir.*

*— Bon, il faudra faire une recherche d'identification, voir s'il est connu de nos services. Interrogez aussi les asiles, s'il ne manque pas un élément dangereux. Il faut être complètement désaxé pour rentrer dans une maison pour assassiner deux enfants. Montrez aussi son visage aux psys, c'est possible qu'il soit connu de ce milieu. Faites-moi parvenir les résultats de vos recherches en attendant que votre patron revienne de vacances. D'ici là, je reviendrai si nécessaire, je ne peux me permettre de rester, je suis sur une grosse affaire.*

*— Bien lieutenant, nous ferons de notre mieux.*

*— Je n'en doute pas.*

*Le lieutenant Castelano ne s'attarda pas plus, il avait exécuté sans zèle ce que sa hiérarchie avait exigé de lui. On ne pourrait rien lui reprocher, il continuerait à suivre en parallèle la progression de l'enquête. De toute façon, dans une semaine le lieutenant de la circonspection serait de retour. Ce n'était pas à lui de compenser l'incompétence des D.R.H. Il n'allait même pas prendre le temps de dîner avant de partir, il avait l'estomac trop noué. Qu'on l'obligeât ainsi à tout laisser tomber, comme si ses enquêtes en cours n'avaient pas d'importance ! Quant à celle-ci, un fou dans sa démence avait voulu supprimer des enfants innocents qui se trouvaient au mauvais endroit au mauvais moment et basta ! Heureusement, il était tombé sur un vrai petit soldat et le fou était dans le trou. L'affaire était close. Point barre. Si son collègue avait une meilleure explication, eh bien qu'il la donne à son retour de congé. Décidément, mieux valait ne pas être tué au mois d'août, les enquêtes étaient menées tambour battant. Nombre d'affaires classées en hausse. Après tout ce n'était pas plus mal, moins de temps perdu pour un résultat identique. Point barre.*

# 22. Marcel Amodi

Une femme à la coiffure permanentée ouvrit le bureau de la procureure au tribunal de grande instance. Elle portait un tailleur taupe sur un haut violet, elle tenait un mouchoir rivé sous le nez. La commissaire se présenta.

— Bonjour madame, nous sommes…

— Je sais, je reconnais le commandant Falcone.

— Bonjour Angèle, salua-t-il.

— Bonjour commandant Falcone. Excusez-moi, dit-elle, mais ce fut si soudain, un choc terrible. Comment peut-on faire du mal à une femme si bonne ?

Elle renifla.

— Vous savez, j'ai toujours travaillé avec Madame Fabienne, même avant qu'elle devienne procureure. Vous allez arrêter le salaud, excusez-moi mais il n'y a pas d'autres mots, qui a perpétré ce crime, n'est-ce pas ?

— Vous pouvez compter sur nous, nous ferons tout ce qui est en notre pouvoir pour l'arrêter. C'est pour cela que nous sommes ici. Pouvez-vous nous transmettre les dossiers sur lesquels elle travaillait ?

— Oui, bien sûr, je vais les chercher, par lesquels je commence ?

— Vous prenez d'abord les plus récents, puis en remontant le temps.

— J'y vais.

La secrétaire rangea son mouchoir. Grâce à cette petite coopération, elle avait l'impression de participer à la recherche et, qui sait, la capture de l'assassin.

— Installez-vous dans son bureau.

La secrétaire revint, les bras chargés de dossiers fermés par une bandelette de tissu.

— Si tous les mis en examen, les inculpés ou les condamnés devaient éliminer leur procureur, il n'en resterait pas beaucoup dans le pays.

— Nous allons détailler tout ça, dit Aglaëe.

Chacun prit un dossier, défit le nœud du ruban et commença à feuilleter les pages. Ils mirent à l'écart les petites affaires de vols, de menaces et d'injures de voisinage. Il y avait plusieurs affaires de meurtres, ils en firent une pile à part. Un dossier retint leur attention. Celui de Marcel Amodi. Une altercation violente suivie d'une bagarre entre voisins. L'enjeu était la femme de l'un d'entre eux qui avait découché avec l'autre. Le mari cocu qui l'avait appris grâce à un ami bienveillant avait bu en attendant sa femme. Il était en furie lorsqu'elle était rentrée.

Il tabassa sa femme, puis déboula dans la maison voisine, une barre à mine en main. Il voulut donner un coup sur la tête de l'amant indélicat. Heureusement dans l'état d'ébriété où il se trouvait ses gestes étaient désordonnés. Le métal heurta d'abord l'épaule de la victime, ce qui atténua le choc et lui évita une mort probable. L'agresseur voulut rendre la pareille à la femme du voisin lorsque la police intervint alertée par sa femme. L'homme, fou de rage, fut emmené, criant injures et menaces, effaré qu'on l'arrête, lui, la victime, et non celui qui lui avait volé sa femme. Il se débattait, crachait sur les policiers, les invectivait plus que d'habitude. Il avait été mis en examen. Il n'était resté incarcéré que peu de jours. Son avocat avait obtenu sa liberté pour vice de procédure. Il était sorti de prison en insultant le juge, le procureur, la police et même son avocat. Où en était-il maintenant ? Rien dans le dossier.

Ils en étaient là lorsque la porte s'ouvrit, André Ortis apparut selon son habitude : le pli de l'habit rectiligne, le cheveu plaqué.

— Tu arrives au bon moment. On épluche les dossiers de Fabienne Léonili. Là, il y a ces trois tas : inintéressants, à approfondir et non ouverts, expliqua le commandant en désignant successivement une petite pile, puis un seul dossier et le tas conséquent apporté par Angèle.

La dernière pile était classée chronologiquement.

— On va s'occuper de ce premier dossier.

— Bien chef, dit Ortis en ôtant sa veste qu'il accrocha au portemanteau.

Il s'assit, retroussa les manches en retournant soigneusement les manchettes. Il se saisit du dossier en tête de pile et se pencha sur les premiers feuillets comme s'il était déjà seul dans la pièce. Francesco était certain que s'il revenait dans trois heures, il le retrouverait ainsi dans la même position, tout aussi concentré.

— Bon, alors on y va.

— Hmm répondit André absorbé.

— Tu connais ce capitaine Orsocci qui a instruit le dossier de Marcel Amodi ? demanda la commissaire, une fois installée dans la voiture.

— Ouais !

— Ce qui veut dire ?

— Je te laisse juger par toi-même.

— Alors allons-y…

— Commandant Falcone et voici la commissaire

Boulu, nous venons nous entretenir avec le capitaine Orsocci.

L'homme d'astreinte saisit instantanément le combiné.

— J'appelle tout de suite…

Mais une porte s'ouvrit.

— Francesco ! Qu'est-ce qui t'amène ? Tu es bien accompagné dis donc !

— Je te présente la commissaire Aglaëe Boulu.

— Ah ! Voilà la fameuse spécialiste envoyée spécialement du continent pour voler à la rescousse des bouseux. Spécialiste de quoi au juste ?

— Pince-sans-rire, voulut atténuer Francesco.

— La police corse n'a que faire des parachutages de bonnes femmes, si ce n'est pour aller chercher le café, la machine est par-là.

— Je vais d'abord répondre à votre question, dit Aglaëe Boulu. Vous me demandez spécialiste de quoi. De plusieurs choses peut-être, mais certainement pour renifler du premier coup le flicaillon macho dont la sexualité a été refoulée par des échecs en tout genre, tant personnels que professionnels. Et ceux-là, s'ils me cassent les bonbons, ils se retrouvent à Paris au quartier Saint-Denis à surveiller la faune de nuit, en général ils se sentent très bien parmi les macs et les travelos. Et mon pif me dit qu'il y a un gabarit de ce genre dans le coin.

— Comme disait mon ami Francesco, je plaisantais, dit Orsocci penaud, et je m'excuse dans le cas où vous l'auriez mal pris et…

— Ne perdons plus notre temps, entrons dans votre bureau.

— Oui, bien sûr.

Le capitaine avait définitivement perdu de sa superbe. Le bureau était dans un désordre épouvantable, des dossiers traînaient dans les deux fauteuils, sur le bureau, des piles jonchaient le sol, des gobelets en plastique et papiers gras se mêlaient au fatras.

— La femme de ménage doit passer incessamment, se justifia Orsocci sans conviction, en découvrant les airs effarés de ses interlocuteurs.

Il dégagea les fauteuils en déposant les deux piles sur un espace encore libre du lino.

— Voilà, asseyez-vous. Bon, qu'est-ce qui vous amène ? dit-il en prenant place derrière son bureau.

— Marcel Amodi, répondit Aglaëe.

— C'est qui ?

— Tu dois le connaître intervint Falcone, il y a six mois à peu près, cet homme a surpris sa femme aux mains de son voisin, il a voulu lui faire la peau.

— Il n'est pas en prison ?

— Vice de procédure.

— Ah bon ?

— Vous devriez être au courant.

— Ça ne me rappelle rien, vous êtes sûrs que c'est nous qui avions instruit l'affaire ?

— Oui, c'est ta juridiction.

— Dans ce cas, si cela date de six mois, ça devrait être rangé dans ce coin.

Il se leva, se dirigea vers le mur où était alignée une rangée de piles de dossiers. Il compulsa l'une d'entre elles, puis une deuxième, d'autres encore.

— Il va falloir que je classe tout ça… Rien à ce nom… Attendez…

Il ouvrit la porte, brailla un nom. Un homme en

uniforme au regard clair et intelligent apparut.

— Patron ?

— Amodi, ça te dit quelque chose ?

— Ben oui patron, le mois dernier il avait fait un esclandre, il a passé la nuit dans la cellule de dégrisement. Tenez, son dossier doit être par là, dit-il en indiquant un tas et extrayant une chemise.

— C'est pour ça que je ne l'ai pas trouvé, si cela s'est passé le mois dernier, dit le capitaine, fier de son explication.

Il se saisit du dossier.

— C'est bon, vous pouvez reprendre votre poste.

— J'y allais chef répondit l'homme, une fossette apparaissant sur le coin de sa joue.

Il fit un salut rapide de la tête en direction des deux policiers. Le capitaine se rassit, feuilleta quelques pages.

— Ah, ça y est, j'y suis.

— Permettez ?

Boulu retourna le dossier. Prit un feuillet.

— Sa femme tardait à rentrer… Il avait des soupçons depuis plusieurs mois… Tiens, il avait déjà tabassé sa femme de nombreuses fois. Elle n'a jamais porté plainte ?

— Pas que je sache.

— Décidément vous ne savez pas grand-chose… Il avait aussi menacé son voisin qu'il soupçonnait à juste titre d'être l'amant. Il a bu maintes bières quand sa femme rentre au domicile conjugal, il la bat comme plâtre puis il traverse la route hors de lui, frappe à la porte, cogne comme un forcené, la défonce. Il surgit une barre de fer à la main, il fonce sur l'homme, lui assène un coup d'une extrême violence à la tête, celui-ci tombe inerte. Lorsque l'épouse du voisin se penche sur son mari, l'idée lui vient de se venger de la même manière. Il la plaque à terre, déchire son chemisier, à ce moment la police intervient... Rapide intervention... Sa femme a appelé police secours... Ah ! Une voiture de police patrouillait dans le quartier... Elle a eu beaucoup de chance... Marcel Amodi est menotté, à partir de cet instant il insulte tous ceux qui le croisent, les policiers, les juges, les menace de représailles, eux et leur famille.

— Ses menaces n'ont pas été prises au sérieux. Si on devait tenir compte des intimidations de tous les prévenus, on ne sortirait plus de nos locaux.

— La procureure, madame Léonili a été assassinée par un fou furieux... Qu'est-il advenu de notre prévenu ?... Il a été relâché pour vice de procédure... Voyons voir lequel...

Le capitaine derrière son bureau commença à bouger sur son fauteuil, les yeux fuyants tel un collégien prit en flagrant délit d'antisèches.

— Les avocats font libérer les coupables et font chier ceux qui les arrêtent, expliqua-t-il.

— Ah... Nous y voilà... Coup porté à un présumé innocent lors de sa garde à vue... Vous l'avez frappé !

— Oh ! Rien, c'est un malentendu, il a été juste poussé et il est tombé.

Les yeux rivés sur les pages du dossier qu'elle tournait les unes après les autres, au fur et à mesure qu'elle défilait le cours de l'histoire, Aglaëe Boulu fulminait.

— Une enquête de la police des polices est en cours dans votre service.

— Faut les comprendre, ils n'arrêtaient pas de se faire insulter de... de... de tous les noms...

— Vous êtes responsable de ce qui se passe ici, l'enquête le déterminera. Grâce à vous un bestiau dangereux est dans la nature. Apparemment vous l'avez revu, rajouta Aglaëe en saisissant une autre feuille, le mois dernier, conduite en état d'ivresse, dans sa cellule il a insulté tout le monde, griffé les murs comme un forcené, le lendemain il ne se rappelait plus rien, vous l'avez relâché sans autre forme de procédure… Une suite particulière d'erreurs de jugement… Où peut-on le trouver ? Ah, rue Goupil…

— C'est pas très loin d'ici.

— On y va.

— Vous voulez une escorte ?

— Non, on se débrouillera.

Les salutations furent brèves, le capitaine Orsocci les raccompagna à leur voiture.

— Francesco, tu repasses quand tu veux, c'est toujours un plaisir.

— On verra.

Il embraya. Le capitaine les observa partir, espérant que son invitation effacerait la désagréable impression de cette entrevue. Il n'avait pourtant rien à se reprocher.

Le quartier, loin du centre-ville avait été oublié. Lors des élections il n'apportait aucune voix à aucun bord politique. Aucune réhabilitation d'envergure n'avait été exécutée depuis belle lurette. Les routes étaient défoncées, le square, un coin de terre, un bac à sable investi par les chats, les deux immeubles bas présentaient des façades délabrées. Le genre de quartier qu'on cherche à éviter, non pas qu'on risquât quoi que ce soit à le fréquenter, les habitants y étaient calmes et sans agressivité, ce n'était pas non plus un centre de commerces illicites, mais les immeubles et les maisons non entretenus faute de moyens, les jardinets souvent délaissés affichaient une désolation qui imprégnait le visiteur d'un pessimisme qui lui collait à l'âme longtemps après avoir regagné ses propres quartiers, heureux malgré tout d'en être sorti à temps avant de s'être tiré une balle dans le pied.

— C'est ici indiqua Falcone.

Une maisonnette qui ne devait pas dépasser les soixante mètres carrés était précédée d'une cour d'herbes folles. Un volet pendait sur un seul gond, la porte était fendue près des charnières, laissant un jour jusqu'en bas. La sonnette ne tinta pas. Le commandant toqua, puis recommença avec plus d'insistance, enfin il tambourina, la porte oscillait à chaque coup élargissant la fente.

— J'ai entendu un grognement, dit-il. Ça doit signifier « entrer ».

Il poussa la porte.

— Il y a quelqu'un ?

Un roulement de galets que le policier identifia comme un raclement de glaires parvint de l'intérieur.

— On peut entrer ?... Qui ne dit mot consent…

Au fond de la pièce, une forme bougea sur le canapé. Un corps y était allongé, la tête se redressa, on devinait qu'il essayait d'ouvrir les paupières.

— Monsieur Marcel Amodi ?

— Qu'est-ce qui y a ?

— Je suis le commandant Francesco Falcone et voici la commissaire…

L'homme fut instantanément sur son céans, brandit le premier objet sous la main, un gros cendrier en verre.

— Foutez le camp d'ici, bande de pourris, ou je vous massacre.

Les mégots et les cendres roulaient le long de son bras tremblant. La charge était trop lourde, il la lâcha, il vacillait et se saisit de quelque chose de moins pénible à porter et réédita sa menace.

— Cassez-vous, bandes de salauds.

— C'est avec ça que vous nous menacez ?

Il lorgna le bout de son bras et vit une bouteille en plastique qui avait contenu un picrate que l'on dégote dans les rayonnages du bas dans les surfaces à prix coûtants.

— Nous ne sommes là que pour vous poser des questions, alors asseyez-vous et répondez sans faire d'histoires, sinon on vous embarque.

L'homme s'assit, essoufflé, sa hargne disparut aussi vite qu'elle était venue. Le bas de son gros ventre poilu apparaissait sous un maillot maculé de taches de graisse. Ses cheveux grisonnants étaient laqués à la graisse de canard. Une barbe de quelques jours tapissait ses joues ballonnées. Les yeux délavés exprimaient un vide sidéral maintenant qu'il n'avait plus loisir d'insulter. La table étaient jonchée de papiers, de casseroles et de quelques vêtements, parmi les assiettes aux rogatons moisis. Les policiers prirent une chaise et s'assirent en face de lui.

— Les flics c'est tous des enculés qui pourrissent la vie des gens, avec les juges, les procureurs, les avocats tous des salauds, des pédés, des sales putes qui s'entendent pour fout' les gusses en prison, ils gagnent du pognon sur le dos des gens qui doivent trimer pour vivre et quand on en a besoin, ils vous l'enfoncent encore plus dans le cul, tous des pourris des raclures, je les tuerai les uns après les autres, flics avocats procureurs juges je leur ferai avaler leurs couilles…

Les paupières pendues à mi-yeux il murmurait une litanie, cela pouvait durer des heures jusqu'à ce qu'un goulot vienne obturer le flux monocorde, pour être remplacé par le reflux d'un alcool bas de gamme. Il s'étrangla, cracha un liquide qu'il n'avait pas avalé depuis belle lurette. Le verre d'eau que lui avait projeté Francesco l'avait expulsé de sa torpeur. Il scruta ses visiteurs pour la première fois.

— Tu vas nous dire où tu étais hier, vendredi matin le 25 juin, vers 8 heures ?

— Pourquoi ?

— Parce qu'on te le demande.

— Mon cul.

— Tu es mal barré Marcel, on n'a pas de temps à perdre, tu réponds immédiatement sinon on continue au commissariat où tu seras de toute façon obligé de nous parler.

— Vous êtes tous des merdes, les flics, les juges…

— OK, on t'embarque, tu vas terminer ta journée et les nuits suivantes en prison. Là, il n'y aura pas de bibine.

Le commandant se leva et empoigna l'homme par le bras, celui-ci essaya un mouvement d'épaule. L'argument avait atteint son cerveau.

— C'est bon, je connais votre prison de merde, des cafards qui vous réveillent à coup de matraque sur les barreaux et qui cognent comme si vous étiez des charognes.

— Alors dis-moi où tu étais vendredi en début de matinée.

Amodi s'assit, passa la main derrière son dos et

découvrit une bouteille aux trois quarts vide d'un rhum qui n'avait sûrement connu la canne à sucre que de très loin. Il dévissa le bouchon et vida son contenu avec avidité.

— C'était quand vendredi ?

Il reluqua sa bouteille.

— On est samedi, c'était hier.

Il la jeta sur l'autre bord du canapé.

— J'étais ici.

— Tu es sûr ?

— Ouais !

— Et comment ? Tu ne sais même pas quel jour on est.

— Facile, j'suis là tout l'temps.

— Tu ne sors jamais ?

— Non.

— Pour faire tes courses ?

— Juste pour faire mes courses.

— Hier, avant-hier, toute la semaine ?

— J'te dis que j'suis toujours chez moi, à quoi ça sert de sortir si c'est pour se faire tabasser par des enculés de flics qui vous pourrissent…

— Stop ! Écoute. La procureure Madame Léonili a été assassinée hier, vendredi 26 aux environs de huit heures, est-ce toi l'auteur de ce meurtre ?

— Putain, y a quand même une justice pour sa gueule de merde…

Falcone plongea sur l'homme, le saisit par le col et souleva sa lourde carcasse.

— Laisse, Francesco, dit Aglaëe en posant sa main sur son avant-bras, il n'en vaut pas la peine.

— C'est toi qui l'as tuée, reprit Falcone ?

Amodi le fixa, apeuré.

— Non, c'est pas moi, j'vous jure.

Il le laissa choir comme une chiffe. Boulu continua.

— Il y a quelqu'un pour confirmer ta présence ici ?

— Non.

— Personne avec toi vendredi ?

— Non.

L'homme était abattu, son corps affaissé par la concentration que lui demandait cette inquisition et l'alcool que lui réclamait son cerveau.

— Tu as une moto ?

— Non.

— Un permis moto ?

— Ces pourris de flics me l'ont retiré.

— Tu sais piloter une moto ?

— J'avais une 1500 cm3 Yamaha, ça ne s'oublie pas.

Elle se leva.

— On peut visiter ?

— M'en fous.

Outre le canapé, la pièce de vie ne comportait qu'un buffet et la table. Quant à l'unique chambre, un lit et un placard. La cuisine se réduisait à une minuscule pièce avec évier et plaque de cuisson. Tout était à l'image de l'hôte, sale et repoussant, occupé par des insectes volants et rampants, qui avaient trouvé refuge dans les vestiges de nourriture.

— Garage ? fit le commandant en désignant une porte.

Mais l'œil vitreux fixait la télé éteinte. Il poussa la porte qui en effet menait au garage. Il chercha l'interrupteur et le pressa lorsqu'il le sentit sous ses doigts. Le néon lança quelques éclairs avant de s'allumer définitivement. Falcone émit un sifflement.

— Aglaëe, viens voir un peu !

Celle-ci laissa les placards qui n'avaient rien à dévoiler et rejoignit son collègue.

— Ça c'est intéressant, confirma-t-elle.

Elle fit demi-tour et prit Amodi par le bras pour le traîner jusqu'au garage, il se laissa faire tel un pantin.

— C'est quoi ça ?

Trônait au milieu du garage, une moto rutilante dont l'éclat se démarquait du décor ambiant.

— Je croyais que tu n'avais pas de moto, c'est bien ce que tu viens de dire. Tu nous parles d'une Yamaha que tu avais possédée… Là, c'est autre chose.

— Ça, c'est une Ducati Monster, rien à voir avec les vulgaires motos que montent les connards qui se prennent pour des motards, précisa Marcel dont le visage s'éveilla à la vue de son engin.

— Ma Ducati Monster… rajouta-t-il en la contemplant.

Il s'avança, soudain rétabli et caressa la calandre avec amour.

— Ne joue pas avec les mots. Tu voulais nous cacher la présence de cette moto, pourquoi ?

— Parce que j'vous connais, c'est tout ce que j'possède, alors vous êtes capables de me la piquer rien que pour me faire chier.

— Ça doit coûter un max un engin pareil.

— À l'époque j'y ai mis tout ce que je gagnais.

— À quoi elle te sert puisque tu n'as plus le permis ?

— Je l'ai, elle. Et puis le permis je le récupérerai…

— Quand t'en es-tu servi pour la dernière fois ?

— Ben depuis que vos collègues m'ont sucré le permis, cinq, six mois.

— Prends-nous pour des cons.

— C'est pas ce que vous êtes ?

— Dis tu avais raison, on va te la prendre ta moto.

— Faites chier… ça m'est arrivé une ou deux fois, histoire de respirer, d'échapper à tous ces cons, si vous voyez ce que j'veux dire.

— Quand la dernière fois ?

— Chais pas, il y a quatre cinq jours.

— Hier ?

— Non, pas hier, je m'en souviendrais.

— Tu es sûr ?

— Ben ouais, chui pas magnésique.

— Dis-moi, intervint Boulu, tu l'as bien briquée, quand on compare à ta tôle, ça ne te ressemble pas. Même les pneus sont nickel.

— C'est mon soleil. Vous n'allez pas m'embarquer parce que j'ai passé un coup de chiffon sur ma bécane. Cassez-vous sinon je vous la balance dans la gueule ma moto.

Marcel Amodi rentra dans la maison et fouilla dans la cuisine jusqu'à ce qu'il tombe sur une bouteille de vin dont il dévissa le bouchon et emplit un verre dont le fond était tapissé de lie de vin. Il en but trois d'affilée sans prendre le temps de respirer. Le commandant téléphona pour qu'on vienne enlever la moto afin de l'expertiser. La commissaire rejoignit le propriétaire.

— On embarque ta moto. Toi, on te laisse ici, mais ne t'éloigne pas. Si tu n'as rien à te reprocher, tu la retrouveras.

— Bande de voleurs, ripoux puants.

Il s'assit sur son canapé et avala une rasade du liquide rouge sang. Les policiers attendirent l'arrivée du camion-grue. Sous les insultes de Marcel, la moto fut chargée sur le plateau.

Le commandant reprit le volant.

— Pourquoi tu ne l'as pas coffré, demanda-t-il ?

— Tu le vois courir et sauter un mur ?

— A priori non, mais à un moment quand il a vu sa moto, je l'ai trouvé vif, éveillé.

— Oui j'ai remarqué. D'autre part le feu arrière est intact, je l'avais touché. Une chose est sûre, sa moto ressemble à celle que j'avais aperçue, le gabarit et la couleur : un rouge de feu, le reste, j'étais trop loin. On va laisser un gars à ses basques…

Elle changea de sujet.

— Au fait, ton capitaine Orsocci, c'est du gratiné, misogyne, borné, bordélique et puis une telle incompétence…

— D'abord ce n'est pas mon Orsocci, je t'ai laissée te faire une opinion, je constate que c'est fait.

— C'est quand même plus grave que tu me l'as laissé entendre… limite à virer du service…

— Ce sera peut-être la conclusion de l'enquête interne.

Un rythme de jazz sortit de la poche de Falcone.

— André ?... OK on passe… Ortis a trouvé quelque chose.

— Du style ?

— Je n'ai pas compris, une histoire de laboratoire…

La voiture s'immobilisa devant le tribunal de grande instance.

— Je te laisse, je prends la voiture et te rejoins ici, dit Boulu. Je vais voir la petite Donnata.

— Tu crois qu'elle peut avoir des ennuis ?

— Je m'inquiète pour elle, la violence de son agression

l'a perturbée. C'est une fille forte, mais elle est désorientée.

— Il y a de quoi, à tout à l'heure.

Falcone entra dans le bureau et vit Ortis un sandwich à la main, feuilletant un dossier. La pile des dossiers inintéressants dominait le lieutenant.

— Du neuf ?

— Un truc étrange, chef…

L'affaire dont lui parla André Ortis était moins violente que celle concernant Marcel Amodi, du moins en apparence. Elle impliquait des sommes considérables, pour une accusation assez banale dans le domaine de l'industrie : un laboratoire de contrôle avait analysé de nombreux produits et montré du doigt la toxicité de ceux-ci. Ce qui avait intrigué Ortis, c'est que ce n'était pas le laboratoire, mais juste une personne qui portait plainte…

Aglaëe était assise une bière à la main. Donnata apportait un bol rempli de chips.

— Je suis surprise par ta venue. Je t'ai déjà tout dit.

— Je sais, je voulais juste vérifier que tu étais de nouveau bien installée chez toi et que ta porte était bien réparée.

— Comme tu vois c'est fait. Grâce à ton coup de fil.

— Tant mieux. Comment tu te sens ?

— Ma tête ça va mieux, je ne sens presque plus rien, seulement quand je me lève trop brusquement, sinon rien.

— Et à l'intérieur ?

— Bof !

— Ta mère ?

— Rien.

— Qu'est-ce que tu vas faire ?

— Ça t'intéresse ?

— Si je te le demande.

— Je ne sais pas, je pose tout et je recommence… Ce coup, ça me fait réfléchir… Je me dis que je ne vais pas faire serveuse toute ma vie. Quand j'ai commencé, je me disais que c'était provisoire et voilà deux ans de passés…

— Tu es jeune, tu as tout le choix devant toi.

— Mais quoi…

— Cherche ce que tu aimes…

— C'est bien ça le problème…

— Quoi, tu n'aimes rien ?

— C'est pas ça mais… ça n'a rien à voir avec une profession.

— Dis.

— Ben, tu vas te foutre de moi.

— Tu penses que je suis venue pour ça ?

— Justement pourquoi es-tu venue ?

— Je m'inquiétais pour toi, tout simplement.

— C'est pas l'habitude des flics.

— Je ne suis pas «des flics». Je voulais juste ne pas laisser tomber une fille qui a été violentée par un salopard. C'est aussi simple que ça.

— Bon, voilà : j'aime écrire, j'aime raconter et ne me dis pas que je peux être écrivain si j'ai envie, ce n'est pas ça… J'aimerais travailler dans le journalisme. C'est un truc qui me plairait… Voilà, je ne l'avais jamais dit à personne.

Donnata se tut, en quête de la moindre trace de raillerie chez son interlocutrice. Elle fut apparemment rassurée, son visage se détendit, l'amorce d'un sourire se dessina même, comme soulagée d'une lourde charge, d'un secret inavoué.

— C'est génial.
— Tu trouves, c'est pas puéril ?
— Pourquoi tu dis ça, c'est un métier passionnant.
— Oui, mais c'est utopique, inaccessible.
— C'est vrai que ce n'est pas évident, mais pas plus qu'un autre job. Alors voilà ce que tu vas faire, tu vas te renseigner sur toutes les filières possibles pour ce job et tu choisiras celle qui te convient le mieux. Ça c'est la première étape, ensuite tu agiras pour entrer dans cette formation. Qu'est-ce que tu en dis ?
— Ça a l'air tout simple quand tu en parles.
— Tu n'es pas peureuse, ce n'est pas ton genre.
— Non je ne crois pas.
— Alors vas-y, fonce.
Donnata se concentra, depuis longtemps elle n'avait pas eu de pensée si positive qu'en ce moment, elle opinait.
— Bon, il faut que je te laisse, mon collègue m'attend.
La jeune femme salua Aglaëe l'air ailleurs. Celle-ci s'éclipsa.

Dans le bureau du commissariat, l'équipe était réunie. Falcone et Boulu avaient résumé le déroulement de leurs investigations. La rencontre avec Serge Rangini ne donnait pas grand- chose, celui-ci affirmait que son ex-employeur n'était pour rien dans le meurtre de Fabienne Léonili. Il l'aurait fait depuis longtemps si cela avait été son intention. Ils avaient enquêté aussi sur le dossier Marcel Amodi, ce forcené qui avait tabassé sa femme, le voisin, et voulait violenter la femme de son voisin. Il n'était plus qu'une loque avinée. Boulu comme Falcone ne le voyaient pas courir à travers le parc, sauter par-dessus un mur de plus de deux mètres et s'enfuir. Même à jeun, son corps obèse et mou ne le lui permettrait pas. Par contre un élément important ne cadrait pas avec cette perception de l'individu : il était un passionné de moto et en possédait une. Une grosse cylindrée rouge correspondant à celle que la commissaire avait aperçue. Même gabarit, rouge aussi, le feu arrière qu'elle avait atteint ne montrait aucune trace d'impact. La moto était entre les mains de la police scientifique.

Ils étaient penchés sur les imprimés qu'avait édités Teter, plusieurs sites numismatiques détaillaient les pièces anciennes. Côté pile cinq francs, côté face le profil de Napoléon empereur, une pièce de cinq francs germinal pesant 4,5 grammes d'argent fin. Sortie des presses le 7 germinal de l'an XI, correspondant au 27 mars 1803. Malgré la Révolution, l'appellation écu avait survécu au changement de système de monnaie. C'était cette pièce qui avait été trouvée dans la bouche de la procureure. Tous étaient démunis, aucune explication tangible n'avait résisté à l'assaut des questions. Pourquoi un écu, est-ce que cela avait un sens, à qui s'adressait ce signe ? Malgré l'urgence, l'assassin avait pris le temps de le lui glisser dans la bouche, de la tondre et il l'aurait tondue entièrement s'il n'avait été interrompu. Était-ce un rituel, avait-on affaire à un dément ?

Pronelli avait supervisé les enquêtes de proximité. Elles n'avaient rien révélé sur la vie de Fabienne Léonili. Sa vie était aussi limpide que l'eau de roche. Son entourage ne lui connaissait pas d'ennemis. Ses parents, avec qui elle avait rompu les ponts, n'avaient rien à dire sur elle, encore moins sur ses fréquentations.

Ortis n'avait pas trouvé d'autres dossiers chez la procureure susceptibles de pousser quelqu'un à commettre un meurtre. Cependant, celui d'une société «LAPRO-quelque chose» l'avait interpellé : des montagnes d'argent en jeu, des puissances industrielles considérables menacées, si tant est que cela soit possible…

# 23. Interrogatoire

Ortis et Pronelli suivaient le gardien, les gâches raclaient, les serrures cognaient, les portes claquaient, enfouissant les hommes parmi un dédale de couloirs gris.

— Il est là, signala le maton en désignant une dernière porte. S'il y a le moindre problème, on intervient. Le mieux, c'est de ne pas le contrarier.

Il ferma le battant derrière les deux hommes. Gaspard Lotti était assis, bras posés sur la table, mains jointes. Les policiers le saluèrent brièvement, il se contenta de les fixer pour tout salut. André Ortis s'assit bien en face de lui et posa un petit porte-documents de cuir noir. Pronelli se saisit de la seconde chaise, la retourna, la posa légèrement en retrait à la droite de son collègue et appuya ses fesses sur le haut du dossier, bras croisés.

— Avant de commencer, je peux te rappeler tes droits, tu peux être assisté à tout moment par un avocat. Tu refuses toujours ?

— Avocat et flic c'est du pareil au même. Mais si tu es venu pour me poser les mêmes questions qu'hier, tu peux rentrer chez toi, les réponses seront les mêmes. Et je n'ai pas besoin de compagnie, seuls mes moutons…

— Tu n'es pas près de les revoir, tes moutons.

Un éclair jaillit de ses prunelles. C'était la première fois que ce flic lançait une remarque personnelle hors enquête et qui le dérangeait. Il présagea un deuxième interrogatoire différent du premier, qui avait été essentiellement technique, recherche de mobile, d'éclaircissements, de cohérence… Ses justifications valaient ce qu'elles valaient, de toute façon ils n'avaient aucune preuve.

Ortis reprit l'affaire depuis le début, fit raconter le déroulement de la réception du sénateur, les invités qu'il avait rencontrés, ceux avec qui il avait bavardé. Il fit défiler les mêmes questions. Gaspard ressassa ce qu'il avait exprimé la veille, toujours concis, voire succinct. Il n'avait pas entamé de discussion avec quiconque, aucun intérêt, tous des citadins arrivistes. Il avait quitté l'établissement lorsque le drame était intervenu.

Par ailleurs, cela fut confirmé, personne n'avait engagé de conversation avec cet homme. Son voisin de table l'avait trouvé introverti et trop inquiétant pour entamer un échange de convenance. André Ortis orienta ses investigations sur les relations qu'il entretenait avec son ex-gérant, Serge Rangini, et sur ce qu'il s'était passé trois ans auparavant, quand sa paillotte fut pulvérisée. Gaspard tenait des propos identiques à ceux de Serge Rangini. S'il avait voulu se venger, il y a longtemps que le sénateur aurait été refroidi. Il avait avoué qu'il aurait exécuté Paul Terraré si Serge ne le lui avait pas expressément interdit. C'était son ami, aussi il lui devait le respect, c'était un ancien à qui l'on devait obéissance. Puis André aborda le meurtre de Fabienne Léonili, impliquée en tant que procureure. Il savait que, là non plus, il n'aboutirait à rien.

André Ortis laissait seulement tourner les aiguilles. Son intention était d'enliser son inculpé dans une sorte d'interrogatoire routinier, afin qu'il baisse un tant soit peu la garde. Il alignait les motifs que Gaspard pouvait nourrir à l'encontre de la procureure, puisqu'elle n'avait pas poursuivi l'instruction de l'atomisation de sa paillote. Et par voie de conséquence, la procureure était responsable elle aussi de l'infirmité de son ami, ou à tout le moins de l'impunité des commanditaires. Pour aucun des deux meurtres Lotti n'avait d'alibi. Celui-ci répondit à nouveau que ses six cents brebis pourraient témoigner, qu'il ne fallait pas s'étonner qu'un berger se retrouve seul dans les montagnes avec son troupeau.

Le policier se tut, comme pour s'accorder une petite halte avant une nouvelle série de questions. Gaspard se figeait dans la contemplation de ses mains à plat sur la table. Dans son champ de vision, apparut la montre à gousset.

Ortis scrutait les réactions de l'homme, il comptait sur l'effet de surprise. Aucune fibre musculaire ne tressaillit sur son visage. Son regard se posa sur le policier.

— C'est quoi ?

— Cela ne te rappelle rien ?

— C'est une montre. Pourquoi vous me montrez ça ?

— Tu dois la reconnaître, puisque tu l'as glissée dans sa poche.

— De qui ?

— Tu le sais très bien.

— Ben non !

Nous l'avons retrouvée dans le costume de mariage du sénateur, c'est l'assassin qui l'y a mise.

— Alors c'est à lui qu'il faut le demander.

— C'est ce que je suis en train de faire. Pourquoi cette montre à gousset ? Que signifie-t-elle ? À qui s'adresse ce message ?

L'accusé s'appuya contre le dossier et posa ses mains sur ses cuisses. Une parfaite maîtrise de lui-même. André

Ortis reprit l'assaut de cette forteresse. Il plongea la main dans son cartable et lui brandit l'objet sous le nez.

— Et ça ? Trouvé dans la bouche de la procureure. Ça te dit quelque chose ?

Gaspard jeta un œil sur l'écu. Ortis n'aurait su exprimer avec précision ce qui avait changé. L'air était devenu électrique, il percevait une vibration particulière de l'atmosphère. D'où cela provenait-il ? Pas de lueur fugitive au fond de ses yeux, l'épiderme toujours aussi lisse, aucune variation, un véritable masque de cire ! Justement pour en arriver là, Lotti canalisait toute son énergie pour garder le contrôle et ça, Ortis le ressentait physiquement.

— Alors ? Explique-moi.

Gaspard croisa les bras.

— Jamais vu.

— Tu mens !

André approcha son visage du sien.

— Pourquoi l'as-tu tondue, cria-t-il ?

— Tondue, comment ça ?

— Les cheveux, pourquoi as-tu cherché à lui raser le crâne ?

— N'importe quoi. Maintenant vous me fatiguez. Si vous avez d'autres choses à sortir de votre mallette à surprises, étalez-les maintenant qu'on en finisse. Moi j'en ai ras le béret ! Tout ça ne me concerne pas.

— Tu as raison, je m'en vais, dehors il fait beau. Ça fait combien, deux heures qu'on est là ? C'est plus que je ne peux supporter. Toi, ce n'est pas pareil, avec ton système de défense, tu vas te mettre tous les jurés à dos. T'en auras au moins pour trente ans ferme. Autant t'y habituer tout de suite. Tu n'es pas près de les revoir tes moutons. Pour quelqu'un qui ne peut vivre sans ses montagnes, tu vas en baver. Viens, dit-il à Pronelli, qui, comme prévu, n'était pas intervenu, on se tire.

André n'eut pas le temps de se lever, le prisonnier le prit par le revers du veston.

— Écoute-moi petite fiotte, c'est toi qui vas en baver. T'as aucune preuve contre moi et lorsque je serai dehors…

La semelle qu'il reçut sur la mâchoire l'empêcha de proférer sa menace. Sa chaise se renversa et il se retrouva assis contre le mur. Pronelli qui avait réagi au quart de tour, s'approcha.

— Tu ne touches pas à un représentant de la loi !

Contre toute attente, Lotti resta à terre, il se massait simplement la joue, indifférent.

— Connard, conclut Martin.

Son collègue prit son porte-documents et ouvrit la porte. La valse des portes, le défilé des couloirs recommencèrent.

— Est-ce que tu as capté quelque chose, demanda André à son collègue ?

— Quand tu lui as montré l'écu, dit Pronelli, j'ai vu qu'il repliait ses jambes, comme pour se protéger, ou plutôt se renfermer. Pour moi, il l'a reconnu. Pour la montre, il n'a pas bronché, elle lui était étrangère. Autant il a été troublé à la vue de cette pièce. Il l'a identifiée. Elle doit lui appartenir, c'est certain. De là à en déduire qu'il l'a introduite dans la bouche de Léonili, il n'y a qu'un pas.

Ils s'étaient arrêtés, le temps que le geôlier déverrouille une porte. Ils parlaient à voix basse. Martin avisa André.

— Quoi, j'ai dit une connerie ?

— Oui et non, ou pour être précis, non et oui.

— T'as raison, t'es vachement précis.

— Allez, le prends pas mal, tu me demandes, je te réponds.

— Explique.

— Au sujet de la retenue de Lotti à la vue de l'écu, je suis heureux de constater que tu as perçu la même chose que moi. Des fois on croit capter des trucs, on interprète et on se plante. Que tu confirmes mes impressions me conforte.

Le maton marchait à quelques pas devant eux, la clé préparée pour la serrure suivante.

— Par contre mes conclusions sont opposées aux tiennes.

— Carrément ?

— Le manque de réaction à la vue de la montre gousset et le naturel qu'il affichait démontrent qu'il connaissait cet objet et s'attendait à le voir apparaître à un moment ou à un autre. Car il savait qu'elle était dans la poche du sénateur. Il a joué le naïf à la perfection. Par contre pour l'écu, il lui a fallu quelques dixièmes de secondes pour qu'il l'identifie. Cela a été une réelle surprise pour lui. Surprise qu'il a réussi à dominer, mais que nous avons perçue. Il ne s'attendait pas à le voir. Il n'en connaissait pas l'existence. Double surprise : cette pièce est liée à la mort de la procureure. Une chose est sûre, cet écu a un sens pour lui. Il lui est adressé !

Ils restèrent quelques instants hors des hauts murs, laisser le soleil les éblouir, l'air chaud emplir leurs poumons.

Pronelli maniait le volant avec application. Ils venaient de sortir de l'agglomération ajaccienne.

— Tu as vu, il n'a pas riposté, j'aurais pensé qu'il se serait défoulé.

— Ce n'est pas toi qui aurais aimé te défouler par hasard ?

— C'est pas faux.

— En tout cas je n'ai pas compris son geste. La plupart du temps, je parviens à anticiper un contact physique, violent ou anodin et je réagis, j'adapte ma stratégie pour l'éviter et il est rare que je rate ma manœuvre. Mais là, non, j'avoue que j'ai été surpris. Je n'ai rien vu venir.

— Moi non plus.

— Il a quand même réussi à froisser ma veste et ça, je n'aime pas, dit Ortis en lissant le revers… Merde !

— Quoi ? demanda Pronelli en détachant les yeux de la route.

Ortis enfouit la main dans sa poche intérieure.

— Mon stylo, je ne l'ai plus.

— Tu es sûr que tu l'avais ?

— Certain, il était dans ma poche intérieure. Je comprends maintenant pourquoi il m'a agressé. Il a tout calculé, il m'a pris par le col de la veste, uniquement pour subtiliser mon stylo.

Il saisit son portable.

Gaspard était assis sur le bord de sa couche, les yeux rivés sur le mur, bras croisés. La porte s'ouvrit brutalement. Deux matons surgirent, les deux autres restèrent en surveillance dans l'entrée.

— T'as piqué un stylo. Où tu l'as planqué ? éructa le gardien.

Devant l'immobilisme du prisonnier, il reprit d'un

ton plus calme.

— Puisque tu le prends comme ça, fouille au corps. Debout mains contre le mur.

Son adjoint parcourut le torse et les membres. Il fit signe que non.

— Pantalon. Penche-toi.

L'autre reprit la fouille, plus intime. Et conclut par le même signe.

— OK. Mains au dos.

Il lui enfila les menottes et le confia à ses collègues dans le couloir.

Lorsque Lotti regagna sa geôle, elle était sens dessus dessous.

Le gardien avait un sourire carnassier.

— Rien. De toute façon qu'est-ce que t'aurais fait d'un stylo ? Tu veux raconter ta vie ? Faut savoir écrire pour ça.

Le verrou claqua.

Lotti ignora le capharnaüm de sa geôle : matelas, draps, vêtements et objets personnels jonchant le sol. Il s'assit sur les lattes du sommier et reprit sa posture, immuable.

## 24. L.A.PRO.GRA.C.

La commissaire roulait tranquillement sur cette route cabossée, chaque virage dévoilait un nouveau panorama que Falcone découvrait distraitement. À force de lacets, la voiture laissa derrière elle les forêts d'arbres rabougris, torsadés et atteignit un plateau aride et caillouteux. Deux petits enclos privés érigeaient leur stèle annonçant la proximité de l'entrée d'un village. Ils entrèrent dans Conca. L'auto s'immobilisa face à une grande maison qui ne se distinguait pas des autres si ce n'était par une plaque dorée rivée sur le mur : L.A.PRO.GRA.C. La commissaire fit taire le moteur, claqua la portière et sonna. La lentille d'une caméra la fixa, patiente, curieuse. Son interphone grésilla d'un «oui ?» inquisitif.

— Je voudrais parler à madame Mandiloni.

— Vous avez rendez-vous, s'enquit l'interphone ?

— Non.

La caméra interloquée zooma sur l'intruse.

— Madame Mandiloni ne reçoit que sur rendez-vous.

— Commissaire Boulu et commandant Falcone, c'est important.

L'œil du cyclope leva un sourcil. La serrure vrombit. Dans le hall l'ambiance était feutrée. La secrétaire derrière le comptoir justifia les tergiversations de son garde robotisé.

— Vous savez, madame Mandiloni est tellement sollicitée...

— Je comprends, rassura Aglaëe, nous pouvons la voir ?

— Je l'ai prévenue de votre venue, je vous emmène.

La secrétaire délaissa son comptoir et dirigea les visiteurs jusqu'à une porte vitrée. Elle les introduisit dans un vaste laboratoire traversé de paillasses immaculées, jonchées d'appareils aux cadrans numériques et tactiles divers, de toutes dimensions et aux couleurs orangées, jaunes ou vertes. Des mélangeurs vibraient, des becs Bunsen attendaient une flamme libératrice, un tensiomètre mesurait la résistance des membres écartelés d'une poupée, des centrifugeuses décantaient des liquides colorés, des nounours exhibaient des pattes à moitié calcinées, toutes sortes d'appareils trituraient automatiquement des objets laissés à leurs bons soins, dans le seul but de leur faire avouer sous la torture leur vice caché. Une extension de verre envahissait le jardin à l'arrière de la propriété pour obtenir une salle aux dimensions insoupçonnées côté rue.

— Elle est là.

Un petit bout de femme aux cheveux noirs parsemés de fils blancs scrutait un spectrographe dont l'impression s'écoulait lentement.

— Voici madame la commissaire Boulu et le commandant Falcone.

— Ah, merci Élise.

Elle tendit une main menue qui serra énergiquement celle d'Aglaëe Boulu puis celle de Falcone.

— Vous vouliez me voir ?

Son visage était traversé par un large sourire, des rides prolongeaient des yeux rieurs.

— C'est au sujet du trichloréthane, demanda-t-elle ?

— Je ne saurais le confirmer, dit Boulu perplexe.

— Le procès, s'il n'est pas annulé, va me confronter à plusieurs multinationales.

— David contre Goliath.

— Si l'on veut garder les proportions je serais plutôt une fourmi.

— Mais si j'ai bien compris, vous n'êtes pas seule, vous représentez un labo européen.

— Pourquoi la police s'intéresse-t-elle à ce procès ?

— La procureure qui était chargée du dossier a été assassinée.

— Madame Léonili ? Assassinée ?

— Oui, vous n'avez pas lu les journaux ?

— Depuis que je suis sur cette découverte, je passe ma vie dans ce labo, j'en sors pour dormir et quand j'y entre le soleil n'est pas encore levé. J'ai déjà étayé mes accusations par de nombreuses analyses, mais je veux accumuler le plus de contrôles irréfutables possibles. Comment est-ce arrivé ?

— Un coupe-papier dans la gorge.

— Quelle horreur. L'assassin ?

— On est sur des pistes, d'où ma présence ici.

— Il y a un rapport avec moi ?

— On cherche.

— Vous pensez que mes recherches ont un lien avec ce meurtre.

— Des sommes colossales sont en jeu. Non ?

— Plus encore. Ce sont des pans entiers de l'industrie du textile ainsi que les fabricants de PVC qui peuvent être démantelés à travers le monde, si mes accusations sont avalisées par la justice.

— Expliquez-moi ça.

— C'est une longue suite d'expérimentations diverses. Je vais essayer d'être synthétique. Depuis pas mal d'années, plusieurs labos effectuent des analyses de sang en sélectionnant les différentes strates d'échantillons de population : l'âge, le secteur géographique, l'activité professionnelle, etc... On suit l'évolution des pollutions sanguines par des produits chimiques d'origines variées. On s'attarde sur celles qui théoriquement n'ont pas de justification de résidence dans les artères de nos contemporains. Attendez, je vous vois un peu perdus, je vous donne un exemple. Nos parlementaires ont leurs vaisseaux sanguins bourrés d'hexabromodiphényle. C'est un élément chimique industriel utilisé comme additif retardateur de flammes, dont sont enduits leurs éminents sièges. Il est tout simplement cancérogène. Les lois européennes imposent leur présence. Nos députés assis des dizaines d'heures par semaine et tout au long de l'année, absorbent ce produit par contact avec la peau ou même inhalation. Ils ont un taux hyper élevé de ce produit. Il en est de même pour tous ceux qui sont avachis des dizaines d'heures dans leur canapé en cuir ou en coton, que l'on écoute du Mozart, Bénabar, que l'on regarde les infos, la téléréalité, qu'on lise Charlie Hebdo, Cuisine et vins de France ou Gala, même combat, tout le monde est concerné. Il y a très longtemps que l'on dénonce les aérosols, plus personne ne peut ignorer leur toxicité, pourtant ils sont toujours en vente, car si la maison est aérée quotidiennement, ce que font insuffisamment les ménagères de moins de cinquante ans et les autres, ils sont inoffensifs. Le nombre de molécules étrangères qui se baladent parmi nos globules, vous ne pouvez pas imaginer. On ne sait pas encore exactement quand ce cocktail va exploser, mais ça fera mal, très mal. On a aussi beaucoup parlé du bisphénol A, appelé BPA, présent dans les biberons en polycarbonate, ou plus simplement en plastique, cette substance chimique se transfère dans le lait lors du chauffage en micro-ondes. Dès la naissance, on intoxique le nourrisson sciemment, je dis bien sciemment, car les politiciens ne l'ont interdit que tout récemment alors qu'il l'est au Canada depuis avril 2008, pour ne citer qu'eux. Il ne faut pas oublier que le BPA possède une action œstrogénique, capable de perturber le système endocrinien et donc la croissance, la reproduction, susceptible d'entraîner stérilité et de générer des cancers.

Séréna Mandiloni s'interrompit, observa ses interlocuteurs de son regard pénétrant, évaluant si ceux-ci étaient perdus ou si son raisonnement était assimilé. Apparemment elle opta pour la deuxième solution, puisqu'elle poursuivit sa démonstration.

— Pour ce qui me concerne, j'ai focalisé mes recherches sur le perfluorooctane sulfonique, ses sels et le fluorure de sulfonyle. Ces molécules ont été détectées il y a pas mal d'années, à taux très réduits. Il s'était fait discret parmi les autres jusqu'alors. Mais ces toutes dernières années, voilà qu'il progresse à une vitesse fulgurante. J'ai donc cherché d'où il provenait, c'était forcément dans un produit de grande consommation puisque toutes les couches de population sont concernées. C'est une molécule qu'on a d'abord découverte dans les PVC, mais, dans un premier temps, à des pourcentages insignifiants. Puis sa concentration est devenue plus importante et surtout on l'a trouvée dans d'autres produits… tenez-vous bien.

La femme reprit son souffle afin de ménager son effet, captiver son auditoire qui n'avait pas besoin de cet artifice pour être tout ouïe.

— On le trouve désormais dans les composants électroniques et électriques, la mousse anti-incendie, l'imagerie photo et les textiles, dont les polaires.

— Les vêtements ?

— Le problème avec les polaires, c'est qu'ils possèdent déjà des PCB, Poly-Chlor-Biphénile et, associés aux perfluorooctanes, cela devient un cocktail explosif. Tous les vêtements en polaire sont concernés, tous : tee-shirts, sous-vêtements, blousons, vestes, joggings, manteaux. Comme vous le savez, ils sont élaborés à partir des polyvinyles de carbone. Des microparticules issues de ces molécules passent à travers la peau et s'infiltrent dans le sang. Directement, aucune barrière. Ces habits distillent leur venin en continu tout le long de la journée, une perfusion de poison permanente. Invisible, discret et qui montrera son efficacité d'ici une quinzaine d'années, peut-être un peu plus… ou moins. Un lot de cancers comme jamais il n'en a existé au monde, en ne se cantonnant qu'aux perfluorooctanes sulfoniques. Vous rendez-vous compte ? L'étendue des objets de grande consommation concernés : la téléphonie, ordinateurs, photographie, on a tous ces objets en main au moins deux heures par jour, au minimum ! En moyenne huit chez les jeunes ! Les temps de transfert dans l'organisme humain sont énormes. Oui, il faut que je vous dise les particularités de ce produit chimique. Il se lie aux protéines dans le sang et le foie d'une manière extrêmement persistante, cancer garanti.

— Cela donne la chair de poule. Que disent les autorités sanitaires ?

— Elles ne prennent pas les décisions qui s'imposent, comme d'habitude. Elles minimisent les conclusions de mes rapports. Les tests de souris sont pourtant édifiants. On a injecté le produit à un taux dix fois inférieur, relativement à la taille bien entendu, à ce que l'on trouve dans le sang humain. 80 % d'entre elles ont développé une tumeur au cerveau. Les tests des labos privés, dont les capitaux dépendent de ces lobbys, ont évidemment démontré le contraire.

Elle raya l'air des deux doigts de chaque main en prononçant «démontré».

— Elles font aussi un forcing pour disculper le polaire d'être à l'origine de cette contagion planétaire. Les politiques ne tirent décidément pas leçon du passé : le laxisme par rapport au sida dans les transfusions sanguines, le scandale du PIP pourtant dénoncé pendant des années. L'amiante interdite partout sauf en France, peu de gens savent que les premières descriptions de fibrose pulmonaire chez les sujets exposés à l'amiante ont été effectuées en 1907. La peur du dérèglement de la bourse, le chômage par milliers, le déséquilibre financier de ces secteurs, tout cela est la bête noire de tout gouvernement. La peur du vide ! Alors qu'elle sera comblée par une autre fabrication. Mais le politique a horreur du changement.

— Ce que je ne comprends pas c'est pourquoi ce procès s'est ouvert en votre nom propre et pas celui de ce labo.

— Le capital de L.A.PRO.GRA.C., Laboratoire d'Analyse de PROduits de GRAnde Consommation, est tripartite : les fonds de la CEE, un groupement d'associations de défense des consommateurs et un groupement d'entreprises privées.

— Ils ont un droit d'ingérence ?

— Leur taux de participation leur donne un droit de blocage. Ils ne l'ont jamais exercé jusqu'à présent.

— Je suppose que vous avez pourtant déjà fait supprimer des milliers d'objets du marché.

— Exact, mais pas à cette échelle. L'enjeu est de taille, le téléphone de mon président surchauffe. Il les a toujours envoyés balader… jusqu'à une certaine limite. Il faut croire que les idéaux sont solubles dans les sommets des hiérarchies.

— Alors vous vous êtes lancée seule dans l'aventure ?

— Oui.

— Quel courage !

— Je ne suis pas la première. Considérez le scandale du sel dans les aliments, ses conséquences dans les décès cardiovasculaires, il commence à être connu du grand public. Mais au départ, un seul homme a combattu les grands groupes salins et leur armada d'avocats…

Séréna Mandiloni déchira le ruban de papier qui avait fini de s'écouler, examina les lignes de couleurs, puis fixa la commissaire.

— Je ne comprends pas le rapport avec la disparition de cette pauvre procureure. En quoi sa mort peut-elle bénéficier à la cause de l'industrie du polaire ou celle de l'électronique ?

— Précisément je ne sais pas. Nous essayons d'éclaircir les dossiers brûlants qu'elle instruisait et d'après ce que vous venez de nous expliquer, celui-ci l'est. Oh combien !

— Était-elle favorable à ce que votre accusation passe en jugement ?

— Oui, je l'ai rencontrée plusieurs fois, elle était outrée par le cynisme de ces lobbies, elle était prête à tout pour donner à ce procès toute l'envergure qu'il mérite.

— Vraiment pas ce que souhaitent vos industriels, je suppose.

— Je ne vois pas leur intérêt. Elle sera remplacée par un autre.

— Bien sûr… Ont-ils la possibilité de placer un successeur favorable à leur cause, ce n'est pas impossible… Ils ont probablement des arguments convaincants qui se mesurent en montagnes de dollars placées dans des banques de certaines îles.

Aglaëe réfléchissait à haute voix, elle fut relayée par Francesco.

— Se pourrait-il qu'ils aient approché Fabienne Léonili, qu'elle les ait repoussés, une tentative de corruption avortée, comment jamais le savoir ?

— Vous me faites froid dans le dos. Vous ne croyez pas qu'ils auraient commencé par me soudoyer, moi ?

— Votre détermination à prendre le flambeau seule est par elle-même une démonstration de votre intégrité. Ils ne s'y sont pas risqués, cela serait une preuve de leur culpabilité dans le procès à venir.

— Alors pourquoi n'est-ce pas moi la victime plutôt que la procureure ?

Les policiers s'observèrent.

— Si cette hypothèse est justifiée, ce qui reste à démontrer, en effet vous êtes en danger madame Mandiloni, lança Aglaëe.

Séréna secoua la tête, elle n'arrivait pas à admettre cette éventualité.

— Si ce n'était pas eux ? Tuer des gens ce n'est pas dans la culture des directeurs d'entreprises que je côtoie dans mon travail.

— Vous avez raison, nous n'avons aucune preuve,

tout ceci n'est que supputations. Mais dans l'éventualité de leur implication, je préfèrerais vous mettre sous protection.

— Je crois que c'est inutile.

— Sûrement, mais je ne veux pas prendre le risque. D'accord ?

— Faites ce que vous jugez bon.

— Très bien, je vous envoie un policier qui assurera votre sécurité. Voici mon numéro, dit la commissaire en tendant sa carte, Boulu, commissaire Aglaëe Boulu. Appelez-moi si quelque chose vous revient en tête ou si vous avez le moindre problème.

— D'accord.

— N'hésitez pas.

# 25. Obsèques

Le petit cimetière de Porto-Vecchio était clos par un muret blanc. Au-delà, des conifères étalaient leur ombre inutile. En cette fin d'après-midi le vent poussait la chaleur par vagues indolentes. Un petit groupe était réuni parmi les tombes. Le prêtre avait entamé une brève oraison qu'il avait improvisée à partir des quelques éléments sur Fabienne Léonili que lui avait fournis Francesco. Ses parents étaient restés muets aux questions qu'il leur avait posées.

Et le temps passa sans qu'il ne bougeât. Gaspard Lotti savait rester ainsi, statue d'argile. La montagne enseigne la patience aux hommes qui la sillonnent. Lorsqu'il jugea le moment opportun, il se leva, ouvrit la fenêtre aux panneaux en plastique sales et siffla entre les dents. Il tendit un bras entre les barreaux et passa les doigts entre les mailles du grillage. Quelques minutes plus tard une ficelle lestée d'un chewing-gum se balança, tapa contre le grillage et disparut. À la quatrième apparition Lotti réussit à l'attraper du bout des doigts. Il tira sur la ficelle sur un mètre, elle se raidit. Il siffla à nouveau, la corde se détendit, il tira, à l'autre extrémité apparut à la fenêtre un stylo Parker en aluminium patiné.

Il tordit la pince servant à l'accrocher à la poche et la racla contre le mur. Dix minutes plus tard, il avait en main une lame fine et acérée au bout d'un manche en alu. Il se rassit et attendit.

— … Fabienne Léonili était une femme juste, droite

et respectée. Ses amis et ses proches sont unanimes pour reconnaître en elle une femme humble et dévouée. Sa haute fonction ne l'avait pas éloignée des petites gens dont elle défendait les causes avec force et courage. Nous regrettons tous Fabienne qui nous a quittés trop tôt et d'une si horrible manière. Nous espérons tous en l'immanente justice, ainsi qu'en celle des hommes, pour que celui qui nous l'a enlevée subisse le châtiment qu'il mérite. Fabienne tu resteras dans nos cœurs à jamais. Que le Seigneur te reçoive en son sein pour les siècles des siècles. Amen.

Le curé fit un signe de croix, prit la rose que lui tendait l'homme en costume anthracite. Il la jeta sur cercueil.

Des bruits lui parvinrent du bout du couloir. Alors il souleva sa chemise, fit courir la lame sur la peau au-dessus de la hanche, un fil de sang suivit la lame. Il appuya sur la plaie, le sang se répandit, il mit l'intérieur de son avant-bras dessous. Le sang suivit le parcours, se déversant le long du poignet.

Le chariot stationna devant le numéro 604. L'homme prépara une gamelle, ouvrit la trappe et l'y déposa. Mais celle-ci ne fut pas enlevée.

— Tu la prends ta popote, dit-il !

L'assiette restait sur le rebord. L'homme se pencha.

— Merde !

Le gardien, Olivier Panio, qui l'accompagnait, le poussa.

— Qu'est-ce qu'il y a encore ?

Il contrôla la cellule à travers l'ouverture et vit le prisonnier affalé par terre les yeux révulsés, poignets ensanglantés.

— Putain, va chercher des secours !

À l'encontre de toutes règles de sécurité, le gardien prit ses clés, ouvrit la porte et se précipita sur le corps pour vérifier s'il était encore en vie.

Il l'était.

Le cortège entama un défilé devant la sépulture.

Fabienne avait exigé dans son testament que son inhumation ait lieu à Porto-Vecchio et non à Carbini, où elle avait coupé les ponts et n'y voulait plus aucune relation même après sa mort. Ses biens, elle les léguait à une association accueillant les orphelins.

Le défilé commença par un petit homme aux cheveux blancs, les quelques poils qui faisaient ombre sous le nez tenaient lieu de moustache. Il jeta la rose au fond de la fosse et se détourna. Il fut suivi immédiatement d'une femme droite et chétive, dont le voile noir dissimulait le visage. Elle jeta la fleur et détourna prestement la tête pour emboîter le pas de son mari. Aglaëe se retourna et fit signe à Pronelli. Celui-ci se rapprocha et confirma.

— Ses parents.

Olivier Panio n'eut pas le temps de poser deux doigts sur la gorge, comme on le lui avait appris, que sa main fut enserrée dans un étau. Il fut soulevé comme un fétu de paille et précipité dans le couloir. Jamais il n'avait été féru de sport, il n'était pas très physique, le seul sport qu'il avait pratiqué était la boxe sur console vidéo, il n'était pas si mauvais. Mais là, dans la poigne de cet individu, il se sentait plus fragile qu'un nouveau-né.

La lame sous le cou, ils longeaient rapidement le couloir, le gardien moitié courant moitié trébuchant, poussé par cette montagne déterminée. Gaspard n'eut pas besoin de prononcer un seul mot lorsqu'ils se présentèrent devant la porte, son otage saisit sa clé et l'ouvrit. Ils continuèrent leur avancée. Arrivé devant le sas donnant sur l'extérieur, Lotti mit en évidence la pointe enfoncée à quelques millimètres de la trachée. L'homme de garde comprit immédiatement l'imminence du geste, la détermination du prisonnier qu'il avait reconnu. Il appuya sur le bouton qui déverrouilla la porte. Une fois celle-ci refermée derrière les fugitifs, il déclencha l'ouverture de la deuxième. Ceux-ci descendirent les quelques marches et traversèrent la petite cour. Le planton fit le geste de saisir son arme, lorsqu'il vit arriver les deux hommes.

La ministre de la Justice et le ministre de l'Intérieur en personne étaient présents. Ils jetèrent leur fleur sur le cercueil avec une concentration sans faille. Ils avaient fait une mini-conférence où ils avaient parlé de la célérité de l'enquête, de l'accusé sous les verrous, de la justice implacable, de la grandeur de la France. Puis le ministre de l'Intérieur avait eu un entretien particulier avec la commissaire Boulu et le commandant Falcone. Une convergence de faits indéniables désignait Gaspard Lotti coupable du meurtre de Paul Terraré. Son procès devrait s'ouvrir rapidement, la justice le condamnerait immanquablement. Elle déterminerait son implication dans le meurtre de Fabienne Léonili. Le dossier était clos, il appartenait dorénavant à la justice. Le ministre les avait félicités pour la célérité avec laquelle ils avaient bouclé cette enquête. Par conséquence Aglaëe Boulu n'avait plus rien à faire sur l'île. Elle était sommée de prendre l'avion le jour même.

Sa main était posée sur la crosse de l'arme.

— Fais pas ça ! Je l'égorge comme un porc avant que tu défourailles, menaça Lotti.

— Laisse tomber, t'aggraves ton cas Lotti, rétorqua le gardien. On te retrouvera de toute façon.

— C'est mon problème. Si tu veux éviter la casse, ouvre cette putain de porte !

Le geôlier hésitait.

— Fais pas le con Karl. Je ne veux pas mourir pour un détenu. Ouvre ! cria Olivier Panio.

Karl introduisit la clé, la porte s'ouvrit. Dehors, Lotti contrôla à droite et à gauche, puis se retourna.

— Je le garde encore un peu, si j'entends une sirène quelconque, je le saigne. Alors laissez les flics tranquilles si vous voulez le retrouver vivant.

Il se dirigea vers une voiture Alpha Roméo grise, le moteur tournait au ralenti. Lorsqu'il ouvrit la portière, un homme en poste dans l'encoignure d'une porte, jeta sa clope et s'éloigna. Gaspard ne ménagea pas les pistons actionnés par deux arbres à came en tête. La voiture fila jusqu'au bout de la rue. Au virage il se pencha, ouvrit la porte et poussa son passager. Celui-ci roula sur le trottoir et heurta le mur qui le stoppa.

Francesco resta quelques instants devant le cercueil. Des impressions embrouillées s'enchevêtraient dans son esprit. Immense gâchis, grains de regrets, souvenirs éclairs, sentiments confus, révolte et rage contenues. Il les chassa en laissant tomber la tige de rose qui lui sembla tomber en un lent mouvement souple jusqu'au bois d'olivier, où elle ondula, libérant un pétale d'un rouge éclatant.

Olivier Panio s'assit, heureux de constater que ses membres étaient intacts. Avec quelques ecchymoses et éraflures aux bras et au visage, il s'en sortait plutôt pas mal. Il s'adossa au mur, avant-bras posés sur les genoux et ne voulut pas se lever tout de suite. Il commençait à réfléchir à ce que sa femme, Juliette, lui serinait depuis plusieurs mois. Dans la bourgade où elle avait vécu, un petit bar-tabac ne trouvait pas acheteur, son prix avait énormément baissé et pouvait encore être négocié. Elle lui suggérait de laisser tomber son travail à la prison qui devenait infernal et ne s'arrangerait pas, pour acheter ce petit estaminet à Bastelica. Il l'envoyait paître, alors qu'il en avait plus qu'assez de ce job ingrat et suceur d'énergie, où l'on n'était pas soutenus par la hiérarchie, insultés et menacés par les détenus. C'était plutôt la peur du changement qui le retenait. Mais c'était fini, il allait revoir son jugement. C'était elle qui avait raison.

Gaspard appuya sur le bouton de recherche de station et augmenta le volume lorsqu'il tomba sur la polyphonie Jean-Paul Poletti et le Chœur d'hommes de Sartène. Par la vitre ouverte il sentait l'air frais qui descendait des montagnes. Il accéléra.

À travers le hublot, Aglaëe Boulu contemplait avec amertume cette île dont les crêtes rougeoyaient sous les feux du soleil rasant. L'Airbus A320 l'emmenait à une vitesse qui frisait celle du son, déroulant ses deux rubans laiteux dans un ciel limpide.

Cette histoire
est loin d'être terminée :

# Nozze nere

# [2]

de Jérôme Sublon

est paru
aux
Editions du Caïman

Remerciements

Une pensée reconnaissante à Jacques Penon sans qui ce roman ne serait pas ce qu'il est… compagnon de randonnées lors desquelles les scénarios s'élaborent en même temps que se franchissent les cols.

Un remerciement particulier à ma femme Sylvie pour son soutien indéfectible et à ma fille Aglaé pour sa patience.

Merci aussi à mes premiers lecteurs pour leurs remarques et corrections, Sylvie Sublon, Michel Lacoste, Jacques Penon, Gépéto Dezelus et Hélène Decouesnongle.
Merci à Ghislain Denis pour ses explications tant médicinales que dans le domaine de la moto.
Merci à M. Jean Dal Colletto qui m'a donné les traductions exactes des mots en corse qui ont abouti au titre de ce roman.
Merci à l'équipe des Editions du Caïman pour leur lecture rigoureuse et leurs suggestions judicieuses.

Et un immense merci à Jean-Louis Nogaro.

## Autres titres parus
## aux Editions du Caïman

### Polars en régions

*La guerre a son parfum*, JL Nogaro - mai 2010
*Alpes noires*, Ph. Paternolli - mars 2011
*Gurs 10.39*, P. Amand - août 2011
*Les six naïades*, L. Corre - septembre 2012
*La morte des tourbières*, JL Nogaro - décembre 2012
*Camarguestan !* , P. Paternolli - mars 2013 (Prix de L'Instant polar, 2013)
*Enfin (tous) réunis*, A. Léna - septembre 2013
*Sinon… L'Hermione coulera*, MC Aristégui/A.Develde-mars 2014
*Beau temps pour les couleuvres*, P. Caujolle, septembre 2014
*Les Belges reconnaissants*, Martine Nougué, janvier 2015

### Polars du monde

*L'île des hommes déchus*, G. Audru - décembre 2013 (Prix Balai découverte 2014)

### Noires nouvelles

*Omaha blues*, Patrick Amand - juin 2014

## Caïman jeunesse

*L'ami interdit*
roman, V. Dumas - sept.2010
*Fatou n'a qu'une jambe… mais dans sa tête, elle en a deux*
roman, V. Allam, C. Grenier - déc. 2011
*100 papiers*
album, J. Taboni Misérazzi M. Radenac déc. 2010
*Adrien*
album, S. Lamour - juin 2011
*Renardot et le souvenir volé*
album, I. Wlodarczyk et T. Portal juin 2013

■

**Pour retrouver l'actualité des éditions du Caïman et de ses auteurs :**

www.editionsducaiman.fr

et :